KB131700

어리석은 자의 기록

누쿠이 도쿠로 장편소설

이기웅 옮김

어리석은 자의 기록

3세 여아 영양실조로 사망
유아 방조 혐의 모친 체포

경시청은 24일, 3세 여아가 영양실조로 사망한 사건과 관련하여 모친 다나카 미쓰코(田中光子, 35세)를 유기치사 혐의로 체포했다. 용의자는 학대의 일종인 양육 태만 및 방조 혐의를 받고 있다. 사망 당시 여아의 체중은 1세 아동 수준이었던 것으로 알려진다. 경시청은 장기간에 걸쳐 학대가 가해진 것으로 보고 조사하고 있다.

(관련기사 34면)

愚行録

1

아, 예.

그 사건 때문이죠? 예? 어떻게 알았느냐고요? 빤하죠. 그 사건이 일어나고 지난 일 년 동안 찾아오는 사람마다 하나같이 그 일에 대해 물었으니까요. 처음에는 경찰이랑 신문 기자였죠. 다음에는 방송국 사람이랑 주간지 기자. 잠잠해지나 싶더니 르포라이터가 오더군요. 역시 사건이 사건이다 보니 글 쓰는 분들의 집필 의욕을 자극하나 봐요. 그러면서 글 쓰는 분들을 자주 만났더니 이젠 척 보면 뭐 하는 양반인지 알게 되던걸요. 맞죠, 당신도 글 쓰는 분이죠?

그 사건에 대해 책을 쓰려고요? 흐음, 다들 똑같네. 좀만 있으면 그 사건에 대해 쓴 책이 한꺼번에 서점에 깔리는 거 아닌지 몰라. 인터뷰에 꽤나 응했는데 내 이름도 실리려나. 인터뷰한 사람들한테 책이나 잡지가 나오면 꼭 보내달라고 했는데 진짜 올까요? 명함은 다 챙겨놨으니까 안 오면 한소리 해야지. 당신도 책 나오면 꼭 보내줘요.

에구, 현관에 세워놓고 얘기했네. 얼른 들어와요. 괜찮다고요? 신경 쓰지 마요. 얘기가 길어질 텐데 서서 얘기할 수는 없잖아요. 다른 사람들도 다 이런 식으로 인터뷰하고 가서 나도 이젠 도가 텄어요. 쓸데없는 얘기로 질질 시간 끌지 않고 요점만 얘기해줄 테니 걱정 마요. 당신, 진짜 사람 잘 골랐다니까.

잠깐 기다려요. 예, 거기 앉아서. 차라도 내올게요. 신경 쓰지 말라니까요. 나도 마시고 싶어서 그러는 거니까.

자, 드세요. 싸구려 차예요. 겸손 떠는 게 아니라 진짜 싸구려예요. 그러니 염려 말고 편하게 마셔요.

예? 인터뷰하는 게 내가 처음이라고요? 어머, 영광이네. 그럼 첫 발부터 실패라는 생각 안 들게 쏠쏠한 얘기를 해줘야겠네. 걱정 마요. 맡겨두라니까.

역시 그날 밤 얘기부터 시작해야겠네. 그날 밤 여기 있었던 사람은 나밖에 없으니까. 경찰에서도 뭔가 알고프면 나한테 와서 묻더라고. 나만 알고 있는 얘기를 해줄게요.

응, 그래요. 보다시피 이 부근이 좀 호젓하죠. 다른 데도 아닌 도쿄 23구도쿄 도의 핵심적 역할을 하는 행정자치구 안이고, 역에서 걸어서 십 분밖에 안 걸리는 곳인데 이렇게 한산해요. 도쿄에 사람이 너무 많다고 떠들어도 아직 이런 땅이 남아 있죠. 이래 보여도 옛날이랑 비교하면 상당히 개발된 거예요. 지하철 개통 전에는 진짜 시골 분위기였어요.

히카와다이 역에서 걸어왔죠? 히카와다이는 처음? 그럼 역 앞에 아무것도 없어서 깜짝 놀랐겠네. 이케부쿠로에서 고작 네 정거장 더 왔을 뿐인데 말이죠. 뭐, 아무것도 없다고는 해도 슈퍼랑 빵집도 있고 편의점까지 있으니 불편하지는 않아요. 조용해서 살기 좋은 곳이죠, 분명.

이 부근이 조호쿠 공원 옆이잖아요. 좀만 가면 샤쿠지 강도 흐르니까 역 앞보다 더 호젓하죠. 조호쿠 공원은 나무가 울창한데 사람 손을 거의 타지 않아 산보하기 꽤 좋거든요. 낮에는 사람이 꽤 모여요. 그 대신 밤에는 갈 맘이 안 들죠. 나무가 울창하니까 캄캄해서 여자 혼자는 다닐 수 없어요. 역에서 돌아올 때도 큰길 말고는 무서워서 못 다녀요. 지나치게 조용한 것도 문제죠.

맞아요. 그래서 커플이 모여드나 봐요. 한번은, 저기 뭐더라, 맞아, 피임기구. 알죠? 그걸요, 다 쓴 걸 나뭇가지에 걸어놨더라고요. 처음에는 뭔지 몰라 빤히 쳐다봤다가 안에 액체가 남은 걸 알고 깜짝 놀랐어요. 차 안에서 했겠지만 남의 집 옆에서 그런 짓은 안 했으면 좋겠어요. 했으면 쓰레기 정도는 잘 챙겨 가야죠.

어머, 무슨 얘기중이었더라? 아, 맞다, 밤에는 인기척이 없다는 얘기였죠. 그러니까 어떤 분위기인지는 알겠죠? 도쿄 도내, 그것도 23구 안이라고는 생각할 수 없을 만큼 밤에는 조용해요. 그리고 오면서 봐서 알겠지만 주변에 밭이 많고 주택은 별로 없어요. 상속세를 감당 못 해서 토지로 납부하는 사람이 있어요. 그렇게 납부된 땅이 택지가 돼서 집을 세웠고요. 근데 북쪽은 공원이고 동쪽은 강이잖아요? 게다가 그 동네에는 묘지가 있어서 집이 늘었다고 해도 정도가 뻔해요. 엄청 보도됐으니 알겠지만 사건이 벌어진 집도 그런 식으로 생겨난 신축 주택 중 하나였어요.

벌써 현장은 봤다고요? 그럼 잘 알겠네요. 거기 세워진 건물 세 채가 서로 동떨어져서 갑자기 튀어나온 느낌이죠. 그 건물도 다 상속세를 돈 대신 토지로 납부해서 생긴 거예요. 백 평쯤 되는 토지를 정확히 삼분의 일씩 나눠서 동네 부동산 업자가 똑같은 형태로 세 채를 지은 거죠. 뭐, 위치도 괜찮고 조용하니까 나쁘지 않은 물건이죠. 내놓으니 매수자가 금방 나섰어요. 근데 그중 두 채에는 좀처럼 사람이 안 들어왔나 봐요. 나도 자세히는 모르는데 그중 하나는 론캔슬인가 그것 때문이래요. 알죠, 론캔슬? 은행 융자를 못 받아서 계약이 해지됐다는 얘기죠. 그리고 또 한 집은 집을 사자마자 남편 전근 때문에 이사를 가게 돼서 임대로 내놨다 하더라고. 그런데 그런 사건이 일어나버렸으니 이사를 가서 다행이라고 해야 할지, 남편 혼자 부임하는 게 나았다고 해야 할지 모르겠어요. 이웃 사람이 없어서 일어난 사건일지도 모르잖아요. 다른 두 집에 사람이 살았으면 그 일가도 살해당하지 않고 끝났을 가능성도 있는 거고요. 그대로 살았으면 모두 살해당했을지도 모르지만요.

뭐, 어느 쪽이든 간에 이젠 그 집으로 돌아올 일은 없겠죠. 참 안됐어요. 인생 최대의 쇼핑으로 집을 샀을 텐데 이웃 일가가 몰살당했으니 무서워서 살겠어요? 우리요? 그야 가까운 데서 끔찍한 사건이 일어났으니 무섭죠. 그런데 우리 집은 오래전부터 여기서 살았으니까. 남편 할아버지 대부터 살았는데 이제 와서 어디 못 가죠. 그래서 나는 도둑이라기보다 원한이라고 생각했어요. 죽은 다코 씨네한테는 미안하지만.

아, 그날 밤 얘기요? 알아요. 난 쓸데없는 설명은 안 한다니까요. 요점만 말해준다고 했잖아요. 걱정 마요. 이제 얘기하는 데에는 도가 텄으니.

그게 5월 17일이었죠. 봄이었는데도 겨울이 돌아왔나 싶을 정도로 추웠던 밤이라 무슨 일인가 했던 게 기억나요. 그래서 창문까지 전부 닫아버리는 바람에 실은 밖에서 무슨 소리가 났는지 하나도 못 들었어요.

……어머, 그렇게 실망한 표정 짓지 마요. 이 말에는 죄다 그런 반응을 보이네요. 어차피 그 집은 한참 떨어진 데 있어요. 창문을 열어뒀으면 무슨 소리가 들렸을 수도 있는데 닫아놓으면 옆에서 카섹스를 해도 전혀 모른다니까요. 집 짓느라 공사할 때는 조금 시끄럽긴 했는데 겨울이라 그나마 다행이었죠. 지금처럼 창문을 다 열어두는 계절이었다면 소음을 견딜 수 없었을 테니.

이 동네에 도둑요? 으음, 못 들어봤어요. 치한이 나왔다는 얘기는 종종 들었어도 누가 사람을 때렸다느니 하는 심각한 사건은 없었어요. 원체 조용하고 안전한 지역이에요.

내가 그 사건에 대해 안 건 그다음 날이었죠. 벌써 순찰차부터 구급차 같은 게 몇 대씩 와서 난리였으니까요. 첫 번째 발견자는 택배 직원이었대요. 배달 물건을 가지고 왔는데 아무도 안 나와서 사람이 없나 여기려다가 현관 바닥에 떨어진 유리 조각에 피 같은 게 묻어 있어서 이상하다고 생각한 모양이에요. 그래서 옆으로 돌아갔다가 피투성이인 거실 커튼을 보고 그 자리에 주저앉았다고 들었어요. 그럴 만도 하죠. 그래도 그 직원은 그것만 보고 끝나 오히려 다행이라고들 했어요. 집 안은 훨씬 끔찍했을 테니.

사극 보면 나오잖아요. 상대를 정면에서 싹 베었는데 피가 전혀 안 나오는 그런 장면요. 그런가 하면 촥 하고 피가 쏟아져 나오는 장면도 있죠. 어느 쪽이 진짜에 가까우냐 하면 역시 쏟아져 나오는 쪽이겠죠. 그게 아니라면 커튼이 그렇게 피로 물들 수 없었겠지.

피는 남편 거였나 봐요. 남편이 창가에 쓰러져 있었대요. 칼로 몸 앞쪽을 그렇게 많이 찔렀다면서요? 심장을 정확히 찔렀다니 칼을 뺐을 때 촥 하고 피가 뿜어졌겠죠. 아마 그 일격으로 바로 죽었을 텐데 그 뒤에도 몇 번이나 찔렀다니 잔인하죠. 범인도 온몸에 피를 뒤집어썼을 거예요.

불쌍한 건 애들이죠. 일곱 살 된 남자애는 텔레비전을 보다가 거실 소파에서 그대로 잠들었대요. 그런 데서 잔 탓에 두 번째로 죽게 됐나 봐요. 남편을 너무 찔러서 쓸 수 없게 된 식칼을 버리고…… 아, 흉기가 식칼이란 건 알죠? 범인이 직접 들고 왔나 봐요. 어쨌든 그 식칼을 쓸 수 없게 되니까 테이블 위에 있던 유리 재떨이로 내리쳤대요. 그것도 머리를 몇 번씩이나. 어휴, 상상만 해도 소름 끼쳐.

귀여운 아이였어요. 초등학교에 막 입학해서 몸에 비해 큰 책가방을 메고 등교하는 걸 본 적 있어요. 길에서 우연히 만나면 부끄러움을 많이 타는지 엄마 뒤에 쏙 숨더라고. 그래도 "안녕하세요"라고 꼬박꼬박 인사는 했어요. 부모가 잘 가르쳤겠죠. 요새 애들 중에 그런 애가 어디 있어요. 왜 그런 애까지 죽였을까요.

아, 그래요. 그날 밤 범인은 이어서 부인이랑 동생 여자애를 거의 동시에 죽였나 보더라고요. 두 사람은 이층 부부 침실에서 죽었대요. 이때도 흉기로 식칼을 사용했는데 그 집 부엌에 있던 칼이라고 들었어요. 식칼로 사람 하나를 죽이면 더 쓸 수 없다는 걸 깨달았는지 이층에 올라가기 전에 부엌에서 식칼 두 자루를 들고 갔나 보더라고. 하나로 부인을 엄청 찌르고, 또 하나로는 여자애를⋯⋯ 아휴, 얘기하는 것만으로도 기분이 안 좋아지네. 이 얘기를 몇 번이나 똑같이 하는데도 이런 잔인한 얘기에는 적응이 안 된다니까.

가엽게도 부인이 자기 몸으로 여자애를 보호하려고 했던 흔적이 있었대요. 부인이 칼에 찔린 자국은 거의 다 등이었다지 뭐예요. 그렇지만 결국 그런 노력도 헛되게, 부인이 숨을 거둔 뒤에 여자애를 끄집어내서 범인이⋯⋯ 아, 상상도 하기 싫어라.

그런 일이 일어났으니 엄청난 비명이 울려 퍼졌을 거라고들 생각하는 것 같던데 실제로는 안 그랬어요. 그 집은 요새 많이 짓는, 방음도 단열도 잘 되는 주택이라서 밀폐성이 무척 높다고 하더라고요. 그래서 창문을 닫아버리면 안의 소리가 밖으로는 거의 안 새나 보더라고요. 물론 이웃에 누가 살았다면 알아차렸을지도 모르지만 아까 말했듯이 빈집이었으니까. 제일 가까운 우리 집도, 봐요, 꽤 떨어져 있잖아요. 비명 같은 건 전혀 안 들렸죠.

무섭죠. 난 아무것도 모르고 평소처럼 자고 있었으니. 범행 시각이 새벽 1시 전후였다면서요? 누구나 가장 깊이 잠들 시간이잖아요. 그리고 설령 깨어 있었어도 범인이 드나드는 꼴이 여기서 보일 리 없죠. 그러니까 범인에 관해서는 증언할 게 없어요.

예? 소문이라도 좋다고요? 소문이라면 셀 수 없이 많죠. 경찰들도 내가 물어보면 이것저것 가르쳐줬고, 신문이랑 잡지 기사도 잔뜩 읽었으니까요. 뭐가 알고 싶어요?

아, 그거. 범인의 침입 경로는 아무래도 목욕탕 창문인가 봐요. 다코 씨네는 습기가 차지 않도록 창문을 살짝 여는 습관이 있었나 봐요. 난 몰랐는데 창문을 열어둔 걸 몇 번이나 본 사람이 있대요. 범인의 족적이 남은 건 아니었어도 밤중에 현관문 잠그는 걸 잊을 리 없으니까, 경찰에서는 그쪽으로 침입하지 않았나 생각하는 모양이던데요. 물론 지인이 찾아와서 현관문을 열어줬을 가능성도 있는데 시간이 시간이잖아요. 범인은 몰래 들어갔겠죠.

족적은 없지만 목욕탕에 범인이 드나든 흔적이 남았대요. 별일이지, 범인이 목욕탕에서 몸을 씻은 모양이에요. 하긴 피투성이였을 테니까요. 뭐라고 해야 하나. 뻔뻔하다고 해야 하나 대범하다고 해야 하나. 범인이 그 정도로 침착하게 굴었다니 더 무섭죠? 보통, 사람을 넷이나 죽였다면 바로 도망치지 않겠어요? 그런데 유유히 목욕탕에서 몸을 씻다니 정말 소름 끼치죠. 역시 정신병자의 짓일까.

이건 잡지에서 읽은 얘기인데 남편이랑 부인의 옷이 없어진 모양이더라고요. 알고 있었어요? 아, 하긴 기사에 났으니. 그런데 왜 남편이랑 부인 옷이 다 없어졌는지 알아요? 그건요, 눈속임 때문이에요. 남편 옷만 없어지면 범인이 남자라는 걸 알아버릴 테니까. 부인 것도 없어져야 남자인지 여자인지 헷갈리죠. 잡지 기사에 그런 얘기까지는 안 나왔지만 내가 추리한 거예요. 어때요? 꽤 날카롭죠?

동네 아줌마 하나는 범인이 여자가 아니냐 하더라고요. 범인이 남자라면 굳이 여자 옷을 들고 간다는 발상을 하지 않았을 거라고요. 그런데도 남자랑 여자 옷 모두 사라진 건 범인이 여자이기 때문이라고 생각한대요. 그래도 그런 잔인한 짓을 여자가 할 수 있을까요. 그 아줌마 생각이 지나치다고 봐요.

아, 물론 피범벅이었을 범인 옷은 현장에 없었죠. 그런 걸 놔두면 엄청난 증거가 될 텐데요. 요새 범죄자가 그런 멍청한 실수를 할 리 없죠. 지문도 안 남겼다고 하던걸요.

그 외에도 별다른 증거는 없다고 들었어요. 뭐 좀 아는 거 있어요? 알 리 없죠. 경찰도 다른 증거가 나왔으면 이렇게 시간 끌 것 없이 얼른 범인을 잡았을 테니. 요새는 형사 드라마 같은 것만 봐도 경찰이 어떤 식으로 수사하는지 다 알게 되잖아요. 범인도 여러모로 생각하고 행동했겠죠. 그러니 뭐라 말하기 힘들다니까요. 그런 드라마가 재미있기는 한데 나쁜 놈들한테 참고가 되잖아요.

또 뭐가 궁금해요? 아, 다코 씨 일가의 인품? 그렇겠네요. 그런 얘기는 이웃이 아니면 알 수 없으니.

난 꽤 좋은 인상을 갖고 있었어요. 세상을 떠난 사람을 두고 나쁜 얘기를 하고 싶지 않아서가 아니라 정말 그랬다니까요. 이사 오고 나서 그 사건이 일어날 때까지 기껏 석 달밖에 못 봤지만 우리한테는 참 반듯하게 잘했죠. 처음 이사 왔을 때 비누를 들고 인사하러 왔더라고요. 요새 젊은 사람들이 어떤지는 잘 몰라도 그런 상식을 갖추지 못한 사람이 많아지지 않았나요? 그래서 처음 인사하러 왔을 때부터 마음에 들었죠. 행동거지도 참 깍듯했고.

그래요. 부인이 아주 미인이었어요. 외출할 때마다, 한껏 멋을 부린 느낌은 아닌데 흐트러진 데가 없었어요. 뭐라고 해야 하나, 좋은 집안에서 곱게 자란 아가씨 같은 분위기랄까. 그래요, 그런 사람을 청초하다고 하죠. 응, 청초한 느낌. 맞아요.

아이들 나이만 보면 삼십대 중반쯤 됐을 텐데 서른 살 전후로밖에 안 보였어요. 우아하게 자라면 피부 노화도 늦나 봐요. 당신은 남자라서 모를 텐데 여자의 노화는 피부로 와요. 눈 깜짝할 사이라니까. 피부가 팽팽하면 젊어 보이거든. 그래서 그 부인은 나이보다 더 젊어 보였어요.

이사 인사를 하러 왔을 땐 동생인 여자애랑 함께였어요. 오빠랑 다르게 낯가리는 구석이 없어서 날 물끄러미 보며 "안녕하세요" 하고 인사했던 게 기억나요. 여자애도 엄마를 닮아 어찌나 예쁘던지. 눈망울이 또랑또랑하고 얼굴이 갸름한 게 좀만 지나면 예쁜 아가씨가 될 거라고 상상되는 얼굴이었어요. 어른끼리 얘기하고 있으니 지루할 만도 한데 엄마 손을 꼭 잡고 얌전히 있더라고요. 아까도 말했다시피 집에서 잘 가르쳤겠죠. 어째서 그런 일가가 무참하게 살해당해야 했을까요.

그래서 난 처음부터 호감이었어요. 또 가까이 살다 보니 종종 마주치는 일이 있잖아요? 그럴 때도 나쁜 인상은 전혀 없었죠. 그래서 나도 만날 때마다 마을 모임이라든지 주변에 있는 상점이라든지 이것저것 가르쳐줬죠. 이 동네가 언뜻 보기엔 아무것도 없는 것처럼 보여도 잘 찾아보면 꽤 많아요. 역 건너편에는 맛있는 케이크 가게도 있고 강가를 따라가다 보면 괜찮은 돈가스 가게도 있죠. 그런 데를 가르쳐줬더니 다음에 만났을 때 애들을 데리고 가봤다면서 환한 표정으로 보고하더라고. 정말 마음 씀씀이가 예쁜 부인이었죠.

남편에 대해서는 사실 잘 몰라요. 두 번쯤 봤나. 상당히 유명한 부동산 회사에 다녔다죠. 그런 회사는 대규모 개발이니 뭐니 무척 바쁘잖아요. 다코 씨네 남편은 거의 날마다 11시 넘어서 귀가하는 모양인지 얼굴을 볼 기회도 별로 없었죠.

근데 남편도 좋은 사람인 것 같았어요. 만나면 고개를 꾸벅 숙이며 인사를 하더라고. 미인인 부인 못지않게 인물도 훤하고 대기업 엘리트 사원다운 분위기가 물씬 풍겼죠. 대학도 와세다를 나왔다면서요? 대단해요. '행복'을 그림으로 그려놓은 듯한 가족이었어요. 그런데도 그런 끔찍한 최후를 맞이하다니. 사람 인생은 모르는 거예요.

범행 동기? 글쎄, 아까도 얘기했다시피 도둑의 짓이라면 진짜 무섭죠. 다음번엔 우리 집에 올 수도 있다는 얘기잖아요? 그러니 원한 관계로 일어난 사건이라고 생각하고 싶은데, 남편도 부인도 남한테 원한 살 만한 사람으로는 안 보였거든요. 어떻게 된 걸까요.

만약 원한이라면 뭔가 일그러진 원한이겠죠. 애당초 일반적인 정신 상태를 가진 사람이라면 그런 살벌한 짓을 할 리 없죠. 부부뿐만 아니라 아직 어린 애들까지 그런 식으로 끔찍하게 죽였으니까요. 그렇다는 건, 범인은 머리가 이상한 사람이라는 거죠. 그렇게 생각하고 싶어요.

예? 맞아요. 돈도 없어졌다고 하더라고요. 하지만 그것도 눈속임이겠죠. 요즘 외국인 절도단이 늘어서 깡그리 털어간다잖아요. 그런 놈들의 범행으로 보이게 하려고 그랬겠죠. 그런데 뉴스만 봐도 범인이 여럿이 아니라 혼자일 가능성이 높다면서요. 그럼 돈을 들고 간 건 눈속임이고 역시 원한 관계로 일어난 사건이겠죠? 아, 뭐 아직 모르는 일이죠. 진짜 경찰은 뭘 하는지 몰라. 무서워서 밤에도 잠을 못 자요.

트러블? 글쎄, 전혀 없었어요. 얘기했다시피 부인 행동거지도 반듯했고 이사 온 지 석 달밖에 안 됐을 때였잖아요. 심각한 트러블이 일어날 리 없고 설령 있었다 해도 일가를 몽땅 죽일 만한 원한으로 발전할 리 없죠. 원래 이 동네가 터줏대감들이 모여 사는 조용한 지역인걸요. 시끄러워져서 짜증나요, 정말.

어머, 이제 됐어요? 궁금한 거 더 없어요? 내 얘기가 참고는 됐으려나. 그래요? 그렇게 말해주니 기쁘네요. 그렇죠? 역시 현장에서 가까운 사람의 목소리가 제일 참고가 되죠. 난 오늘처럼 낮에는 항상 집에 있으니까 더 궁금한 게 있거든 걱정 말고 물으러 와요. 언제든 환영할 테니까. 그럼 책 열심히 쓰고요. 응원할게요.

* * *

오빠.

비밀이란, 재미있어.

난 비밀이 참 좋아.

비밀이 있으면 왠지 가슴이 두근거리지 않아? 난 그렇게 두근거리는 느낌이 좋더라.

두근거리는 느낌이랑 우월감이랄까. 사람과 만났을 때 '아, 이 사람은 내 비밀을 모른다' 하는 생각이 들면 우월해진 듯한 마음이 들잖아. 그게 무척 기분 좋아. 아무도 모르는 나만의 비밀.

오빠는 싫어? 비밀을 갖고 있으면 심란해? 왜? 오빠는 너무 진지하다니까. 비밀이 얼마나 재미있는데. 후후후.

내가 처음으로 비밀이 얼마나 좋은지 알게 된 게 언제인지 알아? 몰라? 기억 못 하는구나. 내가 네 살 때쯤이었어. 같이 근처 파출소에 갔잖아. 기억 안 나? 뭐야.

내가 있잖아, 공원에서 반지를 주웠어. 거기 있잖아, 우리 집 앞에 있던 공원. 난 집에 있는 걸 별로 좋아하지 않아서 그 공원에 자주 갔어. 공원이라고 해도 벤치밖에 없어서 다른 애들은 잘 안 오는 곳이라 늘 조용했어. 어떤 때는 어른이 가만히 앉아서 해바라기를 하는 날도 있지만 대개는 나 혼자만의 장소였어. 어, 전혀 몰랐어? 하긴 오빠가 초등학교에 가 있는 동안이었으니까. 오빠가 집에 왔는데 혼자 공원에 있을 필요가 없잖아.

그럼 다시 반지 얘기. 내가 아무리 그 공원을 좋아한다고 해도 그래 봤자 네 살이잖아. 벤치에만 앉아 있으면 지루하지. 그래서 풀밭에도 들어가 보고 벤치 밑에도 기어 들어갔어. 그런데 거기서 반지를 발견한 거야.

난 그때까지 장난감 반지밖에 본 적이 없어서 당연히 장난감이라고 생각했어. 다른 애가 떨어뜨렸나 싶었지. 장난감치고 꽤 예뻐 보였어. 왜냐하면 보석이 탁하지 않고 반짝반짝 빛났거든. 그런 물건을 주우니까 되게 기분 좋아서 집에 들고 왔어. 나만의 소중한 보물. 왠지 엄마아빠한테 얘기하면 뺏길 것 같았어. 얘기했으면 정말 뺏겼겠지. 네 살밖에 안 됐어도 엄마아빠가 어떤 인간인지는 알았으니까. 나, 엄마도 아빠도 믿지 않았어. 내가 믿은 사람은 오빠뿐이야.

반지를 집에 들고 와서 내 장난감 보석함에 넣어뒀어. 진짜 기분 좋더라. 나만의 보물이었으니까. 그래서 그게 내 첫 비밀이야. 처음으로 내 손에 넣은, 두근거리는 비밀.

나 있잖아, 절대로 엄마아빠한테 반지를 들키면 안 된다고 생각했어. 그래서 그걸 볼 때는 보석함에서 꺼내서 주머니에 넣고 공원에 갔어. 공원에서도 주위를 잘 살펴본 다음에 반지를 꺼냈어. 햇빛에 비춰도 보고 헐렁했지만 손가락에 끼워도 보면서 나만의 비밀을 한껏 즐겼어. 아, 그렇구나. 이제 알았다. 그때의 기쁨을 잊지 못해서 지금도 반지를 좋아하나 봐. 내 얘기인데 처음으로 알게 된 기분이야.

오빠는 비밀이 생기면 심란하다고 했지? 왜? 누군가한테 털어놓고 싶어져서? 음, 그럴 수도 있겠다. 내가 비밀을 갖고 있다는 걸, 우월하다고 느끼는 걸 다른 사람이 알아줬으면 싶을 테니까. 나도 옛날에는 그랬어. 아니, 정확히 말하자면 내 비밀을 오빠한테만은 알려주고 싶었어. 남한테 우쭐대고픈 마음은 아니었어. 특별한 건 오빠뿐이었으니까.

그래서 오빠한테 반지를 보여줬잖아. 아직도 기억 안 나? 칫, 재미없어. 그래서 난 다른 사람한테 비밀을 안 털어놔. 털어놓는 순간 빛깔을 잃고 반짝반짝하던 특별한 느낌이 없어져버리니까.

뭐, 좋아. 반지 얘기 계속하자. 난 나만의 비밀을 한껏 즐기고 나서 오빠한테도 즐거움을 나눠줬어. 그랬더니 오빠는 되게 감동하더라. 예쁘다면서 내 머리를 쓰다듬어줬어. 기뻤어. 엄마아빠한테 얘기했으면 엄청 혼났을 텐데 오빠는 칭찬해줬으니까. 정말 기뻤어.

근데 오빠는 반지를 파출소로 가져가는 게 좋겠다고 했어. 이 반지는 장난감이 아니라 진짜니까 잃어버린 사람은 얼마나 마음이 아프겠니. 그러니까 경찰 아저씨한테 갖다주는 게 좋겠어. 그렇게 내가 알아들을 수 있게 상냥하게 얘기했어. 명령했으면 거부했겠지. 근데 오빠는 우선 감동해줬으니까. 난 순순히 오빠 말을 따랐어.

파출소에 같이 갔어. 경찰 아저씨한테 반지를 건넸지. 뚱뚱한 경찰 아저씨는 우리가 하는 말에 고개를 끄덕이며 들어주더라. 언제 어디서 주웠는지 난 열심히 설명했어. 반지를 주운 게 며칠 전이라는 걸 안 경찰 아저씨가 미간을 찡그렸는데 그때 오빠가 나서서 잘 얼버무려줬지. 얘가 아직 어려서 그랬다고 했어? 고마워.

분실물을 파출소에 가지고 왔으니 착한 아이라고 경찰 아저씨가 칭찬해줬잖아. 오빠 말고 다른 사람한테 칭찬받은 건 그때가 처음이었을지도 몰라. 그래서 난 비밀이 사라졌어도 슬프지 않았어. 오빠 말대로 했더니 어른이 칭찬해줬다. 역시 오빠 말 듣기를 잘했다. 그렇게 생각했어.

그러고 얼마 지나지 않아 반지 주인이 나타났지. 찾아줘서 고맙다고 우리 집에 인사하러 왔었잖아. 젊은 여자였는데 결혼반지였나 봐. 손가락이랑 사이즈가 좀 안 맞았는지 자기도 모르게 떨어뜨리고는 내내 찾았다고 그랬어.

어린애가 찾아줬다고 들었으니까 그랬겠지? 고맙다면서 선물로 초콜릿 상자를 가지고 왔잖아. 금색 은색 포장지에 싸인 초콜릿도, 물방울 모양 초콜릿도, 모두 처음 보는 예쁜 초콜릿이었어. 결국 다 먹지는 못했지만 몇 개인가 먹은 초콜릿은 그때까지 먹었던 거랑은 차원이 달랐어. 믿기 힘들 정도로 맛있었지.

난 그때 생각했어. 분실물을 찾아주면 좋은 일이 생긴다? 아냐. 내 비밀이 초콜릿이 되어 돌아왔다고, 그렇게 생각했어.

비밀이 초콜릿으로 바뀐 거야. 다디단 초콜릿으로. 그래서 내게 비밀이란 초콜릿처럼 달콤한 맛이야.

나만의 비밀.

난 비밀이 정말 좋아.

2

예.

아마 제가 다코 씨 부인하고는 가장 친했을 거예요. 곧잘 서로의 집을 왕래했고 아이들끼리도 친하게 지냈어요. 우리 애는 다코 씨 집에 그런 사건이 일어난 걸 이해하지 못하고 언제 돌아오느냐고만 물어요. 그런 일이 아니라고 억지로 일깨워주기에는 가여워서 섭섭하겠지만 이젠 안 돌아올 거라고만 말해뒀죠. 근데 애는 왜 그런지 여전히 이해 못 하는 눈치더라고요. 사람이 죽는다는 현상 자체는 이해하는데 그건 텔레비전 속에서 벌어지는 일이거나 노인들만의 일이라고 생각하나 봐요. 자기랑 동갑내기 아이가 죽는다는 사실을 어린애 머리로는 납득할 수 없겠죠. 저도 괴로워서…….

왜 범인이 안 잡힐까요. 원한에 의한 범행인지 단순 강도 사건인지도 아직 확실하지 않다면서요. 그런 엄청난 사건을 일으킨 범인이라면 얼른 잡아야죠. 일본의 범죄자 검거율이 엄청 떨어졌다죠? 전혀 몰랐어요. 범죄 수법이 다양해졌다느니 경찰 인력이 부족하다느니 말은 많은데 결국 치안이 점점 나빠지고 있다는 거잖아요. 그런 끔찍한 짓을 저지른 범인을 잡지도 못하고 미궁에 빠지다니 일본도 더는 안전한 나라라고 할 수 없겠네요. 정말 무서워요.

예, 다코 씨와는 아이가 초등학교에 입학하면서 말을 트게 됐어요. 하지만 사실 그전부터 서로 얼굴은 알았어요. 같은 요리교실을 다녔거든요. 전 반찬 코스였고 다코 씨는 과자 코스였으니까 같이 배운 건 아니었어도 수업이 같은 층이라 얼굴은 눈에 익었죠. 다코 씨가 워낙 미인이라 눈에 띄기도 했고요.

멀리서 보아도 다코 씨는 화려한 사람이었어요. 단순히 아름다워서만이 아니라 얼굴에서 미소가 떠나지 않는 듯한 인상이잖아요. 요리교실에 들어온 지 얼마 안 되어 다들 다코 씨를 중심으로 모여 수다를 떠는 것 같더라고요. 그런 사람 있잖아요? 그 사람의 존재만으로 자리가 밝아지는 것 같은 타입 말이에요. 다코 씨는 딱 그런 사람이었어요.

솔직히 말하면 과자 코스에서 얼굴을 아는 사람은 다코 씨뿐이었어요. 아니, 정확한 표현은 아니겠네요. 매주 스쳐 지나다 보면 눈에 익는 얼굴은 있었을 텐데 제가 의식한 사람이 다코 씨뿐이었다고 해야겠네요. 어쩌면 살짝 동경하는 마음이 있었을지도 몰라요. 왠지 여고생이나 할 만한 소리 같군요. 그렇지만 다코 씨는 그런 맘을 품게 만드는 사람이었어요. 무슨 말인지 아시겠어요?

그래서 초등학교 입학식에서 다코 씨를 봤을 때 살짝 마음이 들뜨더라고요. '어머. 저 사람 애도 같은 학교네' 하면서요. '같은 반이면 좋을 텐데'라고도 생각했어요. 친해지고 싶다는 생각까지는 하지 않았고 한번 얘기할 기회나 있으면 좋겠다고 기대했어요.

반이 발표되고 체육관에서 교실로 이동할 때 다시 다코 씨를 봤어요. 그때 처음으로 눈이 마주쳤는데 다코 씨도 제 낯이 익었는지 '어머' 하는 표정을 짓더라고요. 기쁜 마음에 가볍게 인사를 건넸어요. 그랬더니 놀랍게도 다코 씨가 제게 다가오더라고요.

"요리교실 다니시죠? 이케부쿠로 도부 백화점에 있는."

저는 살짝 뛰는 가슴을 진정시키며 대답했어요.

"예. 저는 반찬 코스예요."

"아, 역시 그랬군요. 어디서 뵈었나 했다니까요. 이런 우연이 다 있네요."

다코 씨는 그렇게 말하고는 방긋 미소를 지었어요. 웃는 얼굴인데 눈가에 주름 하나 없더라고요. 꼭 여성잡지 모델 같다고 생각했던 게 기억나요. 새침하지도 않고 싹싹하게 웃어서 처음부터 호감이었어요.

"다코라고 해요. 논밭 할 때의 전田에 향하다 할 때의 향向을 써서 다코라고 읽어요. 한자는 쉬운데 한눈에 읽기는 쉽지 않은가 보더라고요."

다코 씨가 그렇게 자기 이름을 가르쳐줬어요. 이름만 듣고는 한자가 잘 떠오르지 않았는데 찬찬히 설명해줘서 고마웠어요. 안 그랬으면 실수했을지도 모르니까요. 그런 데까지 세심히 신경을 써주는 사람이구나 싶었어요.

"구보즈카久保塚라고 해요. 오쿠보大久保할 때의 구보에 무덤 총塚자를 쓴답니다. 만나서 반가워요."

저도 다코 씨처럼 제 소개를 했어요. 다코 씨는 "저도 반가워요"라고 말하고는 자리에 앉아 있는 아이들 쪽으로 시선을 돌렸어요.

"자제분은 어디에 있나요?"

"여기서 두 번째 열, 앞에서 세 번째 애가 저희 애예요."

"아, 남자애군요. 저희 집도 그래요. 창가 쪽 열 뒤에서 두 번째 애예요. 쓰바사翼라고 해요."

"쓰바사 군이군요. 저희 애는 겐타健太예요."

"애들끼리도 친해지면 참 좋겠네요."

'애들끼리도'라는 대목에서 귀가 번뜩 뜨였어요. '도'라고 하면 이미 엄마끼리는 친하다는 전제가 깔려 있는 거잖아요. 처음 말을 섞었을 뿐인데 그런 식으로 말하는 걸 두고 넉살 좋다고 할 수도 있겠지만 다코 씨랑 대화한 것만으로도 기뻐서 그런 느낌은 전혀 들지 않았어요. 오히려 같이 어울릴 수 있어서 마냥 기쁘기만 했죠.

그러고는 서로 집이 어딘지 확인했어요. 그랬더니 걸어서 삼 분 정도 걸리는 거리더라고요.

"그럼 애들을 함께 등교시킬 수 있겠네요."

다코 씨가 말했어요. 저희 애가 다니는 초등학교는 집단 등교일정 수 이상의 학생이 모여 동시에 등교하는 일가 없었어요. 그게 마음에 걸리던 참이었는데 같이 갈 친구를 금방 찾게 돼서 얼마나 고맙던지. 선생님이 안 오셨으면 저희는 계속 수다를 떨었을지도 몰라요.

선생님이 오시고 이것저것 설명을 마친 뒤 해산하게 됐어요. 다코 씨는 당연하다는 듯이 제게 권하더라고요.

"우리, 집에 갈 때 같이 가요."

저도 아이들끼리 아직 인사를 못 시켜서 기꺼이 응했어요. 아이들은 첫 대면이라 쑥스러운지 데면데면 굴었지만 저희는 개의치 않고 함께 걸어갔어요. 돌아가는 길에는 거의 저희 두 사람만 떠들었던 것 같아요. 다코 씨는 이사 온 지 얼마 안 돼 동네 사정을 잘 몰라서 보통 장은 어디서 보는지, 맛있는 식당은 있는지 등 저한테 이것저것 물었어요. 제가 근처뿐만 아니라 헤이와다이나 가미이타바시 지역에 있는 가게도 알려줬더니 참 좋아하더군요.

"그럼 다음번에 같이 점심 먹으러 갈래요?"

다코 씨는 아무렇지도 않게 그렇게 말했어요. 저는 소극적인 편이라서 처음 만난 사람한테 쉽게 마음을 터놓지 못하는데 갑자기 점심을 같이 먹자고 해서 깜짝 놀랐어요. 근데 다코 씨는 정말 스스럼없이 별일 아니라는 듯이 말했어요. 괜히 움츠러든 제가 창피하더라고요. "고마워요"라고 대답했어요. 다코 씨는 "꼭 가요"라고 말하더니 십대 소녀처럼 방긋 웃었어요.

그런 식으로 저희는 서로 알아갔죠. 다음 날부터 아이들은 함께 등교하게 됐어요. 다코 씨 댁이 저희 집보다 학교에 가까워서 저희 애가 쓰바사를 불러내는 모양새가 됐죠. 처음에는 서먹서먹했는데 애들이다 보니 금세 친해지더라고요. 쓰바사는 의젓한데 저희 애는 또 저와는 다르게 활달한 편이라 안 맞지 않을까 걱정했어요. 근데 의외로 그런 면이 서로 잘 맞았는지도 모르겠어요. 다코 씨 말로는 저희 애가 쓰바사를 리드했다고 하더라고요. 새로운 환경에 적응하느라 불안해하는 눈치였는데 겐타가 먼저 나서 어울려줘서 큰 도움이 됐다고도 했고요.

사실 입학식에서만 얼굴을 마주친 사이였다면 거기서 인연이 끝났을지도 모르죠. 근데 다음 요리교실에서 또 만나게 됐어요. 코스는 달라도 끝나는 시간이 같아서 저희는 백화점 카페에서 차를 마셨어요. 물론 다코 씨가 그러자고 했지만 저도 내심 그랬으면 하던 차였어요. 제 바람을 전부 포착해주는 것만 같은 느낌이라 다코 씨하고는 친해질 수 있겠다고 확신했죠.

아직 서로에 대해 잘 모르다 보니 자신의 얘기를 하게 되더군요. 그러면서 다코 씨가 저보다 두 살 위라는 걸 알았어요. 겉보기에는 서른이나 될까 싶어서 깜짝 놀랐어요. 솔직히 부럽기도 하고 살짝 질투도 했죠. 어쨌든 그런 미인과 친구가 돼서 기뻤어요.

"구보즈카 씨네 맨션, 알아. 얼마 전에 그 앞으로 지나갔거든. 집 좋더라."

이미 그 시점에서 다코 씨는 말을 편히 하기 시작했어요. 저는 좀처럼 서먹함을 풀지 못하는 편인데 상대가 연상인 걸 알고 나니 오히려 마음이 편하더군요.

"그랬군요. 하긴 아직 건축한 지 얼마 안 됐으니까요. 그렇지만 임대예요."

"어머, 그래? 여기 물건들은 다 분양 맨션인줄 알았어."

"분양 맞아요. 근데 소유자가 임대로 내놓은 물건이에요. 원래 상당히 비싼데 주택 임대 보조금이 나와서 그런 데 살 수 있게 됐죠."

"아, 그렇구나. 남편분은 어디에서 일해?"

다코 씨 물음에 저는 선선히 대답했어요. 제 남편은 가전제품 회사에 다닌답니다. 다코 씨는 회사명을 듣자 살짝 뜸을 들이더니 다시 말문을 열었어요.

"그럼 가전제품을 싸게 살 수 있겠네. 부럽다. 우리 남편은 부동산 회사에 다녀서 그런 혜택은 별로 없거든. 결국 집도 남편 회사의 분양 물건이 아닌 걸 샀으니까."

자연스럽게 이어지는 말이었지만 왠지 전 임대이고 다코 씨 자신은 자가라는 사실을 재인식시키는 것 같더라고요. 그리고 남편 월급의 차이도요. 남편 회사는 가전제품 회사 중에서는 큰 곳인데 월급이 크게 높은 편은 아니에요. 그 대신 복리후생이 충실하죠. 그에 비해 다코 씨 남편이 근무하는 부동산 회사는 월급이 상당히 셀 거예요. 다코 씨의 발언은 그런 서로의 격차를 한순간에 일깨우는 것 같더라고요.

……이런 제 밤이 너무나 비뚤어진 얼뚱김 같아서 참 싫었어요. 아마 다코 씨에게 그런 의도는 없었겠죠. 순진무구한 사람이라 그저 사실을 입에 담았을 뿐이었을 테니까요. 저는 마음이 더러워져 짜증

스러웠고 한편으로는 아주 살짝이지만 다코 씨와 계속 만나면 피곤할지도 모르겠다는 생각이 들었어요. 물론 다코 씨 탓이 아니라 제 비뚤어진 마음 때문에요.

아시는지 모르겠지만 다코 씨는 부잣집에서 곱게 자란 아가씨예요. 아, 제가 나쁜 의미로 드리는 말씀은 아니에요. 세상 물정을 모르고 남의 마음도 헤아릴 줄 모른다는 말이 아니라 가정교육을 잘 받은 사람이란 뜻이에요. 아버지가 대형 건설 회사 중역이고 어머니는 꽃꽂이인가 뭔가에 무슨 자격을 갖고 계셔서 제자까지 두고 가르치는 분이라고 하더라고요. 그런 집안에서 번듯이 자란 품성이 자연스레 밖으로 배어나온다고 할까요. 설명을 잘 못해서 죄송해요. 어쨌든 다코 씨를 아시는 분이라면 다들 고개를 끄덕이실 거예요. 할 수 있다면 나도 그런 사람이 되고 싶었죠.

다코 씨 집안 얘기를 들은 것도 그때였어요. 잘난 척하는 기색 없이 얘기가 자연스레 그쪽으로 흘러가면서 다코 씨가 나고 자란 과정을 알게 됐죠. 사실 저는 다코 씨에게 터놓고 말하기 힘든 가정에서 자랐거든요. 지방 시골 마을의 공장에서 일하는 부모님 사이에 태어나 풍족함이나 우아함과는 거리가 먼 어린 시절을 보냈어요. 고등학교까지는 동네 공립학교를 다녔고 지방 도시의 무명 전문대를 졸업했죠. 큰 가전제품 회사에 취직하긴 했어도 이른바 현지 채용이었어요. 거기서 제가 하는 일이라야 커피 심부름이었고 전근 온 지금의 남편과 만나 결혼한 거예요. 제가 살아온 인생을 비하하고 싶지는 않지만 다코 씨 같은 사람의 내력을 듣고 나니 창피하더라고요. 분명 제 마음속에 허세나 질투 같은 부정적 감정이 있기 때문이겠죠. 평소에는 그런 감정을 의식할 필요 없이 살아가다가 다코 씨와 만나고 자각해버렸어요. 그런 면이 있었죠.

다코 씨는 중고등학교를 세이신카톨릭계 명문 여학교에 다녔대요. 대단하죠? 부잣집 아가씨들만 다닌다는 그 세이신요. 그런 얘기를 별일 아니라는 듯이 말하는 상대한테 제가 무슨 말을 하겠어요. 저는 시골 공립학교를 나왔으니까요. 혹 다코 씨 말투에 조금이나마 잘난 척하는 낌새가 있었다면 속으로 '속물이네'라며 경멸했을 거예요. 여자들은 그런 식으로 서로 균형을 유지하면서 만나는 면이 있죠. 그런데 다코 씨는 그렇지 않았어요. 정말로 교육을 잘 받은 사람은 그 사실을 자랑할 필요도 없다는 걸 그때 알았어요. 중학교 때부터 세이신에 다녔다고 말한 뒤에 "자기는?" 하고 물어보더라고요. 출신 학교를 자랑하고 싶은 마음이 있었다면 그렇게 묻지 않죠. 제가 시라유리라든가 후타바둘 다 명문 사립학교 같은 학교의 이름을 말하리라 예상한 질문이었어요. 그래서 그런 식으로 정말 아무렇지도 않게 물었겠죠.

제가 "지방 공립학교예요"라고 쓴웃음을 지으며 대답했더니 다코 씨는 "어머, 고향이 어디야?"라며 그쪽에 흥미를 드러냈어요. 절 우습게 여기는 기색은 없었어요. 가벼운 화제로 바뀌었다는 데 가슴을 쓸어내리며 제 고향에 대해 얘기했죠. 나고 씨도 관광하러 온 적이 있었대요. 한참을 그 얘기로 수다를 떨었죠. 학교 얘기에서 벗어나서 안심했어요.

하지만 아이들 진학 문제를 계기로 이번에는 대학 얘기가 나왔어요. 다코 씨가 이런 말을 해서 저는 또 뒤로 넘어갈 만큼 놀라고 말았죠.

"난 대학은 세이신이 아니라 게이오로 갔어. 계속 여학교에만 다녀서 대학교는 공학으로 가고 싶었거든. 친구들이 추천으로 세이신 대학에 갈 수 있는데 뭐하러 그러느냐고 하더라고."

자기는? 하고 물어볼까 봐 괴로웠어요. 아까도 말씀드렸다시피 지방의 무명 전문대를 나왔으니까요. 세이신이란 말만으로도 콤플렉스가 생겼는데 대학은 게이오라뇨. 그때만큼은 다코 씨 말에 살짝 화가 나더라고요.

……아니, 다코 씨가 무신경했던 건 아니에요. 악의도 없었겠죠. 저 같은 인간이 가질 콤플렉스 같은 건 전혀 상상하지 못한 채 단순히 자기 범주에서 얘기했을 뿐이겠죠. 제 상처나 피로감은 말하자면 혼자서 씨름하는 격이죠. 그러니 다코 씨의 고등학교나 대학교 시절 친구분을 만나면 분명 다른 얘기를 들으실 수 있을 거예요.

아, 그때 출신 대학을 다코 씨한테 말했느냐고요? 예. 결국 물었으니까요. 그런데 다코 씨는 제가 나온 대학 이름을 모르는지 "흐응" 하며 고개만 끄덕였어요. 다코 씨도 제가 종種이 다른 인간이라는 걸 깨닫지 않았을까요. 이후로는 출신 학교 얘기는 하지 않았어요. 아, 그 정도로 남을 배려할 수 있는 사람이에요. 아까 제가 무신경하지 않다고 한 건 그런 뜻이에요.

다코 씨는 자기 아이들도 게이오에 보내고 싶은 눈치였어요. 특히 막내는 여자애니까 갈 수만 있다면 게이오였으면 좋겠다고 하더라고요. 게이오에서는 남학생이 여학생 짐을 다 들어준다면서요? 예전에 그런 얘기를 듣고 한참 웃었어요. 대학에 무슨 플레이보이만 모인 것도 아닐 텐데요. 학교 전체가 그렇다고 생각하면 진짜 이상하지 않아요? 물론 제가 곱게 크지 못한 사람이라 그렇게 느끼는 거겠죠. 좋은 집안 자제분들이라면 남한테 자기 짐을 맡기거나 남의 짐을 들어주는 게 일상적인 일일지도 모르니까요. 다코 씨와는 정말 짧은 기간 어울렸지만 그동안 제가 모르는 세계를 틈으로나마 엿볼 수 있었어요. 한 달 반 만에 교제가 끝나 정말 아쉬워요.

커피 한 잔 더 하시겠어요? 예, 괜찮아요. 좀 더 말씀드려야 할 얘기도 있고요. 잠깐만 기다리세요.

……실례했습니다. 드세요. 더 필요하시면 얼마든 말씀하세요. 저도 커피를 좋아하거든요.

다코 씨의 교우 관계에 대한 얘기예요. 예, 다코 씨와 친하게 지낸 건 저만이 아니었어요. 다코 씨가 사교적인 분이라서 이사 온 지 얼마 안 돼 금세 친구가 생겼어요. 요리교실에서도 그랬고 같은 초등학교의 어머니들 사이에서도 그랬고요.

요리교실이 끝난 뒤에 다코 씨와 단둘이 차를 마신 건 한 번뿐이었어요. 이후로는 계속 어울리는 사람이 늘었으니까요. 물론 제가 그러자고 권하지는 않았어요. 모두 다코 씨가 말을 붙인 분들이었죠. 아까 말씀드린 것처럼 다코 씨는 언제나 화제의 중심이었기에 자연스레 그렇게 됐어요.

다음 주에 한 사람이 늘더니 그다음 주에는 두 사람이 늘었고 마지막에는 다섯 명이 함께 차를 마셨어요. 저 말고는 모두 과자 코스 사람들이었죠. 그래서 저로서는 조금 불편한 자리라 결국 다코 씨와 긴밀히 대화를 나눈 건 처음 차를 마셨을 때뿐이었네요. 그 뒤로는 저를 뺀 네 사람이 대화를 이끌어가는 듯했어요.

역시 처음에는 서로 개인 신상에 대해 정보를 나누게 되더군요. 그러니 저와 처음 차를 마셨을 때와 똑같이 다코 씨는 자연스럽게 자기 얘기를 하게 됐죠. 조금 두려웠어요. 다들 다코 씨와 비슷한 세계의 사람들이면 어떡하나 걱정도 들었고, 반대로 콤플렉스가 노골적으로 드러나는 사람이 있는 것도 싫었어요. 저는 사람 많은 자리에 가면 괜히 그런 데 신경 쓰는 타입이거든요.

처음에는 다들 어른스러운 반응을 보였어요. 아니, 그렇다기보다 모두 좋은 집안에서 자란 사람들이라 그랬겠죠. 세이신이라 해도 도쿄에서 나고 자란 분 입장에서 보면 몇 곳이나 있는 아가씨 학교 중 하나에 불과하니까요. 제가 다니고 있으면서 이런 말씀 드리긴 뭐하지만 요리교실에 다니려면 어느 정도 생활에 여유가 있어야 하죠. 실제로 다들 고상한 사람들이었어요. 그 자리의 분위기를 말로 표현하면 "흐음" 하고 반응하는 정도였어요.

그런데 출신 대학이 게이오인 데다가 남편은 와세다 출신으로 대형 부동산 회사에서 근무한다는 조건까지 듣고 나니 분위기가 살짝 긴장되더라고요. 고약한 표현일지 모르겠는데 요컨대 다들 탈락한 거죠. 이력을 비교하는 것만으로 다코 씨와 견줄 만한 사람이 없었던 거예요. 저야 처음부터 비교조차 불가능했으니 발끈할 것도 없었지만 직전까지 자신의 환경에 꽤나 만족하던 사람에게는 마뜩잖은 상황 아니었을까요. 결국 그런 속내를 억누르지 못하고 겉으로 드러낸 사람이 있었어요.

"부럽네요. 다코 씨는 참 좋은 인생을 살아온 것 같아요."

옆에서 듣기에는 정말 부러워하는 것 같기도 하고 뭔가 비뚤어진 것 같기도 한 미묘한 말투였어요. 깜짝 놀라 저도 모르게 그 사람의 얼굴을 보고 말았는데 다른 두 사람은 "그러게요"라며 별 뜻 없이 동의했어요. 발언한 분의 성함은 오카모토 씨예요.

"그런가요?"

다코 씨의 대답에 따라 분위기가 일변할 수도 있어서 간담이 서늘했는데 의외로 담담한 반응이었어요. 섣불리 겸손하게 반응했다면 분위기가 경직되었을 거라고 생각해요. 하지만 다코 씨는 그렇게 무덤덤하게 대답함으로써 오카모토 씨의 말을 매끄럽게 받아넘겼어요. 의식하지 않았을지도 몰라요. 만약 의도적으로 그런 거라면 다코 씨는 정말 머리 좋은 사람인 거죠. 어쩌면 살아오면서 비슷한 반응을 몇 번이나 겪었는지도 몰라요. 나중에 좀 알게 된 건데 다른 두 분은 다코 씨만큼은 아니어도 누구 앞에서 자랑할 만한 삶을 살아온 분들이었어요. 그런데 오카모토 씨는 굳이 말하자면 저와 비슷했어요. 고향도 지방이었고요. 다만 저와는 달리 지방의 명문 고등학교를 졸업하고 도쿄에 있는 대학에 들어간 모양이었지만요.

정말 바보 같지 않나요? 어디서 태어났든 어느 대학에 갔든, 한 사람의 가치와는 무관하다고 말씀하는 분도 있겠죠. 그렇게 단언할 수 있는 분은 행복한 거예요. 여러 번 말씀드렸다시피 저 역시 콤플렉스 덩어리라서 학력이나 생활 레벨을 비교하지 않을 수 있다면 얼마나 좋을까 생각해요. 하지만 어쩔 수 없이 휘말려버리는 일도 있죠. 아, 게다가 여성인 경우에는 외모 콤플렉스나 스타일 콤플렉스도 있어요. 이런 식으로 말씀드리고 싶진 않은데 그런 점에서 오카모토 씨는 어느 면으로나 떨어지는 사람이었어요.

"참 멋진 인생이네요. 고생을 안 하시니까 미모도 계속 유지할 수 있겠어요."

틀림없이 비아냥거렸다는 걸 알 수 있는 말을 오카모토 씨가 해버렸어요. 저를 포함한 세 사람은 부드러웠던 분위기를 깨뜨리는 말에 얼굴이 굳었는데 당사자인 다코 씨는 나와 관계없다는 듯한 얼굴이었죠. 왜 그런 말을 들어야 하는지 모르겠다는 듯 보였어요.

"정말이에요. 다코 씨는 예뻐서 부러워요. 기초화장품으로 뭐 특별한 거라도 써요?"

한 분이 분위기를 수습하려고 서둘러 말했어요. 다코 씨는 그쪽을 보며 미소를 지었죠.

"그렇게 비싼 걸 쓰지는 않아요. 어느 화장품 가게에서나 파는 거예요."

"어머, 뭔데요?"

그분의 기지 덕에 험악한 사태로 발전되지 않고 끝났어요. 저는 가슴을 쓸어내리며 옆눈으로 오카모토 씨를 살펴봤죠. 그러자 오카모토 씨는 재미없다는 듯이 커피잔을 입으로 가져가더군요. 저는 그 반응을 보고 이 사람은 앞으로는 차 마시러 안 오겠구나 하고 예상했어요.

어떻게 된 일인지 그다음 주에도 오카모토 씨가 차 모임에 나타났어요. 저는 코스가 다르니 무슨 사정으로 함께하게 된 건지 알 수 없었어요. 아무래도 다코 씨가 권했고 오카모토 씨도 거절하지 못해서 그런 것 같았어요. 다른 두 사람도 무슨 영문인지 모르겠다고 고개만 갸웃거리는 듯이 보였어요.

그때도 처음에는 일상적 대화를 나눴어요. 화제가 요리라 그랬겠죠. 이윽고 사는 곳이 어디냐 하는 화제로 넘어가버리자 또 오카모토 씨가 험상궂은 목소리로 말했어요.

"저는 시키에서 오는 거라 시간이 너무 걸려서 힘들어요. 다코 씨는 히카와다이죠? 가까워서 좋겠어요."

"구보즈카 씨도 히카와다이예요."

다코 씨가 그렇게 대답했어요. 오카모토 씨는 한귀로 흘려듣더군요. 저는 안중에 없었겠죠.

아, 그래요. 오카모토 씨에 대해 자세히 설명해드리면 이후 이야기를 이해하는 데 도움이 될지 모르겠네요. 오카모토 씨는 다코 씨보다 한 살 아래인 서른네 살이고 남편과 둘이 살았어요. 아이는 없고요. 남편은 은행원이고 오카모토 씨는 일을 하지 않는 것 같았어요. 겉보기에는, 뭐라고 말해야 할까요. 또 험담이 돼버리는 듯한데 사마귀라고 별명 붙일 만한 학교 선생님. 이렇게 말하면 이미지를 떠올릴 수 있죠? 무척 말랐고 매력 있는 외모라고 말하기는 힘들어요. 네? 오카모토 씨가 그렇게 마음에 안 들었냐고요? 죄송해요. 이런 건 코멘트에 넣지 말아주세요.

아까 얘기로 돌아갈게요. 오카모토 씨는 다코 씨가 좌중의 중심이 되는 분위기가 못마땅했는지 무엇 때문에 과자 만들기를 배우고 있다느니, 남편이 단걸 좋아하지 않아 만들어봐야 허무하다느니, 그럴 때면 아이가 있으면 좋겠다느니 하면서 자기 얘기만 주구장창 떠들어댔어요. 여성이라면 기본적으로 자기 얘기를 들어줬으면 하고 바라기는 하는데 그건 서로 마찬가지잖아요. 상대의 이야기를 듣고 자기 이야기를 해야 커뮤니케이션이 성립하는 거 아니겠어요. 그렇지만 가끔 오카모토 씨처럼 주변 사람을 신경 쓰지 않고 떠드는 사람도 있죠. 저도 곤혹스러웠고 다른 두 사람도 어지간히 질려버린 듯했어요.

그런데 가장 열심히 맞장구쳐준 사람은 뜻밖에도 다코 씨였어요. "저희 남편도 단걸 싫어해요"라며 공감을 해주나 싶었는데 "그런 점에서 저는 아이가 있어서 만드는 보람이 있죠" 하고 오카모토 씨의 신경을 긁어대는 듯한 말을 했어요. 옆에서 듣고 있기가 너무 아슬아슬했죠. 그 말에 오카모토 씨도 더 흥분했는지 점점 말이 많아지면서 거의 독주회가 되어갔어요.

저, 또 오해하실까 봐 말씀드리는데 다코 씨는 오카모토 씨를 갖고 놀려는 건 아닌 듯했어요. 같이 어울릴 사람이 아니다 싶어 외면

한 저희 세 사람에 비하면 다코 씨는 살뜰하게 오카모토씨를 상대해 주었어요. 그런 점에서 모임에서는 다코 씨가 가장 선량한 사람이었죠. 뭐랄까, 여자들끼리 벌이는 추한 다툼에 휩쓸리지 않고 본래 자세를 유지했기에 더 도드라진 면이 있었죠.

다코 씨의 그런 훌륭함을 알아본 건 저밖에 없었나 봐요. 다른 두 사람은 대놓고 말하지는 않았지만 '잘도 맞장구치네' 하는 듯한 얼굴로 눈을 맞추고 있었으니까요. 그리고 오카모토 씨는 굳어진 분위기를 알아챌 만한 사람이 아니었어요. 말이 오갈수록 다코 씨에 대한 반감이 점점 격해지는 게 뻔히 보였어요.

저는 두 사람의 대화를 듣고 있다가 오카모토 씨가 또 따라온 이유를 어렴풋이 이해하게 됐어요. 오카모토 씨에게 다코 씨는 도무지 무시할 수 없는 존재였겠죠. 엮이는 걸 끊어내면 정신적으로 편해질 텐데 정색하고 라이벌 의식을 불태운 거예요. 그런데 애초부터 대적할 수 없는 상대이다 보니 반감만 팽창한 거고요. 그런 악순환인 것 같다고 생각했어요.

아까 저와 비슷하다고 한 이유는 오카모토 씨도 콤플렉스를 잔뜩 가진 사람이었기 때문이에요. 출신과 외모에 대해서는 말씀드렸지만, 그뿐 아니라 아이가 없다는 점도 큰 콤플렉스인 것 같았어요. 그렇게 잔뜩 날을 세운 이유의 대부분은 콤플렉스가 원인이었을지도 모르겠나 싶어요. 요즘은 아이를 원하지 않는 부부가 늘고 있다고는 해도 바라는 데도 생기지 않는 거라면 그 사실이 무척이나 고통스러울 테니까요.

오카모토 씨 남편은 외아들, 그러니까 가문의 대를 이어야 하는 입장이었다는 점이 더 영향을 끼쳤을지도 몰라요. 시부모님은 당연히 손자가 태어나기를 기대했고요. 그 기대에 부응하지 못하고 있었으니 남편도 부모님에게서 상당히 압박받고 있었던 모양이에요.

그런 배경을 알게 된 지금이니 말할 수 있는 건지도 모르지만 생각해보면 다코 씨도 오카모토 씨의 콤플렉스를 어지간히 자극한 셈이었어요. 자신이 만든 과자를 아이에게 먹인다는 건 오카모토 씨가 간절히 원하는데도 불가능한 꿈이잖아요. 그런데 다코 씨는 오카모토 씨도 곧 아이가 생길 거라고 순진하게 생각했나 봐요. 아이들은 의외로 일본 과자를 좋아한다느니, 코코넛밀크를 사용한 과자는 초등학생이 됐는데도 좀체 먹으려 하지 않는다느니 하며 어드바이스인 양 자기 경험을 얘기하더군요.

"어머, 그렇군요."

오카모토 씨는 분했는지 이런 대꾸밖에 하지 않더군요. 저는 아슬아슬한 분위기를 견디기 힘들어 시선을 깔고 말았는데 다른 두 사람은 심술궂은 마음으로 즐기는 눈치였어요. 다코 씨가 반격에 나섰다고 해석했겠죠. 저는 사실은 다코 씨는 그런 때에도 친절을 발휘할 수 있는 사람이라고 생각했어요. 그 친절에 상대가 고마워하느냐 아니냐는 별개 문제겠죠.

그런데 요리교실에서 다코 씨와 가장 마지막까지 관계를 유지한 사람은 오카모토 씨였어요. 저는 소심해서 수업중에 옆 테이블에서 다코 씨와 오카모토 씨가 대화하고 있으면 저도 모르게 그쪽으로 의식이 향해버렸어요. 신기하게도 둘이 바짝 붙어서 무슨 젓가락을 바라보면서 소리 높여 웃는 장면도 본 적 있어요. 지금 와서는 단순하고 무책임한 상상에 불과하겠지만 두 사람이 그런 식으로 계속 어울렸다면 상당히 친해졌을지도 몰라요. 무관심보다는 반감 쪽이 강렬한 감정이니까요. 어떤 계기로 오카모토 씨가 다코 씨를 인정했다면, 다코 씨에게는 아무 응어리도 없을 테니 그때까지의 강렬한 감정이 그대로 깊은 우정으로 바뀌었을지도 모르죠. ……뭐, 말씀대로 제가 사물을 미화해서 생각하는 경향이 있을지도 모르겠어요.

예? 오카모토 씨가 다코 씨 일가를 살해한 범인이라 생각하지 않느냐고요? 말도 안 돼요. 설명했다시피 두 사람 사이의 감정은 응어리진 게 아니었어요. 오카모토 씨는 물론 다코 씨가 불편했겠지만 증오하진 않았을 거예요, 절대. 일가족 몰살이라뇨, 그런 짓은…… 그런 식으로 받아들이실 줄 알았으면 오카모토 씨 이야기는 안 하는 편이 좋았겠네요. 오카모토 씨에게 폐를 끼쳐버렸군요.

그럼 저랑 다코 씨 얘기로 돌아가죠.

저희는 아이들 학교에서 이야기를 나눈 이후 서로 휴대전화 번호를 교환해서 문자도 주고받게 됐어요. 다코 씨는 문자를 자주 보내는 편은 아니었어요. 오히려 문자로 괜히 잡담을 주고받는 건 그다지 좋아하지 않는 듯했어요. 문자가 오는 건 용건이 있을 때뿐이고 불필요한 내용은 쓰지 않았고요. 주부끼리 수다 대신 주고받는 문자에는 흥미가 없었겠죠. 그래서 저도 가급적 시답잖은 문자를 보내지 않으려고 노력했어요.

그런 사정으로, 그 권유 또한 거의 사무적이라 할 만한 문자로 받았어요. 이케부쿠로의 피트니스클럽에서 쓰바사에게 수영을 배우게 할까 하는데 겐타도 함께하면 어떻겠느냐는 내용이었죠.

실은 저도 아이에게 수영을 가르쳐주고 싶던 참이었어요. 제가 어릴 때 수영을 잘 못해서 고생했거든요. 수영과 영어는 학교에서 배우는 것만으로는 부족하다고 생각했어요. 부모가 신경 쓰지 않으면 학교 밖에서 배우는 아이들과 격차가 생겨버리는 과목이죠.

그래서 영어는 근처 학원에 다니게 했는데 수영은 이케부쿠로까지 가야 해서 데려다주고 데려오는 게 쉽지 않아 고민하고 있었거든요. 그러니 다코 씨는 좋은 타이밍에 권유한 셈인데 아이들을 어떻게 데리고 다닐 작정인지가 마음에 걸렸어요.

문자로 그걸 묻자 곧 직접 전화가 왔어요.

"문자 봤어. 그래. 역시 오가는 게 문제야."

"예. 왕복 시간까지 포함하면 두 시간은 꼼짝 못할 거예요. 그 정도면 꽤 크죠."

저는 그렇게 대답했어요. 전업주부에게 두 시간쯤 무슨 대수냐고 여기실지 모르겠지만 그냥 두 시간이 아니에요. 초등학교반 수업이 끝나면 다저녁때일 거라서 저녁식사 준비가 불가능하거든요. 그럼 백화점에서 반찬이라도 사서 돌아오게 될 텐데 그게 매주 반복되면 경제적으로 무시할 수 없죠. 이해가 되세요?

"그래서 같이 다니는 사람이 있으면 좋겠더라."

다코 씨가 생기 도는 목소리로 말했어요. 저는 다코 씨의 말이 무슨 뜻인지 바로 깨닫고 "아아" 하고 목소리를 높였어요. 말이 통해 기쁘다는 듯이 다코 씨가 말을 이어갔어요.

"알았지? 나랑 자기랑 교대로 애들을 데리고 가면 좋을 거 같아. 그럼 부담도 이 주에 한 번으로 줄겠지?"

"그건 그렇죠. 다른 문제는 걸리는 게 없을까요?"

"뭐, 없지는 않겠지만 겐타라면 말썽 부리지도 않고 우리 애랑도 친하니까. 게다가 이런 경우는 애들보다 엄마들 관계가 문제일 텐데 그런 점에서 우리는 괜찮잖아."

다코 씨가 그렇게 말해줘서 정말 기뻤어요. 그 정도로 믿어주는 건가 싶어 가슴이 뛰더라고요. 수영클럽에 다니게 됐다고 하면 겐타도 기뻐할 테니 전부 다 잘된 일이다. 그때는 그렇게 생각했죠.

그 얘기가 나온 게 4월이었어요. 보통 신규 모집은 3월에 끝나는데 다코 씨가 알아본 수영클럽은 아직 자리가 있다고 했어요. 이미 두 주분 커리큘럼이 소화됐지만 많이 늦은 편은 아니었죠. 들어갈 수 있다면 지금이라도 하는 편이 낫다는 쪽으로 의견이 일치했어요.

그 주 토요일에 피트니스클럽에 같이 가서 가입 신청을 했어요. 저희가 신청한 건 매주 수요일 수업이었죠. 나흘 뒤가 수업이어서 클럽 시스템을 이해하기 위해 어느 한쪽에 맡기지 않고 함께 갔어요. 탈의실 같은 곳을 확인하고 아이들을 들여보낸 후 저희는 수영장이 내려다보이는 벤치에 앉아 한 시간쯤 수다를 떨었어요.

반을 나누기 위해 처음에 실력 테스트를 하더군요. 우리 애는 수영을 조금 할 줄 알았는데 쓰바사는 거의 못하는지 결국 반이 갈리고 말았어요. "우리 애는 운동신경이 둔하다니까"라며 다코 씨가 그 광경을 보고 웃더라고요. 같은 반이면 좋았을 텐데 그건 맘대로 할 수 없으니까요. 저는 안타깝네요, 하고 대답했어요.

그다음 주부터 번갈아 아이들을 데리고 가기로 했어요. 제가 먼저라도 상관없었는데 본인이 말을 꺼냈으니 자기가 먼저 우리 아이를 데리고 가겠다고 했어요. 겐타도 다코 씨와는 낯이 익었고 수업도 재미있었다고 해서 별달리 불안하지는 않았어요.

저희 집까지 데리러 와달라고 할 수는 없는 노릇이라 겐타를 데리고 다코 씨 댁까지 갔고, 돌아올 때도 다시 오겠다고 했어요. 이케부쿠로까지는 차보다는 지하철을 이용하는 게 편하거든요. 다코 씨가 본인 아이와 겐타를 데리고 지하철로 수영클럽에 가주셨어요.

6시에 겐타를 마중하러 갔어요. 서로 같은 처지니까 미안해하지 않아도 된다 싶었지만 빈손으로 가기 뭐해서 그날 만든 반찬을 들고 갔죠. 다코 씨는 "뭘 이런 걸 다……"라고 말하면서도 받아주시더군요. "맛있겠다. 구보즈카 씨 요리 솜씨가 대단하네"라고 칭찬도 했어요.

그런 다코 씨의 반응이 기꺼워 마음이 살짝 들뜨는 바람에 겐타가 그날따라 얌전했는데도 별로 신경 쓰지 않았어요. 집에 돌아가서 간식을 차려줬는데 평소처럼 덥석덥석 해치우지도 않고 있다는 걸 알아차렸어요. 잘 살펴보니 얼굴이 조금 상기되어 있어서 열을 재봤어요. 37.6도였어요.

"겐타, 어떡해. 열이 있어."

깜짝 놀라 일단 겐타를 소파에 뉘었어요. 평소 같으면 눕기 싫어했을 겐타가 그때만큼은 얌전히 응하더라고요. 담요를 덮어주고 얼굴을 내려다보며 말을 걸었어요.

"힘들었니?"

"아니. 그런 건 아냐."

대답은 그렇게 했지만 그래도 저는 새로운 환경을 맞이하면서 꽤 힘들었으리라 짐작했어요. 한 시간이나 수영을 계속한 건 처음이니까 체력도 소모됐겠죠.

"수영장에서 나와서 바로 몸을 닦았어?"

이제 일 학년이니까 그 정도는 스스로 할 수 있으리라 생각했어요. 하지만 그전까지는 수영장에 늘 제가 함께 갔기 때문에, 그 점이 조금 불안했죠. 그래도 남자애 탈의실에 엄마는 들어갈 수 있으니까 겐타가 자기 몸 닦는 게 서툴렀다면, 다코 씨가 도와줬을 거라고 기대했어요.

"아니."

아니나 다를까 혼자서는 잘 못한 모양이었어요. 그전 주에 혼자 닦는 연습을 시켰는데 엄마 앞에서는 곧잘 하더니 역시 엄마가 없는 데서 실천하는 건 다른 문제였나 봐요.

"그러면 어떡하니. 몸이 젖은 채로 있으면 감기 걸리잖아."

"응."

주의를 주자 겐타는 순순히 고개를 끄덕였어요. 저는 별 뜻 없이,

쓰바사는 어떻게 했으려나 하는 생각이 들었어요.

"쓰바사는 혼자서 했어?"

"아니."

겐타가 고개를 저었어요. 역시 그렇구나, 하고 생각했죠. 그 나이 애들은 친구가 잘하는 모습을 보면 자기도 해내려고 하죠. 분명 두 아이가 물에 젖은 채 멍하니 서 있었겠구나 싶더라고요.

"그럼 쓰바사는 엄마가 닦아줬어?"

"그랬어."

"겐타는 어떻게 했어? 쓰바사를 보면서 몸 닦았어?"

"아니, 기다렸어."

"기다렸다고?"

자기를 닦아줄 순서를 기다렸다는 의미인 듯했어요. 그럼 안 되지, 다음에는 기다리지 말고 스스로 닦아, 하고 타일렀지만 걸리는 데가 있었어요. 겐타의 말을 종합하면, 다코 씨가 자기 아이만 챙기고 몸이 젖은 겐타는 그대로 내버려뒀다는 거니까요.

"쓰바사네 엄마가 '몸 닦고 있으렴' 하고 말했어?"

"아니."

저도 아이 키운 기간이 짧지 않은지라, 아이가 하는 말을 곧이곧대로 들어선 안 된다는 것 정도는 알아요. 그래서 마음에 걸리긴 했지만, 그 일로 다코 씨한테 화를 내지는 않았어요. 아이 둘을 한 번에 돌보는 건 불가능하니까 한쪽을 먼저 챙길 수밖에 없겠죠. 설령 겐타가 방치되었다 하더라도 그 시간은 일 분도 되지 않았을 거예요.

……다만 '몸 닦고 있으렴' 하고 주의 정도는 줄 수 있지 않았을까 생각한 건 사실이에요. 저라면 그랬을 테니까요. 그다음 주에는 결국 결석하게 됐지만 골든위크4월 말부터 5월 초에 이르는 일본의 연휴 기간 다음 날에 쓰바사를 데리고 갔을 때는 정말 꼼꼼히 신경 써줬어요. 남이 맡긴 아이가 감기라도 걸리면 큰일이니까요.

아, 왠지 다코 씨를 원망하는 듯이 말해버렸네요. 그건 아니에요. 그 일 때문에 다코 씨한테 불평한 적도 없고 다시는 아이를 맡기지 않겠다고 생각한 적도 없어요. 우연히 저희 아이가 컨디션이 안 좋았을 뿐이에요. 굳이 말하자면 운이 나빴던 거죠. 다코 씨에게는, 그런 좀 둔감하다고 할까, 느긋한 데가 있었다는 이야기를 하려던 거예요.

……하지만 하나마나한 이야기였네요. 아니, 말하지 않는 편이 나았겠네요. 짐작하시겠지만 학부형 가운데 다코 씨와 가장 친했을 뿐, 만난 기간은 한 달 반 정도밖에 안 돼요. 다코 씨와의 에피소드를 물으셨는데 자질구레한 것밖에 없어서 얼결에 불필요한 이야기까지 해버렸네요. 다코 씨는 정말 좋은 사람이었어요. 쭉 만남을 이어가고 싶었는데 이런 사건으로 돌아가셔서 저도 무척 충격받았어요. 벌써 일 년 가까이 지났는데 경찰 수사는 별 진전이 없다죠. 안타깝기도 하고 이대로 사건이 잊히지 않게 하기 위해서라도 여러 매체에서 다뤄주시면 좋겠다 싶어 말씀 드렸어요. 뭔가 참고가 됐으면 좋겠네요.

물론 다코 씨가 다른 사람의 원한을 사서 살해당했다고는 생각하지 않아요. 다코 씨에게 있을 수 없는 일이에요. 범인은 분명 다코 씨 댁 돈을 노리고 잠입한 강도예요. 저는 그렇게 믿어요. 예, 누가 뭐라고 하든 저는 믿어요. 하루빨리 범인이 잡히기를 기도해요.

* * *

오빠.

엄마랑 아빠랑 어떻게 만났는지 들은 적 있어? 없구나. 난 알아. 아빠한테 들었거든. 아빠는 나한테 별 얘기를 다했어. 그래서 아빠 비밀을 되게 많이 알게 됐어. 모처럼 생긴 비밀을 나한테 다 털어놓더라고. 황송하게도 말이야. 말하지 않는 쪽이 훨씬 즐거운데.

아빠가 엄마를 헌팅했대. 헤헤, 놀랍지? 아빠 젊었을 때도 헌팅 같은 게 있었대서 나도 놀랐어. 엄마는, 뭐 얼굴만 따지면 미인이잖아. 걸어다니기만 해도 눈에 확 띄니까 무조건 내 걸로 만들어야겠다 싶어서 따라갔지, 하고 조금 우쭐대면서 아빠가 말했어.

맞아. 아빠도 젊었을 때는 꽤 놀았나 봐. 물론 여자를 헌팅한 것도 엄마가 처음이 아니었겠지. 꼬셔서 해본 여자가 몇 명인지가 남자의 우열을 결정한다. 그렇게 생각하는 인간이었을 거야. 천박하지? 자기 아빠가 그런 인간이란 걸 알게 되는 일도 씁쓸하지만 본인 입으로, 게다가 자랑처럼 떠벌리는 꼴을 보는 일도 한심한 경험이야. 뭐, 아빠라는 인간을 그 일로 포기한 건 아니지만 말이야.

오빠, 엄마아빠가 속도위반으로 결혼한 건 알아? 뭐야, 그것도 몰랐구나. 뭘 그렇게 놀라. 어떻게든 그랬을 법하잖아. 둘 다 만사에 제멋대로였으니까. 피임 안 했다는 말을 듣고도 난 하나도 놀라지 않았어.

엄마랑 아빠 있잖아, 처음 만난 날에 호텔로 갔대. 뭐, 우리는 상상도 안 되지만 아빠가 젊었을 때는 꽤 잘생겼었나 봐. 그래서 엄마도 꽤 마음에 들었나 봐. 꼬셨더니 바로 따라왔다고, 아빠가 그랬어.

아, 물론 그때 오빠가 생긴 건 아냐. 아무리 그래도 만난 첫날 생겼으면 결혼까지는 안 갔겠지. 헤픈 선남선녀가 의기투합했으니 그 뒤로도 계속 만났겠지. 그런데 칠칠치 못한 인간들이라서 피임도 안 하고 즐기기만 하다가 아이가 생긴 거야. 뻔한 이야기잖아.

잘도 결혼했다고 생각하지 않아? 난 그게 제일 불가사의했어. 그러니까 아빠는 이미 스물네 살이었다고 쳐도 엄마는 그때 열아홉 살이었잖아. 얼른 애 떼고 이십대를 더 즐기다가 놀 만큼 놀았다 싶을 때쯤 돈 많은 남자라도 잡으면 좋았을 텐데. 결국 엄마는 얼굴만 예쁘지 머리는 빈 거야. 그런 계산도 못하는 멍청한 여자인 거지. 아, 엄마가 조금만 더 머리가 좋았다면 오빠가 태어나지 않았겠구나. 엄마가 멍청해서 다행이야.

하지만 태어나는 게 정말로 좋은 일일까. 멍청하고 어수룩한 여자한테서 태어나면 그 아이도 괴롭겠다고 생각하지 않아? 오빠도 멍청한 부모 밑에서 엄청 고생했잖아. 엄마는 모성이라고는 눈곱만큼도 없는 여자잖아. 우리가 이 나이까지 용케 살았다 싶어. 언제 죽었더라도 이상할 게 없었어.

어릴 때는 늘 배가 고팠잖아. 엄마가 요리 같은 거 전혀 만들어주지 않았으니까. 요즘은 편의점이 있지만 그때는 그런 거 없었잖아. 뭘 먹었던 걸까. 이웃집 아줌마가 주먹밥을 만들어줬다거나 내 손으로 된장국을 끓인 기억이 있긴 한데. 아, 그래 맞아, 오빠가 만들어줬구나. 초등학교 삼 학년 때쯤에는 벌써 이것저것 만들 수 있게 됐잖아? 내가 굶어죽지 않은 건 오빠 덕분이었네. 그럼 오빠는 어떻게 살았던 거지. 어, 몰라? 그렇구나.

자주 두들겨 맞은 기억은 나. 엄마라고 하면, 날 때린 사람이라는 인상뿐이야. 처음에는 다른 집이 어떤지 모르니까 부모란 이런 거구나 했지. 그런데 좀 더 크면서 다른 집 엄마를 볼 기회가 늘었고, 우리 엄마하고는 너무 달라서 이상하게 여기기 시작한 거야. 뭐랄까, 그때 느낀 실망감은 잊을 수 없어. 우리 부모는 정상이 아니구나 싶어서 엄청 실망했어. 왜 부모는 고를 수 없는 걸까 하는 마음에 정말 성질이 났어. 고를 수 있다면 그런 여자는 죽어도 고르지 않아. 그런 여자밖에 없다면 차라리 없는 게 나아. 그렇잖아, 그 여자는 인간쓰레기니까.

결국 어렸던 거야, 엄마는. 왜 안 그랬겠어. 열아홉 살에 임신해서 아이를 낳다니, 아이가 아이를 낳은 거나 마찬가지잖아. 아이를 제대로 키울 수나 있었겠어? 게다가 똘똘한 열아홉이면 몰라도 남자가 잘생겼다면서 쫄랑쫄랑 따라가 그날 몸을 바친 헤픈 여자잖아. 아이 키우긴 다 글렀지.

내 생각에 엄마는 오빠를 낳은 것만으로도 완전히 질려버렸을 거야. 더는 아이를 원하지 않았을 거야. 그런데 내가 태어났다는 건 결혼해서도 칠칠치 못한 성격을 못 고쳤다는 뜻이겠지. 우리 부모는 계획성 같은 건 전혀 없었으니까. 경제적으로 여유가 생길 때까지 아이를 보류한다는 발상 따위 절대 못하지. 그러니 두 번째도 '속도위반'이었다는 뜻.

엄마는 있지, 오빠를 대하는 것보다 날 대하는 태도가 훨씬 차가웠잖아. 왜 그랬을까 오랫동안 고민해봤어. 그 이유를 최근에 깨달았어. 똑같은 실패를 되풀이한 거라면, 두 번째가 더 짜증났겠지. 그 짜증이 자기 어리석음에 대한 분노가 된다면 좋을 텐데, 그게 아니라 나한테 향했잖아. 철부지였으니까, 엄마는.

오빠랑 같이 장난을 해도 나만 혼났잖아. 진짜 부조리하다고 느꼈어. '부조리'라는 표현을 처음 들었을 때, 이거다 하고 생각했어. 내 마음을 콕 집어 말하는 단어라고 말이야. 몇 살이었더라? 꽤 어릴 때였을 거야. 겨우 유치원에나 갔을 어린애가 부모를 통해 '부조리란 무엇인가'를 알게 되다니, 가여워서 눈물이 나.

하지만 난 괜찮았어. 오빠가 있었으니까. 오빠가 정말 날 감싸줬으니까. 엄마가 그저 자기 기분이 나빠서 날 때리려고 할 때, 울면서 말려줬잖아. 세상에서 믿을 수 있는 사람은 오빠뿐이라고 늘 생각했어. 지금도 그래. 내 편은 오빠뿐이야.

기억해? 엄마 지갑에서 돈이 없어졌을 때 말이야. 5천 엔인가 없어졌잖아. 그걸 안 엄마는 아무 증거도 없이 날 의심했어. 그때 내가 초등학교 일 학년이었나. 일 학년이 5천 엔이나 들고 나가서 어디다

쳤느냐고 물었어. 냉정하게 생각해보면 내가 가져갔을 리 없는데 엄마는 이미 내 짓이라고 머릿속에서 결론을 내리고 있더라. 날 부르더니 마룻바닥에 무릎 꿇리고는 손바닥으로 머리를 몇 번이나 후려쳤어. "이 도둑, 도둑년" 하고 잠꼬대처럼 반복하면서 말이야.

죄송해요, 죄송해요 하고 몇 번이나 빌었어. 빈다고 용서해줄 리 없다는 걸 알면서도 비는 게 몸에 배서 그저 빌었어. 그런데 생각해보니 내 짓임을 인정했다고, 엄마에게는 그렇게 보였을 거 아냐. 엄마는 점점 미친 듯이 때렸지만 내가 할 수 있는 거라고는 비는 것밖에 없었어.

엄마는 흥분해서 머리를 때리다가 뺨까지 치게 됐어. 어른이 손바닥으로 가차 없이 치니까 정신을 아득할 정도로 아프더라. 두 뺨이 사과처럼 빨갛게 부어오르지 않았을까. 이러다 죽을지도 모르겠다고 생각했어. 엄마가 날 죽일 것 같다고 생각한 적은 몇 번이나 있었지만 아마 그때가 처음이었을 거야.

그토록 비는데도 왜 멈추지 않는 걸까 이상했어. 분명 때리는 사이에 스스로 자제할 수 없게 됐겠지. 자제 같은 걸 할 줄 아는 사람이 아니었잖아. 때리다 보니 점점 더 흥분해서 자신이 뭘 때리는지, 인간인지 뭔지도 알 수 없게 되지 않았을까. 그때 엄마 얼굴, 지금도 똑똑히 기억나. 완전히 맛이 갔었어. 입에는 거품을 물고, 눈동자는 뒤집혀 흰자위만 보여서 너무 무서웠어. 미치광이의 얼굴은 무서워.

때리다 보니 자기 손이 아파졌을 테지. 이내 엄마는 발로 내 가슴을 차기 시작했어. 난 아직 몸집이 작아서 발로 차이니 날아가버렸어. 마룻바닥에서 다다미방까지 날아가니 숨이 턱 막히더라. 천장을 올려다보면서 숨이 안 쉬어져 발버둥친 게 기억 나. 엄마가 나한테 다가오는데 인간으로 보이지 않더라. 괴물이나 악마처럼 보였어. 음, 아니다. 엄마를 뭔가에 비유하는 건 틀렸어. 난 그걸 엄마라고 인식했어. 엄마가 다가오니 지독히 무서웠어.

오빠가 집에 돌아온 게 바로 그때였어. 현관문이 열리고, 오빠가 들어오자 안심이 돼서 오줌을 싸버렸지 뭐야. 온몸에서 힘이 빠지면서 나도 모르게 오줌을 싸버렸어. 고무줄이 끝까지 당겨졌다가 움츠러들었을 때와 비슷하다고 할까. 기절하지 않은 게 다행이라고 생각해.

그 순간 오빠는 무슨 일이 일어났는지 단번에 알아차렸겠지. 엄마가 날 죽인다고 생각했어? 하여튼 오빠는 바로 달려와서 필사적으로 엄마를 말려줬어. 오빠가 돌아오지 않았더라면 엄마한테 가슴을 짓밟혀서 그대로 죽었을 거야. 틀림없어. 오빠는 내 생명의 은인이기도 하지만 엄마한테도 은인이네. 오빠 덕분에 살인범이 되지 않고 지금도 살아 있잖아. 그런 인간이 나이를 먹고도 일반인의 탈을 쓰고 멀쩡하게 살아가고 있다니, 정말 이해가 안 돼. 아, 그렇구나. 이것도 '부조리'인가? 후후후.

오빠가 말린다고 정신을 차렸던 걸 보면 그 인간도 일반인 범주에 들어가는 건가. 보통 부모도 그래? 아니겠지? 우리 엄마는 정신병자였어. 그런 인간이 어떻게 남들처럼 평범하게 살아갈까? 부조리 부조리 부조리 부조리. 세상은 부조리투성이야.

난 아빠가 5천 엔을 들고 갔다고 생각했어. 아빠가 그런 교활한 구석이 있잖아. 여자를 헌팅할 배짱은 있을지 모르지만 기본적으로 간이 작은 인간이니까. 얼굴 잘생긴 것 빼면 아무짝에도 쓸모없는 겁쟁이. 어디 가서는 기죽고 지내다가 집에서나 위세 떠는 인간. 진짜 변변찮은 부모였어. 웃음이 다 나.

뭐? 아빠가 아니었어? 오빠가 그랬다고? 우와, 진짜 대충격. 그랬구나. 그땐 왜 말하지 않았어? 엄마가 무서워서? 그럼 난 오빠 대신 죽기 일보 직전의 공포를 맛본 셈이네. 우와, 너무해. 이젠 사람 못 믿겠어. 결국 믿을 사람은 아무도 없다는 거구나.

……농담이야, 농담. 화나지 않았어. 그런 옛날 일을 이제 끄집어내서 화내봐야 무슨 소용이야. 오빠도 인간인 이상 자기가 소중했겠지. 알아, 잘 알아. 다들 그런걸. 입장이 바뀌었으면 나도 그랬을 거야.

걱정 마. 지금도 오빠라면 무조건 믿으니까. 내 편은 오빠뿐이잖아. 후후후. 정말이라니까.

3

아, 죄송합니다.

기다리시게 했군요. 십오 분이나 늦었네요. 정말 미안합니다. 먼저 드시고 계셨어도 좋았을 텐데요. 그게 더 이상한가요?

주문은? 하나도 안 하셨어요? 그랬군요. 그럼 우선 맥주부터 시킬까요. 갈증이 나서요.

가게가 시끄러워 미안합니다. 하지만 이런 가게가 사실 느긋하게 얘기하기 좋거든요. 주위로 목소리가 새나가질 않으니까요. 조용한 가게에서 큰 소리로 떠들 건 아니죠. 듣고 싶으시다는 그 얘기는요.

아, 왔다. 자, 우선 건배부터 하시죠. 퇴근 후 맥주 한 잔은 정말 좋죠. 젊을 때만 해도 맥주가 영 껄끄러워서 뭐 좋다고 저렇게들 마시나 했는데 지금은 이걸 끊을 수 없네요. 나이 먹었다는 게 이런 걸까요. 하하하. 이제 삼십대 중반이니까요. 씁쓸하네요.

예? 첫눈에 어떻게 알아봤느냐고요? 그야 알죠. 다른 손님들은 동행이 있고 그쪽은 척 봐도 르포라이터로 보이니까요. 이미지가 딱입니다. 겉모습에 대해 전혀 못 들었지만 금방 알아보겠더군요. 그런 말 자주 들으시죠? 그렇지 않아요?

쓸데없는 얘기군요. 잡담으로 시간을 때울 상황은 아니겠죠. 다코 일 때문이시죠? 예, 제가 아는 거라면 뭐든 말씀드리죠.

예. 아마 회사에서는 제가 다코랑 제일 친했을 겁니다. 입사 전부터였으니 그럭저럭 십오 년이 넘었군요. 오래됐네요. 어릴 때부터 붙어다니면서 온갖 한심한 짓을 하고 속속들이 아는 사이였는데 그런 식으로 죽다니 충격이었습니다. 뭐랄까, 아직도 믿기지 않아요. 녀석이 살해당한 모습을 한 번이라도 봤다면 실감이 날지 모르겠지만 못 봤으니까요. 장례식에도 갔고 신문이나 텔레비전을 통해 보도된 기사도 봤는데 여전히 그게 다코에게 벌어진 일이라는 기분이 안 듭니다. 단순 사정으로 쉬다가 조만간 다시 출근할 것 같아요.

생각해보면 가까운 사람을 잃은 게 처음입니다. 그래서 죽음이라는 걸 실감 못 하는 건지도 모르겠군요. 어떻게 말해야 좋을지 모르겠지만 그다지 슬프지는 않습니다. 아, 그렇다고 박정한 인간이라 여기지는 말아주세요. 그냥 실감이 안 나고 울려야 울 수도 없이 지독한 농담을 듣고 있는 기분입니다. 야, 장난치지 마. 그러고 싶어요. 뭔지 아시겠어요? 아, 이런 식으로 느끼는 게 저만이 아닌가요? 역시 다들 그렇군요.

실감이 안 난다 해도 당연히 범인에게 분노는 치밉니다. 이 사건이 단순 교통사고였어도 분노는 치밀었겠지만 그런 감정은 차차 가라앉힐 수 있었을 거라고 생각합니다. 그런데 다코는 그런 식으로 살해당했잖아요. 잔인한 것도 정도가 있죠. 잊히지도 않고 설령 범인에게 어떤 사정이 있었다 해도 도저히 용서할 수 없어요. 잡히면 당연히 사형에 처해야죠. 일본 법률에서는 사람 하나 죽이고도 사형이 아니라니 말도 안 되죠. 하지만 일가족 네 명을 모두 죽였으니 어느 재판관이라도 사형에 처할 겁니다. 범인을 죽이지 않으면 다코 일가가 성불도 못할 거고 세상 사람들도 납득하지 않겠죠. 공개 사형에 처했으면 좋겠습니다. 그런다면 꼭 보러 갈 겁니다. 돌이라도 던지고 싶어요.

……아, 죄송합니다. 말하면서 너무 흥분해버렸군요. 평소에는 별로 의식 못 했는데 역시 다코가 없으니 쓸쓸한 건가. 이렇게 말하면서 처음으로 제 마음을 인식한 것 같군요. 아까도 말씀드렸지만 십오 년 지기니까요. 그런 친구를 잃는다는 건, 음, 뭐라고 말하면 좋을까. 결락缺落? 네, 그래요. 그런 느낌이 크네요. 이런 내 마음을 어떻게 좀 해줬으면 좋겠습니다. 그렇구나, 내가 이렇게 범인에게 분노하고 있었구나. 친구가 살해당했는데도 슬프다는 마음이 안 들어서 내가 이렇게 냉정한 인간이었나 싶어 씁쓸했거든요. 제 안에 이렇게 뜨거움이 있었다니 기쁘네요. 얘기를 들으러 와주셔서 제가 감사드려야겠습니다.

더 마셔도 될까요? 예, 물론 멀쩡히 얘기할 수 있을 정도로 조절하죠. 오늘 이 술은 죽은 다코에게 바치고 싶군요. 다코를 아는 친구와의 술자리라면 금세 우울해질 텐데 그쪽처럼 전혀 모르는 사람이라면 담담히 회고할 수 있을 것 같군요. 재미있는 얘기는 아닐지 모르겠습니다만, 들어주시죠.

다코와는 입사시험을 보면서 알게 됐어요. 저도 와세다 출신입니다. 학교에서는 만난 적이 없고 회사에서 대학별로 면접을 봤는지 일차, 이차를 통과하면서 몇 번이나 함께하게 됐죠. 둘 다 부동산 회사가 일 지망이라서 어디 회사의 아무개라는 선배가 친절하고 어디는 어떤 식으로 학생들을 뽑는다느니 하며 정보를 교환하게 됐습니다. 지금 같으면 메일로 교환했겠지만 당시에는 그런 게 없었으니까요. 오로지 전화를 하거나 캠퍼스에서 직접 만나 얘기할 수밖에 없었죠. 메일 같은 게 없어서 오히려 친해졌는지도 모르겠군요.

예, 다행히 둘 다 내정을 받았죠. 잘난 척하는 말로 들릴지 모르겠습니다만 저희 회사가 아무나 받아주는 곳은 아닙니다. 당시는 버블 전성기라 대학교만 졸업하면 족족 취직되던 시절이었다 해도 저희 회사만은 정말 극소수 학생만 들어올 수 있었죠. 난관을 돌파한 사람들이라는 느낌에 처음부터 동지의식이 생겼죠. 뭐, 다른 분은 알기 힘들지 모르겠습니다만 와세다라는 곳이 유달리 그런 결속력이 강한 대학이기도 했죠.

입사 전까지 반년쯤 시간이 있었는데, 그사이에 참 자주 어울렸습니다. 맞다. 가을에 둘이서 온천에 간 적도 있네요. 혹시나 해서 말씀드리는데 호모 아닙니다. 여자끼리 여행을 가면 아무 말도 않다가 남자 둘이 가면 왜 그리 이상하게 보는 걸까요. 연대감이라고 할까요 전우의식이라고 할까요. 서로 잘해냈다고 하는, 굳이 말로 하지 않더라도 통하는 감정이 있어서 그랬죠. 이해하실지 모르겠네요. 물론 여행지에서 어떻게 잘 풀려서 여자 둘이 온 쪽과 엮이면 좋겠다고 기대는 했죠. 결국 그런 행운은 찾아오지 않았고요. 하하하. 대학생이 다 그렇습니다. 뭐, 그때는 특히 더 들떠서 그런 생각밖에 안 했던 것 같네요.

그러면서 실제로 입사했을 때 동기 중에서 다코와 제일 친하게 된 셈이죠. 저희 말고도 와세다 출신이 몇 명 있기는 했습니다. 하지만 대학만 같다고 의기투합할 수는 없죠. 연수기간 중에 와세다 출신끼리 점심을 먹으러 나간 적도 있는데 다코 이상으로 친해진 녀석은 없었습니다. 음, 그런 의미에서 다코는 제게 둘도 없는 친구였을까요. 친구라기보다 악우惡友라고 표현하는 쪽이 가깝다는 느낌이었는데 십오 년이나 가깝게 지냈으니 제일 친한 친구였군요. 상대가 죽고 난 뒤에야 이런 생각이 들다니 뭔가 씁쓸하네요.

아시다시피 다코는 맨션 판매부였고 저는 경리부입니다. 물론 경리 일을 하고 싶어서 부동산 회사에 들어온 건 아닙니다. 부동산 회사에 들어온 이상 개발 업무를 하고 싶었죠. 지금도 그렇게 생각합니다만 이런 식으로 경리 업무를 오래한 이상 다른 부서에 가봐야 아무 짝에도 쓸모없겠죠. 저보다 젊은 친구가 대형 개발 프로젝트에서 괜찮은 아이디어를 냈다는 얘기를 들으면 저절로 질투가 나기도 합니다. 난 왜 경리 일이나 하고 있을까 하면서요. 나도 처음부터 개발 업무에 배속됐다면 지금쯤 드라마에 나올 법한 동네를 한두 개는

지었을 텐데 하는 마음이 들어 울컥할 때도 있습니다.

저는 경리 일을 하고 있어도 중개사 자격증은 갖고 있습니다. 웃기죠. 신입사원 시절에 모두 따게 했거든요. 진짜 열심히 공부해서 땄는데 한 번도 써본 적이 없어요. 일부러 비용까지 치러가며 갱신하고 있노라면 한심해지지만요. 뭐라고 할까요, 이 조그마한 중개사 자격증이야말로 아이덴티티라고 할까요. 나도 개발을 한다, 일본을 만들어가는 회사에 다닌다 하는 긍지입니다. 아, 미안합니다. 이건 푸념이군요.

그러니까 제가 드리고 싶은 말씀은 다코도 같은 마음이었을 거라는 겁니다. 다코도 회사에 들어오면서부터 개발이 아니라 판매 업무에 종사했으니까요. 물론 경리나 판매 업무를 하찮게 보는 건 아닙니다. 그 업무를 하는 사람이 없으면 회사가 존재할 수 없으니까요. 오히려 내가 회사를 지탱하고 있다는 자부심으로 일하고 있죠. 뭐, 그렇게라도 생각하지 않으면 견딜 수 없다고도 할 수 있겠군요.

제 입장에서 보자면 판매 쪽이 훨씬 화려한 업무 같더라고요. 맨션 모델하우스에 가본 적 있으신가요? 부족한 데 없이 화려하죠. 접수처에는 파견사원으로 예쁜 여자애를 앉혀놓고, 극장 같은 모니터룸을 설치한 다음 거기서 컴퓨터그래픽 영상을 보여주죠. 모델룸에는 고급 가구까지 갖춰 으리으리하게 인테리어를 했으니 같은 부동산 업계이더라도 중개 업무밖에 하지 않는 사람이 보면 별천지로 보일 만큼 멋진 일이에요. 솔직히 저도 부러웠어요. 다코가 담당하는 물건의 모델하우스에 놀러간 적이 있는데 방금 말씀드린 것처럼 엄청나게 호화로운 공간에서 일하더라고요. 날마다 전자계산기만 두드리는 저보다 훨씬 낫다고 생각했죠.

다코 입장에서 보면 주택 판매부에 배속된 것 자체가 불만이었을 겁니다. 압니다. 개발을 하기 위해 부동산 회사에 들어왔는데 실제 하는 일이 맨션 판매라뇨. 낙담하는 것도 무리가 아니죠. 그렇지만 다코의 업무도 결코 나쁘지 않았습니다. 당시에는 주택 판매부가 독립된 회사가 아니었어요. 그러다 주택 판매부가 분사하면서 다코는 그쪽으로 출근하게 됐죠. 솔직히 그때는 제가 그렇게 되지 않아 다행이라고 생각했습니다. 언젠가 본사로 돌아올 거라는 말을 듣고 그쪽으로 출근했는데 결국 다코는 돌아오지 못했어요. 자신이 입사한 회사의 명함이 아니라 자회사의 명함을 내밀어야 하는 굴욕은 잘 압니다.

……저, 무슨 얘기하고 있었죠? 아, 그렇죠. 뭔가 모순된 얘기를 한 것 같은데 그 정도로 복잡한 마음이 든다는 걸 이해해주세요. 뭐 남의 떡이 커 보이는 격인지 모르겠습니다만 경리인 저는 판매 일을 하는 다코가 부러웠다, 하지만 다코는 자기의 배속이 불만이었다. 그걸 말씀드리고 싶었던 거죠.

요리 좀 먹어도 될까요? 배가 고파서요. 아, 드시죠. 염려 마시고 드세요.

그러고 보니 입사하고 사오 년 정도는 이런 식으로 다코랑 술을 마시며 서로 투덜거렸네요. 다른 직원이 들으면 안 될 회사에서 일어난 짜증나는 일들을 서로 한껏 쏟아냈죠. 아, 그런 의미에서도 다코는 내게 유일무이한 존재였구나. 이제 그런 식으로 속을 털어놓을 상대가 없으니. 제길, 이렇게 떠올리자니 처음으로 슬퍼지네요. 다코, 진짜 보고 싶네.

아뇨, 괜찮습니다. 이렇게 이야기를 들려드리는 게 다코를 추억할 계기도 되니까요. 야박한 말씀입니다만 일본의 샐러리맨은 지나치게 바쁘죠. 날마다 늦게까지 야근하고 집에 돌아가 욕조에 몸을 담갔다가 자는 것뿐인 생활이라서 친구를 추억할 짬도 없죠. 다코뿐만 아니라 못 만난 지 오래된 친구가 정말 많습니다. 다코도 그런 친구 중 하나라고만 생각했나 보네요. 두 번 다시 만날 수 없다는 사실을 이런 식으로 추억하며 처음 인식하게 됐습니다. 역시 오늘 이 술은 다코를 위해 마셔야겠군요.

다코 얘기라면 뭐든 상관없다고 하셨죠? 그럼 머리에 떠오르는 대로 하나씩 말씀드리죠. 네, 여러 가지가 떠오르네요. 같이 나눈 불평이라 하면 이상과 현실 사이의 격차였습니다. 우리 둘 다 대형 개발에 종사하고 싶어서 부동산 회사에 들어왔죠. 초고층맨션을 세운다거나 동네 하나를 통째로 짓는다는 꿈을 갖고요. 실제로 회사에서도 연수기간에는 그런 꿈을 부채질하는 자료만 보여줬으니 대학을 막 졸업한 신입사원으로서는 당연히 그런 꿈을 꿨죠.

그런데 배속이 결정되고 나자 좋든 싫든 현실이란 무엇인지 깨닫게 됐죠. 모르는 바는 아니었습니다. 부동산 회사라 해도 개발 부문만으로 성립할 수는 없으니까요. 저희도 그런 사실은 다 알고 입사했습니다만 나는 개발로 갈 거라고 확신하고 있었죠. 뭐라고 하면 좋을까요. 아까 말씀드렸지만 혹독한 경쟁을 뚫고 내정받았고, 또 그러기 위해 성적도 잘 받아야 했고, 아마 내 실력으로 여기까지 쟁취했다는 의식이 있었겠죠. 그런데 처음으로 자기 뜻대로 되지 않는 상황에 직면하면서 충격을 받았습니다. 우리에 대한 평가가 이렇게 낮았나 하면서요.

음, 역시 어폐가 있으려나. 누차 말씀드리는데 개발보다 주택 판매나 경리 업무가 못하다고 여기는 건 아닙니다. 그냥 꿈이 이루어지지 않았을 때의 충격이 의외로 컸다는 말씀을 드리고 싶은 건데 이해하시겠습니까? 아, 그렇다면 다행이네요. 이래저래 복잡한 거라서요.

저도 이 회사에 입사한 지 십오 년이 다 돼가는 만큼 어느 부서든 나름의 고충이 있다는 건 알죠. 국제 사업부 직원은 두 달에 한 번씩 해외 출장이 있어서 미국이니 영국이니 날아다닙니다. 영어는 당연히 능수능란하고 스페인어까지 유창한 동기 놈도 있어요. 이런 식으로 겉모습만 소개하면 꽤나 멋있는 일처럼 들리죠? 하지만 실제로는 속내를 알 수 없는 외국인과 교섭하느라 괴로움을 겪는다든가, 해외에 나갈 마음이 없는 부인을 일본에 두고 지내다 부부 관계에 문제가 생겨 이혼하게 된다든가, 화려해 보이는 만큼 고충도 큰 모양입니다.

그러니 개발 업무도 마찬가지죠. 일반인도 알아듣기 쉬운 예를 하나 들자면 가장 힘든 일이 토지 매수입니다. 왜, 아크힐즈1986년 모리비

루森ビル라는 부동산 회사가 이십여 년에 걸쳐 롯폰기에 개발, 건설한 복합 빌딩가 부지를 매입할 때 에피소드는 유명하잖습니까. 모리비루의 사원이 자기 신분을 숨기고 그 지역에 거주하면서 주변 이웃들과 몇 년에 걸쳐 원만한 관계를 만든 끝에 토지 매각을 허락받은 이야기 말입니다. 뭐, 요약해서 말하면 비밀 임무를 띤 스파이 같아서 그럴싸하게 들릴지 모르겠지만 실제로는 도저히 말로 표현할 수 없을 정도로 힘들었을 겁니다. 샐러리맨으로 먹고살려면 이런 짓까지 해야 하나, 솔직히 그런 마음이 들고 말죠.

모리비루 정도는 아니어도 저희 회사 개발팀도 고생스럽습니다. 뭐, 최근에는 기업이 보유한 대규모 토지가 불쑥 나오는 경우가 있어서 과거만큼 힘들지는 않은 모양입니다만 다들 나름의 고충이 있기 마련이죠. 오히려 저는 숫자만 상대하면 되니 속 편한 부분도 있다고, 요새는 그렇게 생각합니다.

하지만 이것도 최근이니까 하는 소리죠. 오랜 샐러리맨 생활을 거친 끝에 달관했다고 할까요. 입사 당시에는 몰랐습니다. 왜 이런 고생을 해야 하냐, 개발 일을 해야 할 내가 왜 이런 시시한 일로 골치 아파야 하냐 하며 다코와 둘이 만나 투덜거렸죠.

아, 제 불평은 여기서 그만두죠. 다코 얘기를 해야죠. 다코한테서 들은 불평 중 가장 강렬했던 건 역시 손님 관련 에피소드였습니다. 세상에는 정말 별의별 인간이 다 있구나 하고 절감했습니다. 감탄이 아니에요. 무서웠습니다. 인간은 큰돈이 걸리면 인격이 달라집니다. 무엇보다 그게 평생 살 작정으로 사는 물건이라면 정신이 나가나 봅니다. 다코에게는 말하지 못했지만 그런 손님을 상대해야 하다니 경리 일을 해서 다행이라고 생각했으니까요. 야, 정말 강렬했어요.

예를 들자면, 그래요, 이런 이야기를 들었죠. 계약금을 치른 후 불평을 늘어놓기 시작한 어느 아줌마 이야기입니다.

당연히 아시겠지만, 맨션 판매에서는 우선 모델룸을 본 다음, 마음에 들면 구입 신청을 하고 일주일 뒤에 계약하는 방식이 일반적입니다. 그 경우 계약일 전까지 가격의 10퍼센트를 계약금으로 지불하죠. 5천만 엔짜리 물건이면 5백만 엔. 적지 않은 금액이죠. 이 계약금은 판매자, 그러니까 저희 회사가 계약을 파기한 경우에는 곱절로 변제하고 구매자가 구입을 취소한 경우에는 계약금 포기로 간주된다고 택지건물거래업법에 정해져 있습니다. 그러니 계약금을 지불한 시점에서, 보통의 사람이라면 되돌리지 않습니다. 몇 백만 엔을 포기할 수는 없으니 그 시점에서 구입은 확정인 거죠.

계약 전에는 '중요사항 설명'이라는 걸 반드시 해야 합니다. 부동산 업계에서는 줄여서 '중설'이라고 합니다만 신축 맨션인 경우에는 서면으로 된 내용만 해도 상당히 두껍죠. 그만큼 물건에 대해 설명해야 하는 내용이 많다는 겁니다. 당연히 모델룸에서 한두 시간으로는 전부 설명할 수 없습니다. 중설을 할 때 고객에게 처음 전하게 되는 사항도 있기 마련이죠. 그건 물리적으로 어쩔 수 없습니다.

다코 말로는 그 아줌마가 시끄럽게 굴기 시작한 건 중설 이후인 모양이었습니다. 중설에서 맨션을 세울 토지의 토양에 대해 설명했다는군요. 과거에 세탁소가 있던 곳인지 무슨 화학물질이 흙에서 검출됐다고요. 까놓고 말씀드리자면 유해물질입니다. 세탁소에서는 일반적으로 쓰는 모양입니다만.

그래서 저희 회사에서는 우선 지역 보건소에 통보하고 해당 토지의 흙을 모두 걷어냈습니다. 그러고는 보건소의 재검사를 받아 유해물질이 기준치 이하라는 걸 확인하고 난 뒤에야 맨션을 착공했습니다. 극히 상식적이고 논리적인 처리이죠. 사회 통념에 거스른다고는 할 수 없습니다.

오염된 토지도 아니고 그 위에 짓는 것은 한 채도 아닌 대규모 맨션 단지이니 판매하는 다코로서는 중요한 문제가 아니라고 생각했겠죠. 실제 주민에게 미치는 영향은 제로이기도 하고요. 그래서 모델룸에서는 토양에 대해 설명도 하지 않은 모양입니다. 당연한 일이죠.

그 아줌마—이름은 잊어버렸으니 일단 스즈키 씨라고 해둘까요— 스즈키 씨가 토양에 대해 알게 된 건 계약금을 치르고 난 뒤 계약서를 작성하러 온 당일이었습니다. 대형 맨션 계약인 만큼 임대와 달리 무척 많은 고객이 방문하므로 회사 회의실에 모여서 한꺼번에 처리합니다. 수많은 고객을 모신 앞에서 회사 직원이 중설을 하고 계약 전에 "질문 있으십니까" 하고 묻습니다. 회사로서도 모든 고객이 납득한 상태에서 계약서에 도장을 찍고 싶으니까요.

그 질의응답 시간이 판매 부서 근무자 입장에서는 상당히 귀찮은 시간이죠. 자질구레한 것까지 꼬치꼬치 캐묻는 손님이 있으니까요. 어느 쪽이든 상관없는 이야기, 말해봐야 의미 없는 질문 등 괜히 들쑤셔서 일만 키웁니다. 고액 상품을 파는 판매원에게 접객은 정말 어려운 일입니다.

그런데 그때 스즈키 씨가 손을 들었나 봅니다. 스즈키 씨는 어디서나 흔히 볼 수 있는 땅딸하고 통통한 아줌마로, 마흔 중반쯤 됐다고 하더군요. 처음으로 부동산을 구매하는지 꽤 들떠 보였다고 했습니다. 다코가 또 제법 잘생긴 친구이다 보니 그런 남자가 담당자라 설렌 면도 있었겠죠.

"토양에서 유해물질이 검출됐다고 아까 말씀하셨죠? 저는 처음 듣는 얘기인데요."

그런 식으로 말문을 열었다고 하더군요. 처음부터 시비조였다고 합니다. 다코는 뒤에서 보고 있어서 얼굴까지는 못 본 듯합니다만 앞에 있던 직원에 따르면 눈꼬리를 추켜올리고 있었다고 하더군요.

"예. 앞서 설명드렸다시피 건설 전 토양에서 검출되었습니다. 그러나 적절한 조치를 취하여 지금은 안전합니다."

중설을 담당한 직원이 마이크를 사용해 대답했습니다. 한 번 설명했으니 그 이상 덧붙일 내용도 없었을 겁니다. 하지만 스즈키 씨는 납득하지 않았습니다.

"안전하다고 하시는데 제로일 리 없잖아요. 단순히 관공서에서 결정한 기준치를 밑도는 거지 제로는 아니잖아요."

스즈키 씨는 끈질기게 물고 늘어졌습니다. 그걸 뒤에서 듣고 있던 다코는 '어라?' 하고 놀란 모양입니다. 다코가 접객했을 때만 해도 스즈키 씨는 사람깨나 좋아 보이는 중년 여성이었고, 다코에게 눈이 하트 모양이 됐을 만큼 달콤한 태도로 대했다고 하니까요.

아, 그래요. 스즈키 씨가 독신은 아니었습니다. 물론 다코도 웃음을 팔아 방을 판매하지는 않았습니다. 당시는 입사 이 년 차밖에 안 되었을 때라 그런 수완은 익히지도 못했죠. 마냥 우직하게 손님을 대하는 성실한 자세로 신뢰를 얻었다고 다코가 말하더군요. 스즈키 씨에게는 샐러리맨인 남편과 중학생 딸이 하나 있다고 들었습니다.

"예. 제로는 분명 아닙니다. 그러나 다른 토지와 다를 바 없는 함유율입니다. 인체에는 거의 영향을 미치지 않는 수치입니다."

중설 담당자가 강조했습니다. 그런데도 스즈키 씨는 물러서지 않았습니다.

"거의라고요? 거의라니, 그럼 영향이 있을지도 모른다는 말이잖아요."

"아닙니다. 제로에 가깝다는 건 확실합니다."

"제로에 가깝다는 건 제로는 아니라는 거잖아요."

이런 실랑이는 거의 신경증에 가까운 경지에 다다르죠. 얼굴에는 드러나지 않았지만 그 자리에 있던 저희 회사 직원들은 모두 "시작됐구나" 하고 생각한 모양입니다.

"만약 어떤 영향이 나타나면 그쪽에서 손해 배상을 해주나요?"

이런 식으로 트집 잡는 손님은 대개 최종적으로는 돈 문제를 꺼낸다고 하는군요. 스즈키 씨는 빠르게 이야기를 그쪽으로 끌고 갔습니다.

"그런 일은 있을 수 없으니 안심하시고 입주하시길……."

"안심할 수 없다고요. 그러니까 그런 이야기는 전혀 몰랐다니까요. 계약금을 다 지불하고 난 다음에 그런 얘기를 꺼내면 어떡하라는 거예요. 이렇게 야비할 수 있나요."

스즈키 씨는 감정적으로 말했어요. 이쪽의 실수를 비난하는 듯한 말투였지만 사전에 그 사실을 알고 있었대도 구입을 보류했을 리 없죠. 그 맨션은 주변 시세와 비교해도 상당히 저렴해서 분명히 샀을 물건입니다. 상당히 높은 경쟁을 뚫고 당첨됐을 땐 아주 기뻐했다고 하더라고요. "다코 씨가 담당해줘서 다행이에요"라고 몇 번이나 전화를 걸어 이야기한 모양입니다. 어떤 물건을 살 때나 있을 법한, 과거의 토양 오염 이야기 정도로 구입하지 않을 리 없었습니다.

다만 사전에 설명해둘 걸 그랬다고 다코는 반성했다더군요. 뒤늦게라도 반성은 한 거죠. 그래도 굴착하고 오염된 토양을 걷어낸 뒤의 이야기입니다. 지금은 여느 토지와도 다르지 않은 상태가 됐는데도 과거 일을 가지고 끈질기게 문제 삼는 걸로 보이지 않습니까? 다코가 반성했다는 건 이해되지만 제가 보기에는 그저 재난으로밖에 여겨지지 않더군요. 다코는 스즈키 씨를 담당하게 된 게 재난이었어요.

……아, 저 혼자 떠들었군요. 어서 드시죠. 저도 먹겠습니다. 이거 맛있네요.

그때 얘기로 돌아가자면, 저희 회사로서는 어떤 확약도 불가능하기에 "괜찮습니다" "안전합니다"라고 거듭 말하는 수밖에 없었죠. 실제로 안전했던 거지 불성실한 태도를 취한 건 아닙니다. 스즈키 씨도 그 점을 끈질기게 문제 삼은 것 같습니다만 그렇게 된 이상 누가 먼저 굽히느냐 싸움이 됩니다. 저희 회사도 먼저 고개 숙일 수는 없으니까요. 끈질긴 항의에 회의실 전체에 짜증스럽다는 분위기가 감돌자 결국 스즈키 씨도 마지못해 자리에 앉은 모양입니다. 아무리 불평한들 계약금을 포기할 수는 없으니 물러설 수밖에 없었겠죠.

질의응답 시간이 끝나고 계약서를 교환하니 그날 해야 할 일은 모두 끝났습니다. 이후 남은 일은 고객에게서 잔금을 받는 것뿐이었는데 그때 스즈키 씨가 안색을 바꾸고 다코에게로 달려왔던 모양입니다.

"다코 씨. 아까 그 얘기는 좀 심하지 않아요?"

어쩌면 불평을 잔뜩 들을 것 같다 각오하고 있었기에 다코는 마음을 단단히 먹었습니다. 그러고는 냉정하게 대답했습니다.

"자세히 설명드리지 못한 점은 사과드립니다. 하지만 아까 말씀드린 대로 걱정하실 일은 없을 테니 안심하고 입주해주십시오."

"이봐요. 난 당신을 믿고 이 맨션을 산 거라고요. 그런데 나를 배신하는 건가요?"

"말도 안 됩니다. 저는 지금도 이 맨션이 아주 좋은 물건이라고 생각합니다. 제가 살 수 있다면 사고 싶을 정도로요." 거짓말이 아니었습니다. 경쟁률이 너무 높아서 사원 구입을 금지했을 정도라 아쉬워하는 사원이 많았죠. 그 정도로 좋은 물건인데 왜 불평을 하는 건지 의아해하는 사람은 다코만이 아니었습니다.

"내가 우리 딸 얘기 전혀 안 했죠? 우리 딸은 아토피가 아주 심하다고요."

스즈키 씨는 발까지 구르며 그렇게 말했습니다. 그 얘기를 듣고서야 다코는 스즈키 씨가 화낸 이유를 알게 됐다고 하더군요.

"그, 그건……."

의사가 아닌 만큼 뭐라고 말할 수 없었겠죠. 기준치 이하의 화학물질이 아토피에 어떤 영향을 미칠지 일반인으로서는 판단할 수 없으니까요. 그렇지만 그 순간 다코는 자신의 실수를 깨달았다고 합니다. 하여간 성실한 놈입니다.

"아시겠어요? 당신들이 안전, 안전 하고 강조하는데 일반인한테는 안전하더라도 우리 딸한테는 아닐지도 모른다고요. 무슨 일이라도 생기면 어떻게 책임질 거예요?"

그런 식으로 몰아붙인들 다코가 책임질 방법은 없었습니다. 일개 샐러리맨이니까요. 그렇다면 회사로 책임이 돌아갈 수도 있겠습니다만 사실 회사도 그럴 의무가 없었죠. 어쨌든 간에 증설을 하고 난 뒤에 계약했으니까요. 스즈키 씨는 도장을 찍었으니 재판을 걸어도 졌을 겁니다.

물론 다코도 그런 사정은 익히 알고 있었습니다. 현실적으로 스즈키 씨는 계약금 포기 말고는 취할 수 있는 방법이 없었죠. 선택지가 없는 거나 다르지 않은 상황이라는 걸 다코는 알게 되었습니다. 그런 점에서 제가 보기에 다코는 영업 체질이 아닙니다. 영업인이라면 거기서 딱 자르고 고민하지 말아야죠. 그러지 못한 다코가 주택 판매를 하게 된 건 불행이었다고밖에 말할 수 없겠군요.

어떻게 책임질 거냐고 스즈키 씨가 계속 다그친 듯합니다. 다코는 대답할 말이 없었습니다. 결국 판매팀 책임자가 나서서 스즈키 씨를 상대한 모양이더라고요. 그런 손님에게는 전문용어를 늘어놓으며 현혹하는 방법이 최고죠. 어차피 자세한 사정을 알 리 없으니까요. 책임자는 과연 그걸 잘 아는지, 화학물질이 어떤 식으로 생성됐고 어떤 목적에 이용됐다는 식으로 일부러 어렵게 설명했습니다. 그러자 스즈키 씨도 흥분을 가라앉히고, 그날은 포기하고 돌아갔다더군요.

이렇게 끝났다면 강렬한 이야기가 아니겠죠. 당연히 스즈키 씨가 납득할 리 없었습니다. 안타깝게도 스즈키 씨가 그 정도로 어리석지는 않았던 겁니다.

책임자가 나오면 말로 당할 수 없다는 걸 그날 일로 학습했나 봅니다. 그에 비해 다코라면 언제든지 다그칠 수 있다. 그 계산은 정확하게 들어맞았습니다. 다코는 스즈키 씨한테 꼼짝 못했으니까요.

놀랍게도 스즈키 씨는 다코네 집에 직접 전화를 걸었다고 하더군요. 당시 다코는 부모님 집에 살았는데 공교롭게도 집 전화번호가 전화번호부에 실려 있었습니다. 게다가 '다코'라는 성이 흔한 성이 아닌지라 조사해보면 금방 알아낼 수 있었겠죠. 다코 어머니는 스즈키 씨에게 다코가 지금 없으니 나중에 연락을 드리겠다고 대답한 모양이더군요. 아들 회사 손님이라고 여기셨을 테니 그럴 만도 하죠. 다코 어머니께 뭐라 할 수는 없죠.

다코는 집에 돌아와 그 얘기를 듣자마자 마음이 무거워졌다고 말하더군요. 그야 그렇겠죠. 장기간에 걸친 맨션 판매가 일단락되어 이제 좀 쉬나 싶었는데 계약한 손님이 직접 집에 전화를 걸어 불평을 늘어놓으려는 상황이니까요. 정말 못 견딜 노릇이죠.

하지만 어머니가 전화를 드리겠다고 한 이상 걸지 않을 수는 없었겠죠. 마지못해 전화했더니 스즈키 씨는 예상대로 화가 나 있었습니다.

"오늘 그 태도는 뭐예요? 높은 사람이 나와서 영문 모를 설명만 해대고. 내가 뭘 모른다고 바보 취급하는 거죠? 사람이 알아듣게 설명해야 되는 거 아니에요? 당신들 맨날 그런 식으로 장사해?"

귀를 찌르고 들어와 머리까지 쩌렁쩌렁 울리는 듯한 목소리였다고 다코는 말하더군요. 히스테릭한 여성의 목소리. 상상이 되시죠? "시끄러워!" 하고 화를 낼 수 없는 상대라면 손쓸 방법이 없지 않습니까. 다코도 불쌍했습니다.

"아뇨. 그럴 의도는 전혀 없었습니다. 제 설명이 부족한 점을 반성하고 최대한 친절하게 설명해드릴 수 있는 분을 모셔와……."

실제로는 현혹할 작정이었기에 다코의 반론은 힘이 없었죠. 거기서 세게 나가야 상대도 기가 죽는데 그러지 못한 다코는 아직 어렸던 겁니다.

"뭔 소리예요. 친절하게 설명하려고 그런 게 아니잖아. 파고들면 골치 아프니까 얼버무린 주제에 인정도 안 하네. 대기업이라 믿었는데 부동산 회사는 죄다 이런 식으로 사기 치나요?"

대기업이면서 악랄한 짓을 서슴지 않는 회사도 있기에 스즈키 씨의 말이 트집인 건 아닙니다만 최소한 저희 회사는 스즈키 씨에게

악랄하다고 할 만한 짓은 하지 않았습니다. 오히려 양심적 대응이라고 해야겠죠. 스즈키 씨 같은 손님을 훨씬 매몰차게 내치는 회사도 적지 않으니까요.

"사기라뇨, 그런…… 스즈키 씨. 저를 믿어주셨잖습니까. 토양 문제를 숨기려 한 게 아니라 따님 병에 대해 몰라서 그다지 중요하게 여기지 않았을 뿐입니다. 사기니 거짓말이니 말씀하시면 정말 가슴이 아픕니다."

상황이 그 지경에 이르자 다코는 인정에 호소하는 작전으로 나갔습니다. 맞는 전략이었다고 생각합니다. 정론이 통하지 않는 상대에게는 인정에 호소하는 방법이 좋습니다. 진심으로 대한다는 인상을 주기에 상대가 납득하기도 쉽고요.

하지만 안타깝게도 아무런 효력을 발휘하지 못했습니다. 스즈키 씨는 그 말을 기다렸다는 듯이 외려 기세등등해졌다고 합니다.

"그래요. 믿었죠. 설마 이런 식으로 뒤통수칠 거라고는 상상도 못 했을 뿐."

"뒤통수라뇨. 저는 진심으로 스즈키 씨를 위해 그 맨션을 추천해 드렸습니다."

스즈키 씨는 정말로 다코가 맘에 들었는지 딸이 크면 시집보내고 싶다는 농담까지 한 모양입니다. 다코도 그 무렵만 해도 아직 경험이 적어서 손님한테 그런 말까지 듣기는 처음이라 꽤 기분이 좋았다고 하더군요. 그러던 손님이 돌변해서 뒤통수쳤다는 말을 꺼내는 바람에 충격이 컸던 것 같습니다. 인간의 신뢰 관계란 정말 모래성 같다고 술을 마시면서 넋두리하더군요.

어쨌든 논리를 앞세워도 정에 호소해도 허사였습니다. 더는 해볼 도리가 없었어요. 그렇게 되면 하고 싶은 얘기를 전부 하게 놔두고 열이 식기를 바라는 수밖에 없죠. 그동안 다코는 괜한 꼬투리나 잡히지 않도록 조심하는 게 최선이었을 겁니다. 하염없이 불평을 늘어놓는 통에 수화기를 한 시간이나 붙들고 있었다고 하더군요. 전화를 끊었을 때는 진이 다 빠질 만큼 지쳤다고 했습니다.

소름 끼치게도 전화는 한 번으로 끝난 게 아니었습니다. 그날부터 매일, 밤마다 전화가 걸려왔던 거죠. 하는 말은 매번 똑같았습니다. '딸한테 무슨 일이 생기면 어떻게 해줄 거냐.' 그 말뿐이었답니다. 그 당시 다코는 눈 밑에 그늘이 지고 뺨도 야위어서 거의 병자 같았습니다. 제가 경리 일을 하게 되어 다행이라고 생각한 건 그때쯤이었습니다.

전화는 회사로도 걸려왔습니다. 맨션 판매가 끝나고 다음 업무를 준비하던 시기라서 다코는 사내 근무였습니다. 회사로 한번 전화가 걸려오면 한두 시간 뺏기는 건 일도 아니었다고 하더군요. 자기 업무도 할 수 없고 신경까지 소모되니 최악이었죠. 게다가 집에 돌아가면 또 전화가 오니 마음 편히 쉴 짬도 없었습니다. 옆에서 보기에 다코가 이대로 회사를 그만두지 않을까 걱정되더군요.

이내 다코는 더는 견디지 못하고 자리에 없는 척하기 시작했습니다. 상사가 묵인해줬다더군요. 어머니에게도 절대 전화를 바꾸지 말라고 당부했습니다. 본인을 지키려면 그러는 수밖에 없었겠죠.

그걸로 다코가 피할 수 있었다고 생각하십니까? 아뇨. 그렇지 않았습니다. 전화로는 붙잡을 수 없다는 걸 알자 스즈키 씨는 직접 회사로 찾아오기 시작했어요. 이 지경까지 이르면 스토커 수준이죠. 당시에는 그런 단어조차 없었습니다만.

처음에는 주택 판매부로 직접 찾아온 모양인데 그건 다코에게 오히려 다행이었죠. 혼자 대응하지 않고 끝냈으니까요. 팀 책임자가 동석해서 스즈키 씨를 물리쳐주었습니다.

스즈키 씨가 골치 아픈 건 반드시 학습한 뒤에 다른 방법을 동원한다는 점이었습니다. 그다음에는 숨어서 기다린 모양입니다.

밤에는 다코도 야근을 하니 언제 퇴근할지 알 수 없죠. 스즈키 씨도 주부니까 퇴근을 기다리며 잠복할 수만은 없었겠죠. 그래서 스즈키 씨는 점심시간을 노렸다고 합니다.

점심을 먹기 위해 일층으로 내려갔다가 엘리베이터홀에 서 있는 스즈키 씨를 봤을 때 온몸에 소름이 돋았다고 다코가 그러더군요. 그렇겠죠. 누구라도 오싹할 노릇이죠. 흔한 중년 아줌마가 그렇게 무섭게 보인 적이 없었다며 다코가 파리한 얼굴로 말했습니다. 그대로 도망쳐 자리를 피할까 하는 마음도 들었다고 합니다.

물론 그런 짓을 하는 건 불에 기름을 붓는 격이라, 다코는 스즈키 씨를 상대했습니다. 귀중한 점심시간을 길에서 허비하고 말았죠. 그날 이후 다코는 여직원에게 도시락을 사다달라고 부탁하고 점심시간에 밖으로 안 나가게 됐습니다. 무엇보다 그때쯤에는 어렵사리 사온 도시락을 제대로 입안에 밀어넣을 정신 상태도 아니었습니다만.

이윽고 스즈키 씨는 숨어 기다리는 것을 그만뒀습니다. 기다리고 있어도 다코를 붙잡을 수 없다는 걸 깨달았겠죠. 동료에게서 스즈키 씨가 오지 않는다는 얘기를 듣고 다코는 진심으로 안도했습니다. 다만 그 안도는 오래가지 않았죠.

집에 돌아오자 무언가가 다코를 기다리고 있었습니다. 전보였습니다. 보낸 이는 당연히 스즈키 씨였죠. 전보에는 단 한마디 '책임져라'라고만 쓰여 있었다고 하더군요.

다코는 그 전보를 읽고 절로 비명을 지른 모양입니다. 무리도 아니죠. 인간이 인간에게 그렇게까지 할 수 있을까 하는 생각이 들더군요. 큰돈이 얽히면 인간의 본성이 드러나나 봅니다. 자신의 이익을 위해서라면 어떤 짓이라도 하겠다는 마음이 드는 걸까요.

이야기가 어떻게 진행될지 예상되십니까? 그래요. 맞습니다. 전보는 한 통으로 끝나지 않았습니다. 날마다 전보가 왔죠. 내용은 '딸이 가엾다'라든가 '아토피의 괴로움을 아느냐' 등 의도한 건지 알 수 없지만 협박으로는 간주되지 않을 만한 것뿐이었다고 하더군요. 그러니 다코도 경찰에 도움을 구할 수 없었죠. 당시에는 스토커라는 개념이 없었으니 다코도 경찰에 달려갈 생각은 애당초 없었을지 모르겠군요.

그러다 전보는 멈추고 대신 편지가 오기 시작했습니다. 이유는 확실하진 않은데 아마 전보 비용 때문이었겠죠. 편지 내용은 전보와 크게 다르지 않았습니다.

다코는 이미 노이로제 상태였습니다. 밤에도 거의 못 잔다고 했죠. 다코의 방은 이층이었는데도 창밖에 스즈키 씨가 서 있다는 기분이 들어 공포를 느꼈다고 하니 완전히 노이로제였죠. 그런 상태에서도 회사는 쉬지 않았으니 다코가 훌륭하다고 해야 할까요 아니면 회사가 비정하다고 해야 할까요.

결국 어떻게 됐는지 말씀드리죠. 이런 결과를 두고 한심하다고 하면 안 되겠지만 하여튼 어이없이 끝났습니다. 맨션이 완성되어 입주가 시작되고 한 달도 지나지 않아 스즈키 씨의 접촉이 싹 사라졌습니다. 왜 그런지 아시겠습니까? 스즈키 씨는 맨션 생활이 만족스러웠던 거죠. 예, 고작 그것뿐이었습니다. 딸의 아토피가 나빠지지도 않고 다른 병에 걸리는 일도 없이 쾌적한 맨션 생활을 영위하게 된 모양입니다. 그러니 괴롭히는 일을 그만둔 겁니다.

다코는 관리 회사를 통해 그런 정황을 듣고 처음으로 쓰러졌습니다. 안도한 나머지 정신을 잃은 거죠. 그 후 다코는 쌓아둔 유급휴가를 써서 열흘간 쉬었습니다. 그 기간에 오로지 집에서 내내 잠만 잔 모양이었어요. 그거라도 안 했으면 머리가 이상해졌을 거라고 나중에 말하더군요.

인간이란 정말 제멋대로인 생물이죠. 스즈키 씨의 경우가 극단적인 예라고 생각하십니까? 하지만 주택 판매부에 근무하는 사람이라면 두세 번쯤은 경험하는, 그리 드문 일도 아닙니다. 그러니까 지금이 주변을 걸어가고 있는 평범한 사람도 기회만 주어지면 스즈키 씨 같은 짓을 자행할지 모른다는 거죠. 오싹하죠? 인간에게 동정심이라든가 진정성 따위가 정말로 존재한다고 여기는 사람이 있다면 부동산 업계에서 한번 일해보라고 말해주고 싶군요. 인생관이 확 바뀔 테니까요.

……아, 또 저 혼자 떠들었군요. 드세요. 제가 안 먹으니 먹기 불편하신가 보군요. 그럼 저도 좀 먹겠습니다. 정신없이 떠들고 말았군요.

먹으면서 말씀드려도 되겠습니까? 그러니까 뭐 그런 식으로 주택 판매 일을 하다 보면 예기치 않게 남에게 원망을 사는 경우가 있습니다. 스즈키 씨 이야기를 들으면 누가 무슨 짓을 해도 이상하지 않겠다는 생각이 들죠. 일가 네 명이 모두 살해당했다고 하면 얼마나 깊은 원한이 있었을까 생각하겠지만 제삼자가 보기에는 시시한 이유가 동기였을지도 모릅니다. 경찰 수사가 아직도 난항을 겪고 있다죠. 범인상조차 유추하지 못했다고 하지 않습니까. 만약 다코의 고객 가운데 범인이 있다면 추려내기 쉽지 않을 겁니다. 일반적 상식으로 용의자를 좁히려 했다가는 틀림없이 그물망에서 새나갈 거예요. 그러면 언제까지고 사건은 해결되지 않을 테고요.

그런 얘기를 경찰에 했느냐고요? 네. 지금처럼 구체적으로 말하지는 않고 손님한테 원한을 사는 케이스가 있다고만 했죠. 경찰에서 얼마나 진지하게 검토할지는 솔직히 좀 미심쩍습니다. 어쩔 수 없죠. 우리 고객 가운데 범인이 있을지 모른다고 강조해서 말할 수는 없습니다. 외부로 새어나가면 곤란하지 않겠습니까. 아, 그러니까 이 얘기는 쓰지 말아주세요. 약속하셔야 합니다.

이런 이야기가 참고는 됩니까? 차라리 다코 본인에 관한 이야기를 하는 게 나을까요? 물론 에피소드는 무척 많습니다. 만난 세월이 기니까요.

으음, 흐뭇한 이야기는 잔뜩 있는데 그런 것도 괜찮겠습니까? 흐뭇한 이야기는 재미가 없을 텐데요. 어쨌든 다코는 일류 대학을 나와 일류 회사에 들어갔고, 이런저런 좌절이 있긴 했지만 큰 문제없이 회사를 다녔고, 가정을 꾸리고 삼십대 중반에 23구 안에 자기 집을 산, 그림으로 그려놓은 듯한 엘리트잖아요. 그런 이야기는 일반 독자에게 재미없을 텐데요. 오히려 반감을 살지도 모릅니다. 그런 인간은 무참하게 살해당해도 된다고 여기는 사람도 분명 있을 겁니다. 지나친 생각 아니냐고요? 아뇨. 틀림없이 있을 겁니다. 인간이란 자신과 주변을 비교하면서 누가 위이고 아래인지 그런 걸 판단하는 생물이니까요. 자기보다 위인 인간이 있으면 재수 없어하고 자기보다 아래인 인간은 무시하죠. 그게 보통입니다.

그래서 객관적으로 완벽해 보이는 다코한테도 나름대로 고충이 있었다는 얘기를 하려고 스즈키 씨 에피소드를 말씀드린 겁니다.

아, 맞다. 한잔하고 있으니 생각나네요. 으음, 말해도 되려나. 다코를 욕보이게 되려나. 아니, 날 욕보이는 건가. 저랑 다코랑 얼마나 친했는지 드러내는 에피소드로 들어주시겠습니까? 취하지 않으면 절대 말 못할 이야기입니다.

다코에게 그나마 짬이 나던 시절이니 입사 이 년 차 때였나. 그래요. 스즈키 씨 사건이 정리되면서 가슴을 쓸어내린 직후였을지도 모르겠군요. 맞아요. 그러니 다코도 그런 멍청한 짓을 했지. 이런 식으로 하나씩 얘기하다 보니 그럴 만도 했다는 느낌이 듭니다. 그러니 그 점을 고려하고 들어주십시오.

어느 날 술자리가 있었습니다. 계기가 무엇이었는지는 정확히 기억이 안 나는데 동기 중 누가 마련한 자리였던 것 같습니다. 여자 신입사원 중에 자기 대학 후배가 있다면서 남자는 우리 동기, 여자는 신입사원으로 모은 미팅 같은 술자리였던가? 정확히 따져보면 아닐지도 모르지만 대충 그랬을 겁니다.

사 대 사였나? 정말로 더 자세한 건 전혀 기억이 안 나네요. 멤버는 양쪽 다 나름 괜찮았습니다. 남자는 어쨌거나 저희 회사 사원이니까요. 그리고 여자도 애당초 남자 사원의 신부 후보감으로 채용했으니 제법 얼굴을 따져 뽑은 듯한 데가 있어서 나쁜 조합은 아니었죠. 이름은 잊어버렸는데 귀여운 애들이 나왔다는 건 틀림없어요.

하지만 이쪽도 이 년 차라서 귀여운 여자 사원한테는 어느 정도 면역이 돼 있었죠. 그래서 그쪽이 우리를 품평하는 것처럼 이쪽에서도 차분히 지켜봤으니 간단히 연결될 리 없었습니다. 여하튼 같은 회사인데 이 여자 저 여자 자꾸 건드릴 수는 없으니까요. 남자라면 기껏해야 두세 번, 여자도 용케 숨겨봐야 역시 두세 번이겠죠. 평생이 걸린 문제잖습니까. 그러니 표면적으로는 가벼운 술자리였지만 실은 보이지 않는 불꽃이 튀었죠.

아, 어떻게 해도 이름이 생각 안 나니 일단 야마모토 씨라고 해두죠. 여자애 중 하나였습니다. 얼굴은 기억납니다. 동글동글한 얼굴에 눈꼬리가 살짝 처져서 귀여움과 성숙함이 잘 어우러진 애였죠. 분위기에 맞춰 잘 어울렸습니다만 한 걸음 물러서서 냉정하게 바라봤다고 할까요, 머릿속으로는 계속 계산을 했다고 할까요. 그 후로 일어난 일 때문에 그런 이미지로 기억하는지도 모르겠지만 어쨌든 그런 느낌의 여자애였습니다. 저희 회사에서는 딱히 드물지 않은 타입이었어요.

다코는 정말 술이 셌습니다. 아무리 마셔도 취하지 않고 늘 자신을 지켰는데 그날은 예외였습니다. 컨디션이 안 좋은가 싶었는데 생각해보면 해방감에 젖어 있었겠죠. 무지하게 마셔대고 말도 많았던 게 기억납니다.

그런 다코 옆에 있던 사람이 야마모토 씨였습니다. 야마모토 씨는 남자 모두한테 애교를 떨면서도 은근슬쩍 다코를 챙기더군요. 제가 꽤 눈치가 빠르거든요. 다코에게 간장병을 집어주고 물수건을 내미는 등 이것저것 신경 쓰더군요.

다코도 평소 같으면 그 정도는 가볍게 넘겼겠지만 정신적으로 지쳐 있던 무렵이라 자기를 챙겨주는 야마모토 씨가 눈에 들어온 걸까요? 몸의 방향이 야마모토 씨 쪽으로 기울더니 아예 바라보게 됐고 이내 둘만의 세계를 만들기 시작했습니다.

저, 다코 사진은 보신 적 있으시죠? 꽤 성실해 보이죠. 그렇게 성실해 보이면서도 제법 단정한 외모이고 키도 훤칠해서 남편감을 찾는 여성한테는 상당히 호감 가는 타입일 겁니다. 어쨌든 조건은 갖췄으니까요.

그러니 간단히 말해 괜찮은 남자를 찾고 있던 야마모토 씨의 타깃이 된 모양입니다. 야마모토 씨의 남자 보는 눈은 나쁘지 않았다고 생각합니다. 안타깝게도 야마모토 씨는 다코의 취향이 아니었습니다. 그게 이 이야기의 불행한 점이죠.

그러고 보니 다코가 어떤 여자를 좋아하는지 들은 기억이 없군요. 그 자식은 말할 때마다 바뀌어서 말이죠. 다들 그럴지도 모르겠습니다. 저도 취향과 전혀 다른 여자를 좋아하게 된 적이 있어요. 반해버리면 그게 취향인 셈이지만 어떻게 해도 좋아지지 않는 상대도 있으니 그게 문제죠.

여자란 두 종류로 나눌 수 있다고 생각합니다. 자기가 찍은 사냥감을 수중에 넣기 위해 무슨 짓이든 할 수 있는 여자와 그럴 수 없는 여자. 그럴 수 없는 경우에는 여러 가지가 있죠. 자존심 때문에 자신을 싸게 팔지 못하거나, 단순히 간이 작다거나, 남자 마음을 모른다거나, 그냥 덜되거나. 반면 수단을 가리지 않는 여자는 다 똑같습니다. 그런데 사실 그런 여자가 남자한테 인기가 많아요. 속아서 결혼하고는 그럴 리 없다며 한탄하는 남자를 숱하게 봤습니다. 맞아요. 저는 여자의 그런 면만 보니까 그다지 깊은 관계를 못 맺고 아직껏 혼자인 모양입니다. 아니, 제 얘기는 그만두죠.

남자란 참 어리석죠. 극단적인 얘기일지도 모르겠습니다만 요컨대 남자는 자기보다 못한 여자를 찾죠. 자기보다 머리가 좋거나 수입이 괜찮은 여자라면 아무리 매력적이어도 배우자로는 선택하지 않습니다. 대등한 게 아니라 좀 못한 여자. 거기에 얼굴까지 예쁘면 더 바랄 게 없죠. 남자의 속마음을 말하면 모두 그럴 겁니다.

수단을 가리지 않는 여자는 남자의 그런 속성을 잘 압니다. 사실은 남자보다 머리가 좋아도 그걸 숨길 줄 아는 지혜를 선천적으로 지니고 있는 거죠. '어떡해-' 하며 교태 부리는 여자는 머리가 나쁜 겁니다. 정말 머리 좋은 여자는 그런 태도를 취하지 않아도 자연스럽게 자신을 상대보다 못나 보이게 할 수 있습니다. 저희 회사에는 그런 여자가 아주 많습니다. 제가 그런 여자만 보다 보니 눈이 높아진 겁니다.

다코는 저처럼 한눈에 알아차리지는 못했지만 감각적으로 여자의 거짓말을 눈치채는 모양입니다. 계산기를 두드리고 있다는 걸 드러내지 않는 여자의 속내가 어슴푸레 보이는 거라고 할까요. 그러니 야마모토 씨에게 호감은 있어도 마음이 내키지 않았던 거죠. 그런 의미에서 야마모토 씨도 사냥감을 잘못 찾았다고 해야 할까요. 뭐, 그 여자한테도 다코는 선택지 중 하나에 불과했을 겁니다.

얘기가 앞질러 가버렸네요. 술자리 얘기로 돌아가죠. 결국 그날 밤 다코와 야마모토 씨는 어디로 사라져버렸습니다. 다코가 적극적으로 나선 것처럼 보였을 뿐 야마모토 씨가 능수능란한 수법으로 유도했을 겁니다. 그날의 다코라면 야마모토 씨가 아니더라도 가능했겠지만 말입니다.

그 일을 계기로 한동안 관계가 이어졌나 봅니다. 애인 사이라기보다는 한 번 한 적이 있는 친한 사람, 그 정도였던 모양입니다. 한 번 하고 나면 나름 친밀한 분위기가 조성되지 않습니까. 다코도 괜찮다고 여겼으니 야마모토 씨랑 했겠죠. 그 뒤로 식사하는 것 정도는 별 문제 아니었을 거고요.

그런데 아까 말한 점들이 차츰 다코의 눈에 들어오기 시작한 겁니다. 정확히 말하자면 눈에 들어왔다기보다는 막연히 느껴졌다고 해야겠죠. 그에 비해 야마모토 씨는 아주 괜찮은 남자를 거머쥐었다는 기분이었을 겁니다. 다음 주에 어디 놀러갈까, 라며 완전히 애인처럼 굴었다고 하더군요.

어느 날 다코가 저한테 상담을 청했습니다. 곤란해 죽겠다면서요.

"나, 야마모토 씨랑 잤다."

단둘이 한잔하자는 말에 따라갔더니 그런 식으로 말문을 열더군요. 전 새삼 무슨 소리인가 했죠.

"알아. 딱 봐도 그런 분위기던데."

제가 대답하자 다코는 보기 드물게 조바심을 냈습니다.

"어, 그래? 아이고. 좋지 않은데. 완전 취했어서 기억도 잘 안 나. 다른 여자애들한테도 똑같이 대한 것 같은데."

"무슨 헛소리야. 둘이 나가서 어떻게 됐을지는 뻔하잖아."

"그럼 다들 아는 거야?"

"그럴걸? 나쁠 거 없잖아. 야마모토 씨, 샤프한 느낌의 미인인데."

단둘이 한잔하자는 말을 꺼냈을 때 저는 다코가 뭘 말하고 싶어 하는지 알고 있었습니다. 하지만 처음부터 나 안다는 걸 보여주면 이야기가 재미없어지지 않습니까. 그래서 그런 식으로 둔감한 척했습니다.

"미치겠네. 회사 여자애한테는 절대 손 안 대려고 했는데."

다코는 완전히 기죽어서는 맥주잔을 들어 벌컥벌컥 비우더군요. 평소에는 빈틈을 보이지 않는 다코가 그런 일로 곤혹스러워하는 모습이 재미있어서 더 놀려보았습니다.

"우리 회사 여자애면 훌륭하지. 좋은 신붓감 아냐? 좀 이른 감이 있긴 한데 네 싱글 생활을 청산해야 할 때가 왔나 보다."

"남 일이라고 쉽게 말하지 좀 마. 나 아직 스물넷밖에 안 됐다고."

동기 중에는 벌써 결혼하고 애까지 둔 녀석도 있었습니다. 하지만 저도 다코도 그 녀석을 절대 이해 못 하겠다고 생각하는 사람이었습니다. 스물네 살에는 아무 짐도 짊어지고 싶지 않죠. 서른 좀 넘어도 이르고, 저는 마흔 넘어서 진지하게 고민해도 되지 않을까 생각하고 있습니다만. 다코도 그 시점에서는 결혼 상대를 정해두고 싶지 않았을 겁니다.

"뭐야. 벌써 결혼 이야기가 나와?"

"그건 아닌데 언젠가 불쑥 꺼낼 것 같아."

다코는 척 보기에도 우울한 듯했습니다. 슬슬 그 모습이 가여워서 진지하게 묻기로 했습니다.

"너희 사귀어?"

"아니. 적어도 나는 그럴 생각 없어."

"'나는'이라는 건 저쪽에선 사귄다고 생각한다는 뜻?"

"그래. 그러니까 미치겠다고 하지."

한 번 잔 여자가 떨어지지 않아 곤란하다니 어떻게 보면 참 못된 남자라 하실 것 같아 미리 말씀드린 겁니다. 야마모토 씨라고 해서 순수한 마음으로 다코를 좋아했을 리 없다고 말이죠. 결국 피차일반이지 다코만 나쁜 게 아니죠. 그 점만은 확실히 알아주십시오.

"사귀어볼 마음조차 없다니 엄청나게 어긋나네. 야마모토 씨가 그렇게 별로야?"

저는 확인해봤습니다. 결혼이 걸린 이야기라면 몰라도 사귀는 정도라면 심각하게 고민할 필요는 없으니까요. 어쨌든 야마모토 씨는 제법 미인이고 머리도 좋으니 불평할 것도 없어 보였습니다.

"우리 그날 술자리에서 처음 봤어. 거기서 놀다가 어쩌다 끝까지 가버린 거고. 그런 헤픈 여자는 싫어."

……아, 알아요. 무슨 말을 하고 싶으신지 압니다. 정말 제멋대로죠. 그 발언만 떼놓고 보면 누구라도 나쁜 놈이라고 생각하겠죠. 하지만 몇 번이나 강조했다시피 이건 사냥입니다. 상대도 그걸 전제로 그물을 쳤으니 다코를 잡지 못한 야마모토 씨의 패배라고 할 수 있죠. 남녀 사이에는 확실히 그런 면이 있다고 생각하지 않으십니까.

저도 말은 했습니다. 너 참 못됐다고요. 그것도 다코니까 말한 거고 농담이나 마찬가지였습니다. 속으로는 '그야 그렇지' 하고 동의했습니다.

"그 뒤로는 안 만났어?"

"몇 번 만났어."

"그쪽으로서는 데이트였겠네. 몇 번 만나봤는데도 안 당겨?"

"응."

제 질문에 다코는 고민하더군요. 다코를 위해서 한마디 해두자면 그런 상황에서도 진지하게 고민하는 다코는 정말 성실한 인간이라는 겁니다. 묻자마자 "응. 안 당겨"라고 대답하는 건 아무나 할 수 있으니까요.

"난 공식적인 애인, 이런 게 싫어. 뭐라고 해야 하나. 끈적끈적한 관계가 싫은 거야. 가깝기는 해도 일정한 거리감이 있는 쿨한 관계가 좋은데 야마모토 씨는 그런 걸 전혀 몰라준다고."

다코는 무슨 일에 대해서도 불타오르는 타입이 아니니 지극히 그녀석다운 발언이었습니다. 생각해보면 그 녀석이 여자를 열렬히 좋아해서 괴로워한다거나 누가 자기를 좋아한다고 기뻐한다거나 그런 건 본 적 없으니까요. 야마모토 씨도 다코의 성격을 파악하고 공략했으면 좋았을 텐데 너무 서두른 거죠.

"야마모토 씨한테 그렇게 말해봐."

말은 했지만 그런 문제가 아니라는 건 알고 있었습니다. 남자와 쿨한 관계로 지낼 수 없는 여자한테 그러자고 말해봐야 소용없죠. 다코가 아니라고 했다는 건 더는 어쩔 도리가 없다는 겁니다.

예상대로 다코는 "소용없을 거야"라고 짧게 푸념할 뿐이었습니다. 그렇게까지 되니 다코가 안쓰러워지더군요.

"그럼 더 만날 마음이 없다고 확실히 말해. 야마모토 씨를 위해서라도 그게 낫지."

서로 연애 경험에 대해 털어놓은 적은 없지만 그래도 다코보다는 제가 좀 풍부한 편이었을 겁니다. 제 눈에 다코의 태도는 우유부단해 보이더군요. 그런 태도가 상대에게 상처를 줄 수도 있다는 걸 다코는 몰랐습니다.

"그런 분위기를 은근히 풍기긴 했어. 그런데 대놓고 얘기하면 불쌍하잖아. 술김이었든 아니었든 거기까지 간 책임도 있고. 만나자는데 바쁘다고 거절하면 엄청 불쌍한 목소리를 내. 그 목소리가 죄책감을 부채질한단 말이야."

그것도 야마모토 씨의 수법 중 하나라는 걸 다코는 간파하지 못하더군요. 거듭 말하지만 참 착실한 녀석이었습니다.

"그럼 이대로 계속 끌려가는 거지. 딱 자르지 않으면 못 끊어."

"나도 알아. 그런데 그렇게 간단한 일이 아니야. 아아, 완전 구렁텅이에 빠져버렸어."

다코는 그렇게 한탄하더니 또 벌컥벌컥 맥주를 마셨습니다. 저와 다코는 어디까지나 대등한 관계였지만 그날만큼은 공부 못하는 동생을 대하는 듯한 기분이 들더군요. 팔을 걷어붙이고 도와줘야겠다는 마음이 생겼다는 말입니다.

"정말 못 말리겠네. 다코, 잘 들어. 넌 완전히 걸려든 거야. 여자란 그런 식으로 자신의 안정된 미래를 쟁취한다고. 넌 야마모토 씨한테 딱 잡혔어. 야마모토 씨 머릿속에는 너만 확실히 잡아놓으면 안락한 미래가 펼쳐진다는 계산이 다 서 있을 거라고. 알겠어?"

"그럴지도 모르겠다. 그래서 그토록 적극적인 걸까."

"'걸까'가 아니라 틀림없이 그런 거야. 너도 이번 일을 계기로 여자에 대한 인식을 고쳐먹는 게 좋겠다. 절대 빈틈을 보이지 말라고."

"이미 늦었어."

다코는 불퉁스레 대답했습니다. 어이가 없어서 설교를 좀 하기로 했습니다.

"늦었어? 포기하겠다는 거야? 포기하고 야마모토 씨하고 결혼할 거야?"

"그건 피하고 싶다."

"그럼 얼른 헤어져."

"할 수 있으면 괴롭지도 않지."

"잘 배워둬, 다코. 이번에는 내가 어떻게든 해줄게. 하지만 여자 문제 해결에 손을 빌려주는 건 이번만이야. 이렇게 혼났으니 다음부터는 좀 신중해."

"'어떻게든'이라니. 무슨 수라도 있어?"

다코가 고개를 들어 저를 보더군요. 그 눈빛을 지금도 기억합니다. 제가 생각해낸 건 유쾌한 방법은 아니었습니다만 다코의 눈을 보자 망설임이 사라지더군요.

그러고는 이 주쯤 뒤였나. 아카사카의 어떤 바로 갔습니다. 그 바의 카운터 가장 안쪽 자리에는 야마모토 씨가 앉아 있었죠. 저는 우연에 놀란 척하고는 말을 걸었습니다.

물론 우연이 아니었습니다. 야마모토 씨는 다코를 기다리고 있었던 겁니다. 다코는 그녀를 바람맞히기로 돼 있었습니다. 그리고 약속 시각에서 한 시간 뒤에 제가 나타난 겁니다.

"뭐야. 야마모토 씨도 이런 데 혼자 마시러 다녀?"

저는 아무것도 모르는 척 말을 걸었죠. 야마모토 씨는 깜짝 놀랐지만 "예, 뭐"라고 모호하게 대답했습니다. 다코와 약속했다는 사실을 말해야 하나 말아야 하나 고민했겠죠. 둘의 관계는 절대 비밀이라고 야마모토 씨에게 못 박아두도록 다코한테 지시했으니까요. 사내연애를 공공연히 드러내놓고 하는 커플은 없었기에 야마모토 씨도 그 점을 지켜야 한다고 생각했겠죠.

저는 허락도 구하지 않고 옆자리에 앉았습니다. 야마모토 씨도 다코가 오지 않을 거라고 체념했는지 별말 않더군요.

저는 "오늘은 한잔하고 싶어"라고 말했습니다. 당연히 야마모토 씨는 "왜요?"라고 묻더군요. 거기서 저는 사귀던 여자친구와 헤어질 것 같아, 라고 미리 준비해둔 대답을 했습니다.

완전히 거짓말이었습니다. 그 당시 만나던 여자친구와는 잘 지내고 있었으니까요.

여자친구에 대해 푸념과 자랑을 섞어가며 말했습니다.

은근슬쩍 자랑도 섞어가며 불평을 늘어놓았습니다. 여자친구가 얼마나 제멋대로 구는지, 그런데도 잊지 못해 얼마나 괴로운지 등등 카운터 정면을 바라보며 더듬더듬 말했습니다. 야마모토 씨도 혼자 기다리느라 지루했는지 나름 진지하게 듣더군요. 뭐, 야마모토 씨에게는 남 얘기로만 들리지는 않았을 테니까요.

왜 그런 얘기를 꺼냈느냐 하면 야마모토 씨한테 마냥 냉정하게 대하라고 다코에게 지시해뒀기 때문이었습니다. 다코는 전화가 걸려와도 냉담하게 굴고, 만나자고 하면 떨떠름해하는 일만 반복한 끝에 그날은 바람까지 맞혔습니다. 야마모토 씨가 풀 죽어 있을 거라는 건 바에 들어가기 전부터 알고 있었습니다.

"실은 저도 요새 남자친구랑 별로예요."

유도할 필요까지도 없이 야마모토 씨가 먼저 말을 꺼냈습니다. 다코의 이름은 숨긴 채 자기 고민을 상담하기로 한 모양이었습니다. 저는 몸을 야마모토 씨 쪽으로 기울이고 진지하게 듣는 척했죠. 야마모토 씨와 다코의 얘기가 서로 엇갈리는 부분이 있어서 은근히 재미있기도 했습니다.

제 목적은 서로 공감하는 분위기를 연출하는 것이었습니다. 동병상련이라 할 만한 상태가 되는 겁니다. 야마모토 씨의 마음이 풀릴 때까지 얘기를 들어주고 남자친구의 불성실에 대해 함께 화를 내줬죠. "야마모토 씨를 갖고 논 거 아냐?"라고도 말했습니다. 그 말에 반박하는 야마모토 씨의 목소리는 별로 힘이 없더군요.

야마모토 씨의 얘기가 일단락될 시점을 계산해서 저는 회사에 대한 불만을 흘렸습니다. 딱히 거짓말은 아니었습니다. 처음에 말씀드렸다시피 개발 업무를 하고 싶었는데 전자계산기를 두드리고 있는 상황에 대한 불만이었죠. 이 얘기 또한 야마모토 씨의 동정을 샀습니다. 물론 야마모토 씨 얘기도 찬찬히 들어줬죠. 저 혼자 떠들면 안 되니까요. 여성의 이야기는 잘 들어줘야죠.

어느 틈엔가 아무렇지도 않은 척 수입 이야기도 했습니다. 서른 살쯤의 연 수입이 어느 정도인지는 야마모토 씨도 당연히 알고 있겠지만 새삼 재인식시켜둘 필요가 있다고 판단했기 때문입니다. 그러고는 결혼한다면 이런 사람이 좋겠다는 화제도 꺼냈습니다. 꽤 거짓말을 섞었죠. 물론 '이런 사람'은 야마모토 씨에 가까운 여성상이었습니다.

그날 밤 우리가 어떻게 됐을지는 쉽게 상상이 가시죠? 예. 저랑 야마모토 씨는 바에서 아카사카의 호텔로 들어갔습니다. 그 정도로 복선을 깔아뒀으니 처음부터 예정된 수순이었죠. 야마모토 씨는 자신의 약점을 너무 노출했으니까요. 결혼이라는 두 글자를 슬쩍 드러내 보이기만 하면 다코에게서 저로 갈아탈 거라는 건 불 보듯 뻔했으니까요.

그날 밤에는 마음에도 없는 소리를 했죠. "진심이다"라든가 "당신은 내 이상형"이라든가 그런 말들 말입니다. 전부터 야마모토 씨를 마음에 두고 있었는데 미인이라 당연히 남자친구가 있을 것 같아 포기했다. 이런 말까지 했죠. 이왕 시작한 일이니 갈 데까지 가야죠.

그 뒤로도 두세 번 더 만났습니다. 저는 다코가 싫어하는 만큼 야마모토 씨가 싫지 않았습니다. 계산을 할 줄 아는 여자는 머리 회전도 빠른지 대화를 하면 즐겁더군요. 물론 저는 진심이 아니니 더 즐거웠겠습니다만.

이제 결말로 들어갑니다. 그런 식으로 만나던 마지막 날, 저는 불쾌한 얼굴로 야마모토 씨를 맞이했습니다. 약속 장소인 카페로 들어와 제 뒤편으로 걸어온 야마모토 씨는 제가 화낸 이유를 짐작할 수 없었을 테니 제 얼굴을 보고 꽤나 불안했겠죠.

그 카페는 옆 테이블과 제법 떨어져 있어서 목소리를 낮추는 한 제삼자 귀에 들릴 걱정이 없었죠. 아수라장이 되리라 충분히 예상했기에 거기서 만나자고 했죠. 웨이트리스가 주문을 받고 멀어지는 걸 확인한 후 바로 본론부터 꺼내들었습니다.

"당신이 사귄 사람, 다코였어?"

야마모토 씨의 눈이 두 배는 커졌던 걸로 기억합니다. 순간 말문이 막혔는지 아무 말도 못하더군요. 저는 독하게 마음먹고 그런 야마모토 씨를 쏘아봤습니다. 야마모토 씨가 맥이 빠진 목소리로 되물었습니다.

"다코 씨한테…… 들었어요?"

"그래."

그 순간 야마모토 씨의 머릿속에서는 온갖 계산이 난무했을 겁니다. 다코랑 사귄 게 그렇게나 잘못된 과거였나, 숨긴 걸 사과해야 하나 등등. 하지만 어떤 전략으로 대해야 좋을지 좀처럼 판단이 서지 않았겠죠.

"언젠가 술자리에서 처음 만난 날, 둘이 그런 관계가 된 거잖아? 당신 그렇게 헤픈 여자였어?"

저는 목소리에 분노의 기운을 담았습니다. 다코와 사귀었다는 걸 숨긴 건 지독한 죄라고 강조할 작정이었습니다. 야마모토 씨도 간신히 태도를 결정했습니다.

"숨겨서 미안해요. 하지만 다코 씨가 말하지 말라고 해서……."

"아무리 말하지 말라고 했더라도 나한테만은 진실을 말해주길 바랐어."

말끝마다 야마모토 씨를 책망하는 소리를 잊지 않았습니다. 아무튼 농락당한 건 저라는 걸 명확히 해두지 않으면 안 됐으니까요.

"미안해요. 조만간 얘기하려고 했는데 아무래도 적당한 기회가 없어서……."

"우리 둘을 갖고 놀았군. 내가 다코랑 얼마나 친한지 알면서 이런 짓을 했단 말이지."

처음에 말씀드렸다시피 그때까지 다코와 그렇게 친하다는 의식은 별로 없었습니다. 하지만 결과적으로 꼭 거짓말은 아니었군요. 야마모토 씨를 함정에 빠뜨려 기분이 찝찝했지만 다코의 친구가 아니고서야 그런 행동은 할 수 없죠. 이제 와서 드는 생각입니다만.

"갖고 놀다니요, 그런…… 다코 씨와는 몇 번 만났을 뿐이에요."

애인이 다 된 것처럼 굴었다는 걸 까맣게 잊었다는 듯한 말투였습니다. 저는 더욱 추궁했습니다.

"당신 때문에 다코랑 어색하게 됐어. 그럴 수밖에 없지. 나는 다코의 애인을 뺏은 꼴이 됐고 다코로서는 뺏긴 꼴이 됐으니."

"다코 씨랑은 사귄 게 아니었어요. 다코 씨한테 그다지 마음도 없었고요."

야마모토 씨는 새삼 그런 말까지 하더군요. 만만하지 않은 여자였습니다.

"여자한테 농락당하기는 처음이야. 아니, 그런 여자가 정말 있을 거라고는 상상도 못 했어. 당신이 그런 여자라는 것도 충격적이고."

저는 목소리를 한 톤 낮추며 피해자 입장을 고수했습니다. 야마모토 씨는 당황했지만 이야기가 달라질 건 없었습니다. 분명 다코와 왜 그렇게 급하게 잤을까 후회했겠죠. 처음부터 절 선택해야 했다고 입술을 깨물며 생각했을 겁니다.

당시 상황을 세세히 재현해봐야 무의미하겠죠. 저와 야마모토 씨는 그날로 완전히 헤어졌습니다. 야마모토 씨가 다코에게 접근하는 일도 물론 없었습니다. 다코한테는 좋은 공부가 됐겠지만 그건 야마모토 씨도 마찬가지였을 겁니다. 야마모토 씨가 당시 스물한 살이었으니 아무리 만만찮다고 해도 어린애였죠.

그걸 방증하듯이 야마모토 씨는 이 년 후에 자기보다 연차가 하나 아래인 남자와 결혼했습니다. 이혼했다는 얘기는 못 들었으니 잘 지내고 있다는 거겠죠. 물론 저나 다코와 과거에 무슨 일이 있었는지 그 남자는 모릅니다. 그런 일은 비밀로 해두는 것이 우리가 야마모토 씨한테 해줄 수 있는 최소한의 마음 씀씀이 아니겠습니까.

저와 다코가 일방적으로 저지른 짓이 아니라 피차일반이었다는 의미를 아시겠습니까? 여자란 참 강하죠.

……어, 무슨 얘기를 하다가 이런 얘기까지 하게 된 걸까요. 다코에 대한 인상이 안 좋아졌습니까? 인간적인 에피소드 중 하나로 말씀드렸습니다만. 어쨌든 저희는 다른 사람들한테서 오해받는 입장이라서요. 저희 회사의 급여 수준이 어느 정도인지 아십니까? 샐러리맨 평균 연봉의 두 배는 훌쩍 넘을 겁니다. 중고등학교 동창들과 만나도 연봉 얘기는 꺼내지도 못해요. 자랑이 돼버리니까요. 그래서 남

들에게 선망의 대상이었을 수 있는 다코한테도 그런 얼빠진 구석이 있었다는 걸 말씀드리고 싶었습니다. 이해해주실지 모르겠습니다.

남들이 다 알아주는 회사에 다니는 것도 쉽지 않습니다. 명함도 아무 데나 못 뿌리죠. 여자한테는 특히 그렇고요. 그래서 저는 회사 이름이 안 들어간 명함을 별도로 들고 다닙니다. 저만 그러는 게 아닙니다. 저희 회사 사람은 대부분 명함을 두 종류로 나눠 쓰고 있을 겁니다.

처음 했던 얘기와 연결되는데 인간이란 자기 삶이 걸린 문제에는 필사적이기 마련입니다. 스즈키 씨도 자기가 살 곳이 걸린 문제이니 필사적이었을 테고, 야마모토 씨도 안정된 미래를 거머쥐기 위해 필사적이었겠죠. 저야 남들보다 우아하게 살고 싶고 실제로 그럴 만한 능력도 있다고 생각합니다.

그런 여유가 겉으로 드러나나 봅니다. 그래서 아무리 회사 이름을 숨겨도 여자들이 금방 따르더라고요. 하하하. 자랑이 돼버렸는데 사실이니까요. 여자가 없던 적은 한 번도 없었어요.

저와는 스타일이 다르지만 다코도 여자한테 꽤 인기 있었어요. 녀석의 경우는 성실함과 사회인으로서의 자신감이 혼연일체가 되어 매력을 발산했을 겁니다. 그래서 둘이 궁합이 맞아서 꽤나 놀러 다녔습니다. 헌팅도 많이 했고 미팅도 꽤 했죠. 아, 미팅 자리에서 회사명을 숨기지는 않았죠. 저는 좀 귀찮아서 미팅은 그나시 좋아하지 않았습니다.

그래요. 미팅이라고 하면 이런 일도 있었군요. 저도 다코한테 저런 구석이 있었나 싶어 놀랐죠. 이제까지 말씀드린 내용으로 아시겠지만 다코는 저에 비하면 의젓한 편이라고 여겼는데 그 녀석도 할 땐 하더군요. 여차할 때는 저보다 무서운 타입일지도 모르겠습니다.

언제더라, 입사 팔 년 차쯤이었나, 모 화장품 회사 여자들과 미팅을 했죠. 미팅이란 게 원래 열 번 해봐야 한 번 재미있을까 말까 하는데 그날은 그 몇 안 되는 한 번이었습니다. 여자들이 하나같이 예쁘고 야마모토 씨처럼 머릿속에서 타닥타닥 계산기를 두드리는 낌새도 보이지 않았어요. 아마 그쪽도 노는 데 한가락 하는 애들이었겠죠. 깔끔하게 놀 만한 상대면 오케이라는 마음으로 나온 것 같았으니 이쪽의 필요와도 잘 맞았습니다.

그런 애들이 흔하지는 않으니 나름 신선했습니다. 너무 달라붙는 여자는 저를 포함해서 다들 지겨웠으니까요. 저는 재미있게 대화 나눌 상대가 생겨 괜찮다고 생각했는데 유난히 혹한 녀석들도 있었습니다. 다코도 그중 한 명이었습니다.

아, 또 이름이 생각 안 나네요. 이번에는 사토 씨라고 해둘까요. 화장품 회사에 다니는 여자이니 화장은 했겠지만, 떡칠했다는 느낌은 안 들고 외려 우아한 느낌이었습니다. 어깨 부근까지 늘어뜨린 긴 생머리가 어른스러운 분위기를 발산하는 좀처럼 볼 수 없는 여자였어요. 이름은 잊었으면서 외모는 왜 이렇게 잘 기억하느냐 하면 사실 저도 몰래 찍었거든요. 하하하. 다코가 마음에 들어하는 것 같아서 양보했습니다만.

사토 씨는 진짜 괜찮았어요. 잘 놀면서도 백치미 같은 구석은 없었죠. 남자가 하는 말을 잘 듣다가 적확한 맞장구를 쳤고 아양 떠는 일도 없이 매력을 발산했습니다. 좋은 여자, 라는 말에서 떠오르는 이미지와 거의 일치했습니다.

다코는 야마모토 씨 일로 혼이 나서인지 그런 자리에서 적극적으로 나서지 않았어요. 오히려 여자애들 모두에게 똑같이 말을 걸려고 애썼습니다. 사토 씨를 마음에 들어한다는 게 저한테는 보였는데 사토 씨 본인을 포함한 다른 사람들은 그런 다코의 기분을 몰랐을 겁니다.

그 탓에 다른 녀석이 먼저 접근하기 시작했습니다. 저와 다코의 동기였습니다. 이름은 가시와바라라는 녀석인데 주택 판매부였습니다. 게이오 출신이라서 저와는 딱히 접점이 없었지만, 다코와 같은 부서라 친해서 간접적으로 아는 사이였습니다.

가시와바라도 노는 데 일가견이 있어서 같이 어울리기에는 재미있는 놈이었죠. 얼굴은 그냥 그랬지만 여자들한테 인기를 얻는 데 외모는 관계없다는 걸 녀석을 보면 알 수 있었습니다. 연예인 중에서 개그맨이 인기 있다고들 하잖습니까. 역시 남자는 말재주입니다. 가시와바라 녀석이 끼면 미팅 자리가 들썩거리니 나름 요긴한 녀석이었습니다.

가시와바라는 미팅 자리에서 마음에 든 여자의 옆자리를 지키는 데 아주 능숙했어요. 강제적인 방법은 전혀 쓰지 않는데 어느샌가 다가가서 옆에 앉아 있었죠. 거꾸로 말하면 그 녀석이 누구를 마음에 들어하는지도 일목요연했죠. 뭐, 알기 쉬운 남자였습니다. 그 알기 쉬운 구석이 여자가 보기에도 괜찮았겠죠.

가시와바라의 또 하나 놀라운 점은 노린 여자를 중심으로 얘기하면서도 주위의 다른 여자애들도 놓치지 않고 웃음의 도가니에 빠뜨리는 말재주였습니다. 반감도 사지 않고 오히려 자기편으로 만들더군요. 다른 애들의 응원사격까지 있으니 구애받는 것도 즐겁다고 생각하게 되는 거죠. 저는 도저히 흉내도 못 낼 재주였어요.

그때도 늘 그랬듯 미팅을 시작한 지 한 시간쯤 지나자 가시와바라가 사토 씨 옆으로 이동했습니다. 사토 씨 정면에는 다코가 앉아서 제법 분위기 좋게 대화를 나누고 있었는데 가시와바라가 끼어든 꼴이 된 겁니다. 전체 분위기를 못 읽는 놈은 아니었는데 다코의 마음까지는 눈치채지 못했던 모양입니다. 저는 가시와바라가 접근하는 모습을 보고 '어라?' 하고 생각했죠.

분위기가 상당히 달아올랐습니다. 가시와바라도 평소보다 훨씬 공을 들이는 듯하더군요. 보통 그런 자리에서는 웃기는 얘기로 분위기를 달군 다음 서서히 야한 얘기로 옮겨가는 게 가시와바라가 자주 쓰는 패턴이었죠. 그런데 그날 얘기는 처음 듣는 것들이었습니다. 옆에서 듣다가 저까지 웃고 말았어요. 완전히 가시와바라가 페이스를 주도했습니다.

다코는 그런 때 노골적으로 불쾌한 기색을 드러내는 남자는 아니었지만 적어도 속으로는 못마땅했을 거라는 건 확실합니다. 그래서 다코가 화장실로 갈 때 아무 일도 아닌 척 따라갔죠. 나란히 서서 볼일을 보며 물어봤습니다.

"야, 다코. 너 사토 씨한테 꽂혔지?"

"어, 어떻게 알았어?"

다코는 그렇게 대답했지만, 말만큼 당황하지는 않았습니다. 저라면 당연히 알아차릴 거라고 생각했겠죠.

"다 보인다고. 안 그래도 가시와바라가 사토 씨 옆으로 갔을 때 이건 아니라고 생각했어. 가시와바라가 오기 전까진 분위기 좋았잖아. 잘 될 것 같았어?"

"그랬지."

다코가 골이 난 표정으로 대답했습니다. 화장실에는 저와 다코밖에 없었으니 바로 속내를 털어놨겠죠. 저는 다코의 그런 솔직함이 귀여워서 등을 툭 밀며 말했습니다.

"나중에 전화번호 꼭 따놔. 반응이 있으면 뻔히 보면서 가시와바라한테 뺏기지 말고."

미팅에서 마음에 드는 상대가 있으면 가장 먼저 해야 할 일이죠. 그 자리에서 전화번호를 가르쳐주지 않는다면 포기하는 편이 낫습니다. 다코는 진지한 얼굴로 "그럴게"라며 고개를 끄덕였습니다.

결국 그날 다코는 다행히 전화번호를 받는 데 성공했습니다. 하지만 다코가 맘에 들어 가르쳐준 것이 아니고 누가 물으면 특별히 재지 않는 성격이라 그랬다는 걸 나중에 알게 됐죠. 사토 씨의 전화번호를 받은 건 다코 한 사람이 아니었기 때문입니다.

예상하셨겠지만 가시와바라도 전화번호를 알아냈습니다. 들떠서 본인 입으로 떠들고 다녀서 알았죠. 거꾸로 다코는 비밀로 했습니다. 속내를 드러낼 필요가 없었으니까요. 다코도 좀 현명해진 셈입니다.

데이트에서는 진전이 있었던 모양입니다. 다코도 일일이 저한테 보고하진 않았지만 물으면 말해주더군요. 다만 데이트라고 해봐야 단순히 밥만 먹는 정도이고 그 이상은 발전이 없는 듯했습니다. 왠지 손에 잡히질 않아. 다코는 그렇게 말했습니다. 요컨대 둘이 만나도 미팅 때의 거리감이 좁혀지지 않았다는 거겠죠. 그런 점이 사토 씨의 매력이 아닐까 하고 생각했습니다만 마음을 사로잡고 싶은 당사자는 답답했겠죠.

애가 탄 다코는 가시와바라가 어떻게 되어가는지 알아봤습니다. 가시와바라도 사토 씨와 데이트했다고 그랬다더군요. 저는 그 말을 듣고 알았습니다. 사토 씨는 특정 인물하고만 가깝게 지내는 게 아니라 모두 동등한 간격을 두고 만나고 싶어 하는 여자라는 걸요. 인기 있는 여자 중에 가끔 그런 사람이 있죠. 여기저기 데려가주지, 식사 대접받지, 즐겁고도 이득이니까요. 특정 인물과 사귀다가 신선한 이미지를 잃고 허투루 취급당하는 것보다는 훨씬 낫다고 판단했겠죠. 똑똑한 여자라고 생각했습니다.

하지만 다코도 그렇게 초조해하지는 않았습니다. 가시와바라 같은 만담꾼이 사토 씨 앞에 얼쩡거려도 결국 이기는 건 자기일 거라고 여긴 겁니다. 안일한 생각이죠. 가시와바라 같은 남자가 여자한테 얼마나 매력을 발휘하는지 다코는 전혀 몰랐습니다. 좀 더 경계해야 했습니다.

데이트를 청하고 두세 번쯤 만났던 무렵이었나. 다코는 전화로 퇴짜를 맞았다고 합니다. 사귀는 남자가 생겼으니 더는 만날 수 없다고 말입니다. 바로 얼마 전까지는 사귀는 사람이 없다고 했으니 다코는 당혹스러웠겠죠. 자기도 모르게 누구냐고 물었더니 가시와바라라는 대답이 돌아와서 입이 떡 벌어지고 말았다더군요.

다코가 점심시간에 밥이나 먹자는 말에 따라갔다가 이 말을 들었죠. 다코는 정말 의기소침해 있더군요. 여자한테 차인 것보다 자기보다 못하다고 봤던 가시와바라에게 졌다는 게 충격이었나 봅니다.

"어떻게 그런 놈이 좋대? 땅꼬마에 얼굴도 영 아니고 옷도 거지같이 입고 다니는데."

다코가 화를 벌컥 내며 말하더군요. 사토 씨의 마음을 도저히 이해하지 못한다고밖에 말할 수 없었습니다. 저는 속으로 '그러니까 네가 졌지'라고 생각했지만 물론 입 밖으로 내지는 않았습니다.

"가시와바라는 그래 보여도 꽤 인기 많아. 너도 알잖아."

"가시와바라하고 얽힌 여자는 맨날 별것 아닌 애들이었잖아. 사토 씨 같은 미인이 가시와바라에게 낚이다니. 상상도 못 했어."

"사람은 얼굴이 다가 아냐."

나름대로 진리를 담아 한 말이었지만 다코는 전혀 납득하지 못했습니다. 아까 말씀드렸듯 다코는 원래 여자한테 열을 쏟는 타입이 아니었습니다. 그런데 그 일로 그렇게 정색하며 화를 낸 건 자존심에 상처를 입었다는 사실을 견디기 힘들어서였겠죠. 저는 그때 이 녀석 의외로 약한 구석이 있었네 하고 내심 놀랐습니다.

느닷없이 화제가 바뀌는 것 같습니다만 가시와바라는 그 일이 있은 지 석 달 후 전근을 가게 됐습니다. 그것도 홈으로 말입니다. 홈이란 저희 자회사 중 주택 건설사를 말합니다. 언젠가 돌아오게 될지도 모르지만 아마 편도티켓이었을 겁니다. 좌천인 셈이죠.

홈으로 가는 게 예외적인 일은 아니지만 쉽게 벌어지는 일도 아니죠. 그런 식의 전근이 발생했다면 그럴 만한 사정이 있기 마련입니다. 그런데 이번 경우에는 그 사정이 뭔지 눈에 안 들어오더군요. 가시와바라가 무슨 큰 사고를 저질렀다는 얘기도 없었죠. 그 시점에서는 가시와바라의 전근과 다코 사이에 무슨 관계가 있다는 생각 같은 건 전혀 하지 못했습니다.

전근이 발표된 직후에 다코가 저한테 한잔하자고 했습니다. 다른 사람은 부르지 말고 둘이서 마시자고 하더군요. 대개 다코와 단둘이 마시는 건 다른 사람에게 들려줄 수 없는 얘기를 할 때였죠. 다코가 뭔가 하고 싶은 말이 있나 보다 하고 짐작했을 뿐 설마 그 얘기가 가시와바라와 연관된 일일 줄은 상상도 못 했습니다.

"야, 다코. 가시와바라의 전근은 어떻게 된 거야? 그놈 무슨 사고라도 쳤어?"

저는 본격적인 화제로 들어가기 전에 가볍게 세상 돌아가는 얘기나 하자는 마음으로 그렇게 말을 꺼냈습니다. 그런데 다코는 잘 물어봐줬다는 듯이 씨익 웃더군요.

"그 새끼가 원래 좀 깝죽대잖아. 너무 기어올랐겠지."

"기어올랐다니? 무슨 말이야?"

저는 다코가 무슨 말을 하는지 이해할 수 없었습니다. 외부에는 누설할 수 없는 어처구니없는 실수라도 저질렀나 하고 막연히 생각하기만 했죠.

"내 상사가 와세다 출신이잖아."

다코가 맥락도 없이 그런 말을 꺼냈습니다. 저는 의미도 모르는 채 맞장구만 쳤습니다.

"알아. 건수만 있으면 와세다 타령을 하는 짜증나는 인간이잖아."

같은 회사이니 부서가 달라도 얼굴과 이름 정도는 알죠. 게다가 그 양반은 심하다 싶을 만큼 와세다 출신임을 자랑해대는 것이 심히 인상적이었습니다. 요새는 '학벌'이라는 말을 거의 들을 수 없게 되었지만 윗세대일수록 출신 학교에 애착을 보이는 경향이 있죠.

그래서 저도 다코의 상사—이름은 하시모토 씨라고 합니다만—의 성격은 어느 정도 파악하고 있었습니다. 저희 회사 사람답게 하시모토 씨도 자존심이 강하죠. 게다가 꽤 대단한 집에서 곱게 자란 도련님인지라 집안에 대한 자신도 있었고요. 그런 환경에서 자란 사람은 대개 게이오에 가는데 와세다를 나왔으니 그리 어울린다고는 할 수 없었습니다. 여러 사정이 있었겠죠. 아버지가 와세다 출신일 수도 있고 집에서 와세다가 가까웠을 수도 있고요.

그래서일까요. '와세다 출신은 촌스럽지만 게이오 출신은 스마트하다'라는 식의 속설을 누가 나불대면 무척 싫어했습니다. 본인은 게이오 출신에 지지 않을 만큼 스마트하다는 자부심이 있었겠죠.

이해하시겠습니까? 누가 와세다를 나왔든 게이오를 나왔든 그런 건 회사에 들어가면 똑같은 게 아니냐고 생각하시겠죠. 그러나 그런 데 집착하는 인간이 있기 마련입니다. 뭐, 처음에 말씀드렸다시피 저희 회사도 대학별로 면접을 보기 때문에 아무래도 그런 종적인 끈이 지속되는 경향이 있습니다.

"그런데 그게 왜?"

가시와바라는 게이오를 나왔지 하고 막연히 생각했습니다. 그때까지도 다코의 묘한 미소에 담긴 의미를 완전히 이해하지는 못했습니다. 그저 이번 기이한 전근에 다코가 전혀 관계없는 건 아니겠구나 하고 짐작만 했습니다.

"하시모토 씨는 대학 다닐 때 조정부였어. 인사팀의 우메오카 씨도 조정부였고. 그러니까 하시모토 씨와 우메오카 씨는 선후배 관계라는 거지."

다코가 즐거운 듯 말했습니다. 거기까지 듣고 그제야 무슨 말을 하려는지 눈치챘습니다. 정말이냐, 하고 속으로 생각했죠.

운동부는 동아리나 동호회와는 비교가 안 될 만큼 위계질서가 강하죠. 군대 같은 분위기를 띠는 곳도 있다고 들었습니다. 즉 하시모토 씨의 말을 우메오카 씨는 거스르기 힘들다는 겁니다. 물론 합당하지 않은 전근을 강요했다면 우메오카 씨가 따르지 않았을 겁니다. 하지만 상사가 부하의 행동을 평가하고 그 내용을 인사팀에 올리는 건 지극히 일반적인 일입니다. 거기에 무슨 내용이 적혀 있는지 외부인은 알 수 없죠.

"하시모토 씨한테 붙어먹었냐?"

말을 골라서 할 여유도 없었습니다. 직설적인 표현에 다코는 쓴웃음을 짓더군요.

"붙어먹다니. 내가 그런 짓을 할 놈으로 보여? 가시와바라가 기어올랐다고 했잖아. 게이오 출신이면 하시모토 씨가 와세다 출신이라는 걸 조금이라도 의식했어야지. 하시모토 씨의 애교심이 얼마나 뜨거운지 말이야."

"너도 와세다잖아."

제가 그렇게 말해도 다코는 입가에 희미한 미소만 띠었습니다. 하지만 다코가 그 미소로 제 추측을 긍정했다는 건 틀림없습니다.

다코는 하시모토 씨의 애교심을 이용한 겁니다. 게이오 출신인 가시와바라가 와세다 출신을 은근히 우습게 본다는 식으로 뒤에서 찌른 게 아닌가 싶더군요. 하시모토 씨를 조종하려면 그것 말고는 방법이 없으니까요.

"사토 씨 일로 앙심을 품었냐?"

드디어 저는 다코가 왜 그런 짓을 했는지 짐작할 수 있었습니다. 그 일 외에는 다코와 가시와바라의 사이에 마찰이 생길 이유가 없었기 때문입니다. 하지만 설마 하고 생각했어요. 기껏해야 미팅 자리에서 만난 여자를 두고 벌인 쟁탈전이잖습니까. 그걸로 인사팀까지 움직여서 자회사로 쫓아내다뇨. 믿기지 않았습니다.

"그 새끼는 날 우습게 봤어. 절대 하지 말아야 할 말을 했다고."

다코는 그 순간 희미한 미소를 거둬들이고 나지막이 말했습니다. 저는 가시와바라의 성격을 떠올리고, 그렇구나 하고 납득했습니다.

가시와바라는 쾌활한 녀석이지만 그런 인간이 대개 그렇듯이 좀 무신경한 면도 있었습니다. 뭐든 까발리고 다 얘기해버리니 듣기 거슬리는 일도 종종 있었죠. 게다가 다코는 자기보다 밑으로 봤던 가시와바라한테 져서 자존심이 상해 있었습니다. 그런 상황을 민감하게 헤아렸으면 좋았을 텐데 가시와바라는 그런 요령이 있는 남자는 아니었던 거죠.

이건 어디까지나 상상입니다. 솔직히 저도 섬뜩해서 다코한테 깊이 묻지 않았으니까요. 가시와바라가 이런 말을 해서 다코가 열받은 게 아닌가 짐작할 뿐입니다. "다코, 너도 사토 씨 마음에 들어했다며? 근데 나 때문에 잘 안 돼서 어쩌냐. 미안."

가시와바라가 그런 말을 했다면 우월감에 취해서가 아니라 단순히 무신경해서였겠죠. 진심으로 사과할 생각이었을 겁니다. 하지만 듣는 입장에서는 몹시 신경을 건드리는 소리죠. 다코가 열받은 것도 이해 못 할 바는 아니었습니다.

아니, 열받았다는 표현으로는 좀 약하네요. 다코가 한 짓을 생각해보면 열받은 정도가 아니라 진심으로 격노했을 겁니다. 내내 마음속에 담아두었는지까지는 알 수 없어도 저는 그제야 간신히 이해하게 됐습니다.

놀랐습니다. 다코한테 그런 면이 있는지는 몰랐으니까요. 제가 아는 다코는 굳이 말하자면 수동적인 성격이었습니다. 그래서 스즈키 씨나 야마모토 씨 같은 사람한테 휘둘렸던 거죠. 그런데 자존심을 건드리면 이런 짓까지 하는구나. 이런 인간은 절대 적으로 돌리면 안 되겠다. 그렇게 생각했습니다.

하지만 여차할 때 그렇게까지 하는 사람은 의지가 되기도 합니다. 일도 잘하고요. 다코가 판매 책임자가 된 맨션은 어떤 난관이 있어도 반드시 판매 완료됐습니다. 우수한 사원이었습니다. 결단력과 실천력이 발군이었죠.

저는 그런 일들을 통해 다코의 성격을 꽤 이해하게 됐습니다. 그러니 십오 년이나 붙어 다녔죠. 다코에 대해서는 누구보다 잘 안다고 자부할 수 있습니다.

아, 그래요. 다코는 결국 하시모토 씨의 조카와 결혼했어요. 다코가 맘에 들었는지 조카를 소개해줬습니다. 당시 사귀던 여자가 있었는데 가차 없이 버리고 상사의 조카로 갈아탔으니 그것도 결단력과 실천력이 발휘된 걸까요. 저 같은 인간은 흉내도 못낼 능력입니다.

다코의 이미지가 좀 잡히셨나요? 삼십대 중반이 되니 한 사람의 역사에도 나름의 무게감이 생기는 것 같군요. 그런 게 어느 순간 갑자기 뚝 끊어지다니. 무슨 일이 벌어진 건지 모르겠어요. 다코는 진짜 괜찮은 녀석이라 누구한테 원한을 살 놈이 아니었는데요.

예? 가시와바라가 원망하지 않았느냐고요? 아뇨. 가시와바라는 자기한테 무슨 일이 일어났는지 전혀 몰랐을 겁니다. 다코가 요령껏 처리했을 테니까요. 전근의 진짜 의미를 아는 건 저뿐일 겁니다. 그런 의미에서도 다코가 누군가한테 원한 살 일은 없었습니다. 원한을 샀다는 건 결국 뭔가 실수했다는 거니까요.

제 생각엔 뭔가 왜곡된 원망 같습니다. 그건 피할 수 없으니까요.

추첨에서 떨어져 맨션을 못 샀다든가 하는 이유로 원망하는 인간이 있잖아요. 하지만 그런 일 때문에 죽은 거라면 미칠 노릇이죠.

저는 경리 일을 해서 다행입니다, 정말. 다코처럼 살해당할 걱정 없이 앞으로도 날마다 전자계산기를 두드릴 겁니다. 그리고 한동안은 다코 몫까지 놀아볼까 합니다. 그게 다코에 대한 공양 같다는 기분이 드네요.

아, 꽤 마셨네요. 취기를 빌려 이것저것 떠든 게 아닌가 모르겠군요. 안 좋은 부분은 적당히 잘라주세요. 가시와바라의 일 같은 건 쓰시면 곤란하니까요.

재미있게 사는 게 최고입니다. 다코처럼 죽으면 다 끝이죠. 다코 같이 괜찮은 놈도 살해당하다니 세상이 엉망진창입니다. 내일 일을 고민하면서 아등바등 살아간다는 게 한심하게 느껴집니다. 그렇지 않습니까…….

* * *

있잖아, 오빠.

엄마가 언제부터 바람피웠는지 알아? 아니, 그렇게 뒤는 아냐. 오빠가 두 살 정도 됐을 때 벌써 다른 남자가 있었어. 이르기도 하다. 아직 내가 태어나기 전이야. 맞아 맞아. 그러니까 내 진짜 아버지가 아빠가 아니라고 해도 이상하지 않아. 엄마는 아빠 딸이라고 우기지만 말이야. 진실은 뭘까.

엄마가 바람피운 이유, 알지? 응. 욕구불만. 너무 진부해서 우습지 않아? 말만 들어도 한심스러워. 기왕 바람피울 거면 좀 더 고급스러운 이유라도 있으면 좋을 텐데. 보통은 그렇지 않나. 나는 친구가 없어서 잘 모르겠어.

아빠는 '그거'를 잘 못해. 적당히 만지다가 쓱 집어넣고 혼자만 싸버리고는 끝. 그래서야 본인도 별로 즐겁지 않을 텐데 엄마는 오죽했겠어. 오빠가 두 살이었을 때면 엄마는 겨우 스물두 살이었잖아. 엄청 '하고' 싶었겠지.

처음 바람피운 상대는 헌팅해온 남자였대. 아빠한테도 헌팅당해서 졸졸 따라가더니 첫 바람도 헌팅. 엄마, 진짜 재미없다. 끊임없이 헌팅당하는 것도 대단하지만.

처음에는 잘 속여넘겼나 봐. 아빠는 전혀 눈치 못 챘대. 그때는 지금처럼 휴대전화나 메일도 없는데 어떤 식으로 연락을 주고받았을까. 상대가 학생이라 시간이 많았을 테니 낮에 마음껏 만났나 봐. 우리 집으로도 불렀대. 호텔비 아끼려고. 대단하지, 엄마.

그런데 그 남자하고는 금방 헤어졌나 봐. 이유까지는 모르겠는데 엄마가 그 남자에게 만족하지 못한 게 아닐까. 나이도 어리니까 서툴렀겠지. 후후후.

그다음 상대던가? 그사이에 몇 명이 더 있었는지 모르지만 제법 연상의 남자도 만난 것 같아. 그 남자와는 오래갔지. 계산으로 보면 그 사람이 내 아버지 후보야. 부자로 보이던데 그 사람이 진짜 아빠면 좋겠다. 그 대머리 영감탱이가 내 친부라니. 인정하고 싶지 않아.

아빠가 눈치챈 건 그 남자하고 만날 때였어. 어쩌다 들켰는지 알아? 그래그래. 남자가 돈이 있으니 엄마 차림새가 좋아진 거야. 본 적도 없는 액세서리나 백을 잔뜩 갖고 있으니 아무리 둔한 아빠라도 그러면 눈치채지. 분명히 엄마는 들통나도 상관없다고 생각했을 거야. 걸려도 좋으니 명품을 갖고 싶다, 그런 발상을 하는 인간이잖아.

정말 아수라장이었지? 헤어지네 못 헤어지네 하면서 말이야. 왜 그때 헤어지지 않은 건지 정말 이해가 안 돼. 이혼이 그렇게 무서운 걸까? 단순히 귀찮아서 이혼하지 않았을 것 같기도 해. 아닌가?

결국 돈이었나 봐. 바람피우는 상대에게서 들어오는 돈이 무시할 수 없는 금액이었을지도 모르지. 아빠가 그 돈 때문에 눈감은 거라면 최악이야. 자기 마누라를 팔아서 돈을 챙겼다는 거니까. 그런 남자를 기둥서방이라고 부르던가?

내가 태어난 거랑, 엄마가 바람피우다 걸린 거랑, 아빠가 회사에서 잘린 것 중에 뭐가 먼저일까. 혹시 세 가지 일이 연이어 일어난 걸까? 인과 관계가 있다면 진짜 좀 그렇다. 그럼 내가 태어난 탓에 다 이상해진 꼴이잖아. 응? 절대 그럴 리 없다고? 고마워. 오빠는 정말 착해.

내가 태어났을 무렵에는 아빠도 밖으로 돌면서 놀았나 봐. 원래 그런 인간이었고, 바람도 엄마가 먼저 피웠으니 당당하게 여자를 만들었겠지. 어쨌든 그 대머리 영감탱이도 젊을 때는 제법 생긴 편이었으니까.

그러니 엄마도 열받았겠지. 자기는 아기 때문에 옴짝달싹 못하는

데 남편이 밖에서 딴 여자랑 놀아나고 있었잖아. 그래서 결국 나는 할머니한테 맡기고 또 연상의 남자한테 돌아가버렸잖아. 그런 건 가족도 아니야. 완전히 개판이야. 하하하. 웃음밖에 안 나오네.

그래서 난 어릴 때 엄마아빠는 집에 없는 게 정상이라고 생각했어. 할아버지랑 할머니 그리고 오빠까지 넷이 있는 게 당연하다고 여긴 거야. 가끔 엄마가 돌아오고, 또 아빠라고 부르는 남자가 있을 때도 있다. 난 그렇게 이해했어. 대단하지?

어렸을 때라 기억이 확실하지는 않지만 할아버지 할머니네 집에 있었을 무렵이 제일 행복했던 것 같아. 오빠는 어때? 그대로 엄마 아빠가 안 돌아왔으면 좋았을 텐데. 쭉 넷이 살았으면 좋았을 텐데. 요즘 그런 생각을 많이 해. 그게 진짜 내 가정이었어.

하지만 할머니가 쓰러져버렸잖아. 대장암 같은 건 정기적으로 검사만 받았어도 조기에 발견할 수 있지 않았을까. 그런데 그때는 그런 상식도 없었어. 알아차렸을 때는 이미 손을 쓸 수 없었고. 몇 번이나 수술하고 방사선 치료까지 받으면서 고생했는데 결국 돌아가셨으니 고생만 한 꼴이잖아. 할아버지는 그저 발만 동동거렸지 아무것도 할 수 없었고, 엄마는 아주 가끔 병문안만 오고. 진짜 괴로웠어. 그래서 난 지금도 병원이 진짜 싫어. 그때의 아픈 기억이 있으니까.

엄마는 할머니를 원망하지 않았을까. 왜 그렇게 빨리 죽었냐, 나만 힘들게 됐다 이러면서 말이야. 실제로 힘들었던 건 할아버지랑 할머니였는데. 엄마는 그런 식으로 생각하는 사람이니까 틀림없이 원망했을 거야.

할머니가 입원하니까 할아버지 혼자서는 우릴 돌볼 수 없어서 결국 엄마가 돌아왔잖아. 엄마랑 같이 살기 시작했는데 난 그때 뭐가 뭔지 이해를 못했어. 엄마는 가끔 돌아오는 사람인데 왜 같이 사는 걸까 불가사의했어. 실제로 같이 살아보니 별일 아닌 걸 갖고 무지 혼내는 사람이었어. 절대 좋아할 수 없더라고. 상냥한 할아버지랑 할머니가 훨씬 좋다고 몇 번이나 생각했어.

결국 우리가 방해물이었겠지. 더 놀고 싶은데, 더 재미있게 살고 싶은데 방해하는 존재로밖에 여기지 않았을 거야. 그러니 애정 같은 게 있을 리 없지. 엄마더러 야박하다고 할 게 아니야. 아빠한테 헌팅당했을 때 제대로 피임하지 않은 무지함이 문제였어. 난 그렇게 생각해. 이십대를 한껏 즐기며 보내다가 이 정도면 충분히 놀지 않았나 싶을 때쯤 결혼했으면 그런 인간이 되지 않았을지도 몰라. 남들처럼 아이를 귀여워하는 인간이 됐을지도 모르는데 그저 무지한 바보라서 그러지 못한 거야. 바보는 참 슬프네.

아빠가 돌아온 것도 그때쯤이었지? 내가 네 살 때였어. 그때도 깜짝 놀랐어. 엄마가 돌아온 걸 어떻게 알았을까. 엄마가 연락했나? 그게 아니면 원래 기둥서방 체질인 남자라서 그런 기회를 예민하게 포착할 수 있는 걸까. 한 번 완전히 찢어졌던 가족이 참 용케도 다시 모였어. 엄마아빠도 무슨 낯짝으로 다시 합쳤을까. 그땐 왜 그랬는지 정말 모르겠더라.

아빠가 왜 돌아왔는지 알아? 후후후. 또 웃어버렸네. 대머리라서 차였대. 웃겨서 배가 다 아프다. 너무 웃었더니 눈물이 나.

그렇지만 본인에게는 치욕이었을 거야. 자기 딴에는 꽤 잘생겼으니 말만 걸면 여자가 얼마든 따라올 거라 확신하고 있었는데 머리가 벗어진 거야. 불쌍해서 어떡해. 가슴이 아파. 응, 거짓말이야.

생각해보면 진짜 이상한 가족이었어. 아빠는 취직도 안 하고 매일 집에서 빈둥거리고 엄마는 밤만 되면 '출근'해서 남자 만나러 가고. 아빠가 우리한테 분풀이하던 것도 그렇게 생각해보면 당연한 걸까. 분풀이당한 우리로서는 당연한 거라고 하고 싶진 않지만.

오빠도 참 많이 맞았지. 요새 말하는 아동 학대였어. 다행히 오빠가 크게 다친 적이 없어서 문제가 안 됐지, 아빠는 경찰에서 잡아가야 했어. 우리를 위해서도 그래야 했는데.

응? 아냐. 그렇지 않아. 오빠를 원망하는 게 아냐. 그런 거 아냐. 미안해. 내가 이상하게 말했네. 오빠가 몸 바쳐 날 구해준 건 똑똑히 기억해. 그러니까 내가 오빠를 제일 좋아하잖아. 내 편은 오빠뿐이었는걸. 옛날에도 지금도 날 보호해주는 사람은 오빠뿐이야.

난 내내 아빠한테 괴롭힘을 당하면서 성격까지 어두워졌어. 그래서 학교에서도 괴롭힘을 당했고. 정말 지독하게 싫은 인생을 살아왔어. 그래서 이렇게 나이를 먹고도 목소리 크고 험상궂은 아저씨나 자기 머리가 좋다고 과시하면서 나를 얕잡아보는 인간한테 끈덕지게 괴롭힘을 당하는 거야. 지긋지긋해.

인생을 바꿀 수 있다면 태어났을 때부터 바꾸고 싶어. 좀 제대로 된 부모의 아이로 태어났으면 좋겠어. 엄마는 상냥하고 맛있는 요리를 만들어주는 사람. 아빠는 좀 뚱뚱해도 상관없으니까 믿음직하고 좋은 회사에 다니는 사람. 꿈에서라도 봤으면 좋겠다. 분명히 허무할 테지. 하하하.

그렇지만 오빠는 이대로가 좋아. 다시 태어나도 오빠 동생이면 좋겠어. 오빠도 나 같은 동생 괜찮아? 그래? 기뻐.

4

여기는 금방 찾으셨어요? 아, 그러셨다면 다행이네요. 이 안쪽까지 들어오는 길이 좀 까다롭지 않을까 싶었는데 다행히 손님들도 헤매는 분은 별로 없으시더라고요. 꺾어지는 곳이 은행이라서 찾으시기는 쉬운가 봐요. 예. 이렇게 작은 가게인데 찾아주시는 손님이 꽤 계세요.

아뇨. 괜찮습니다. 지금은 비교적 한가한 시간대니까요. 제가 혹 가게를 비우더라도 종업원들이 잘해주거든요. 그래서 지금 시간으로 골랐죠. 일방적으로 결정해서 죄송합니다. 오후가 되면 느긋하게 말씀 나누기가 쉽지 않거든요.

괜찮으시면 이것 좀 드셔보시죠. 저희 가게 물건이에요. 캐모마일입니다. 허브티는 싫어하시나요? 아, 예. 다행이네요. 부담 갖지 마시고 드세요. 저도 마실게요.

예. 여기 디스플레이한 병 속에는 다 허브가 들어 있죠. 회사에 다닐 때 허브의 매력에 빠졌어요. 처음에는 취미로 마셨는데 어느샌가 본격적으로 되더라고요. 유럽에 여행 갔을 때에는 꼬박꼬박 현지의 허브티를 마시려고 애쓰다 보니 입맛이 높아지면서 여러 가지를 알게 되었죠. 언젠가 내 가게를 가지면 어떨까, 그런 꿈을 꾸게 됐어요. 회사를 그만두고 여기저기 뛰어다니면서 자본금을 조달한 끝에 이렇게 골목길에나마 작은 가게를 마련할 수 있었어요. 저 같은 경우가 의외로 많지 않더군요. 다들 결혼하고 평범한 주부가 됐다고 할까요. 그런 점에서는 게이오 출신들이 생각보다 보수적인가 봐요.

그나저나 어떻게 저를 알고 찾아오셨나요? 누가 제 이름을 말하던가요? 예? 몇 명이나 절 거명했다고요? 제가 그렇게 눈에 띄는 타입은 아니었을 텐데요. 아, 그 일 때문에 좀 유명해졌나. 그런 가십은 잘들 기억하더라고요. 당사자는 거의 잊고 지내는데 말이죠.

아뇨. 전혀 몰랐어요. 결혼해서 성이 바뀌었잖아요. 서로 이름을 막 부를 정도로 친했던 건 아니라서 뉴스는 봤지만 설마 예전에 알던 그 사람일 거라고는 생각도 못 했죠.

어떻게 알았느냐고요? 사진을 봤으니까요. 솔직히 예전부터 피해자 얼굴 사진을 보도할 필요가 있는 건지 이해를 못 했어요. 그런데 이런 경우도 있으니 역시 의미가 있을지도 모르겠다고 생각을 바꾸게 됐죠. 사진을 못 봤으면 그렇게 잔인한 사건의 피해자가 지인이라는 걸 모르고 지냈을 거예요. 대학 시절 지인들과는 거의 연락을 끊고 지내서 아무 소식도 못 듣거든요.

깜짝 놀랐죠. 뭐라고 해야 할까요. 정신이 멍해져서 무슨 일이 일어난 건지 이해를 못 했어요. 그렇잖아요. 내가 아는 얼굴이 갑자기 텔레비전에 나왔으니까요. 게다가 일가족 몰살 사건의 피해자라고 하니 머리가 새하얘졌죠. '이름이 유키에였나' '나이는 저게 맞나' 하는 인식은 한참 뒤에 떠오르더군요. 사진을 본 순간 내가 아는 나쓰하라 씨라는 걸 깨달았어요. 사람을 잘못 본 게 아닐까 하는 생각은 나중에야 들었어요. 나쓰하라 씨가 무참하게 살해당했다, 그건 순식간에 알았어요.

으음, 이유를 설명하기는 좀 어려운데…… 어찌됐건 직감이니까요. 직감에 이유를 달아봐야 별 의미가 없죠. 그래도 굳이 말해보자면 그렇게 죽는 게 나쓰하라 씨에게 어울린다고 느껴서 아닌가 싶어요. 평범하게 나이를 먹다가 손자손녀에 둘러싸여 안락했던 인생을 마감하는 건 나쓰하라 씨답지 않다고 생각했나 봐요. 그래서 살해당한 사람이 나쓰하라 씨라는 사실을 바로 납득한 거죠.

아뇨. 그런 것과는 좀 달라요. 저하고는 전혀 종이 다른 사람이니까요. 아까 말씀드렸다시피 게이오 출신 여성들은 아등바등하지 않는다고 할까, 자기 색깔이나 개성 같은 데에 구애받지 않는다고 할까. 툭 튀어나와서 눈에 띄게 사는 사람이 없어요. 아, 남성들도 그런가? 물론 예외는 무수히 많겠죠. 나쓰하라 씨가 비범한 인생을 살아갈 사람이라고 생각해서 그런 건 아니에요. 실제로 결혼하고 평범한 전업주부로 살았다면서요? 그것도 나쓰하라 씨답다 싶어요. 다들 그럴걸요. 안정된 생활을 요령 있게 거머쥐고는 별 고생 없이 살아가죠. 게이오 출신 여성 중에는 그런 사람이 많아요.

미리 말해두는데 전업주부라서 편하겠다는 식으로 얕잡아보는 건 아니에요. 저도 결혼했으니 집안일의 어려움은 잘 알죠. 하지만 같은 주부라도 갖은 고생을 하는 사람이 있는가 하면, 안락한 생활이 보장된 사람도 있기 마련이니까요. 나쓰하라 씨는 아무 고생 없이 편안한 생활을 거머쥘 타입이었다고 말씀드리고 싶었어요. 나쓰하라 씨가 슈퍼 할인행사가 있다는 말에 눈빛이 바뀐다거나 예금 잔고에 신경 쓰며 절약한다거나 하는 모습은 상상할 수 없으니까요.

나쓰하라 씨의 과거 얘기가 듣고 싶으신 거겠죠. 굳이 절 찾아오셨다는 건 빤한 과거사를 듣고 싶어서는 아닐 테고요. 예. 그 정도는 저도 알아요. 제 이름을 들먹였다면 좋은 얘기가 나왔을 리 없죠. 나쓰하라 씨를 미워한 여자라며 제 이름을 꺼냈겠죠. 아니에요. 감추지 않으셔도 돼요. 사실 사이가 좋았다고는 할 수 없으니까요.

나쓰하라 씨를 미워하지는 않았어요. 뭐랄까. 인간 관계에도 궁합이란 게 있잖아요. 맞지 않는 사람하고는 아무리 노력해도 맞지 않죠. 괜히 애써봐야 서로 피곤하기만 한 관계라고 생각해요. 그래서 저는 나쓰하라 씨하고 얽히고 싶지 않았을 뿐이에요. 미워한다고 할 정도의 강렬한 감정은 없어요.

예. 저와 나쓰하라 씨는 같은 반일본의 일부 사립대에서는 지도 교수별로 학생을 나누고 '반(클래스)'으로 편성함이었어요. 그런 사이였을 뿐이니 어울린 시간은 짧았죠. 대학에 입학하고 첫 수업 때 나쓰하라 씨가 눈에 들어오기는 했을 거예요. 하지만 솔직히 말하면 전혀 기억이 안 나네요.

나쓰하라 씨가 당시에도 미인이긴 했지만 게이오 전체에서 눈에 띈다 할 정도는 아니었으니까요. 더 눈에 띄는 여성은 많았어요. 남자들은 또 다른 의견을 낼 수도 있겠죠.

맞다. 말씀드리기 전에 우선 게이오의 특수한 상황을 설명해드려야겠네요. 저라고 다른 대학에 대해 잘 아는 건 아니지만 게이오는 상당히 특수한 편이라고 생각해요. 예? 남학생이 여학생 가방을 들어주느냐고요? 예. 그렇긴 한데, 그런 건 게이오만의 특수한 습관이라고는 할 수 없겠죠. 아오가쿠나 세이조처럼 어엿한 집안의 자녀들이 다니는 대학에서는 당연한 일일걸요. 제가 아는 여성들만 그런 거였을지도 모르지만요.

게이오에 부속학교가 있는 건 아시죠? 맞아요. 초등학교에서 고등학교까지 에스컬레이터를 타고 올라가듯 쭉 진학할 수 있죠. 물론 중학교부터 입학하는 사람도 있고 고등학교부터 입학하는 사람도 있지만 제가 보기엔 똑같았어요. 저는 대학부터 들어간 처지니까요.

'내부' '외부'라는 표현이 있어요. '내부'란 부속고교에서 대학에 들어온 사람을 말하죠. '외부'는 반대로 저처럼 대학부터 들어온 사람이에요. 어감이 어떤가요? 저 같은 사람에게는 단적으로 '그들'의 의식을 드러내는 표현이라고 느껴져요. '그들'이라고 하면 물론 '내부생' 말이지요. '그들'에게 저처럼 대학부터 들어온 자들은 '외부'의 인간인 거죠. 자기들 '외부'의 인간요.

내부생의 결속은 단단하죠. 사람에 따라서는 십이 년 내내 함께 다녔을 수도 있으니까요. 애당초 여자의 경우는 유치부 모집 인원이 얼마 안 돼서 초등학교부터 계속 게이오에 다닌 학생은 서른 명 남짓일 거예요. 그 서른 명이 대학에 들어와서는 각 학부로 나뉘니까 숫자로만 따지면 소수 세력이죠. 실제로는 중학교부터 들어온 학생들의 결속이 강한 모양이더라고요.

다른 학교는 어떤지 몰라도 게이오는 초등학교와 중학교는 남녀 공학이고 고등학교는 남녀가 나뉘어요. 그랬다가 다시 대학에 들어와서 같이 다니는 거죠. 물론 고등학교에 다닐 때도 연락을 주고받겠지만 겉으로는 대학교에서 재회하는 거죠. 나름 감격적이지 않겠어요? 그래서 내부생들은 남녀 가릴 것 없이 잘 뭉치더군요. 성별 구분 없이, 횡적 연결이 있고 거기에서 또 종적 연결도 있는 거예요. 그런 식으로 거미줄처럼 뻗은 인간 관계가 입학 전에 이미 만들어지는 거죠.

제가 만약 그런 관계에 놓인다면 숨이 막힐 것 같은데 말이에요. 그렇게 느끼지 않는 사람들이 대학까지 게이오에 들어오는 거겠죠. 그들끼리는 정말 사이가 좋았어요. 보고만 있어도 서로 웃음 지을 정도로요. 그들만의 언어가 따로 있다고 해야 할까요? 언어라고 하면 과장이라고 생각하실지 모르겠네요. 감각으로 바꿀게요. 감성이 비슷한 사람들이니까 사이가 좋아지는 거 아니겠어요. 육 년에 걸쳐 비슷한 감각을 배양한 걸까요. 아니면 애초에 그런 감성을 지닌 사람이 게이오 부속에 들어가는 걸까요. 잘 모르겠어요.

쉽게 설명해볼게요. 너무 놀랐기에 지금도 기억이 생생한데, 내부생이 저한테 말을 걸 때면 항상 처음에 하는 질문이 있어요. 내부생

전원이 그랬으니 그들에게는 중요한 사항이었나 봐요. 저는 '왜 그런 게 궁금할까' 하는 생각밖에 안 들었어요.

같은 반이었던 내부생 남자가 묻더군요. "어디 살아? 아버지는 뭐 하셔?"라고요.

무슨 의미인지 아시겠어요? 그러니까 그들은 외부생의 생활수준을 알고 싶었던 거예요. 사는 동네와 아버지 직업에 따라 외부생의 순위를 매기기 위해서요.

왜 순위를 매겨야 하는 건지 모르시겠죠? 저는 정말 이해가 안 되더라고요. 하지만 좋든 싫든 알게 되더군요. 게이오에서의 상식은 내부생의 상식이며 우리의 상식과는 다르다는 걸요.

이런 거죠. 내부생에게 외부생은 자기들 밑의 존재인 거예요. 그런데 그런 하층계급 중에서도 끌어올려도 괜찮은 인간이 존재한다, 그러니 처음부터 조사하여 동료로 삼을 만한 인간을 선별하겠다는 거죠. 좋은 동네에 살고 아버지가 어엿한 지위에 있는 인간요.

이런 얘기를 제삼자에게 하면 웃긴 이야기로만 받아들이는데, 그들은 진심으로 자기 아버지를 자랑스럽게 생각해요. 자기 아버지가 어디 사장이다, 무슨 병원 원장이다 하면서요. 할아버지까지 자랑하는 치도 있어요. 할아버지가 메이지明治 원훈이라며 사뭇 진지한 얼굴로 자랑하더군요.

비아냥거리는 게 아니라 저는 어떤 의미에서는 그들이 소박하게 보이더라고요. 소박해서 귀엽기까지 해요. 그렇잖아요. 요즘 자기 아버지를 자랑하는 대학생이 얼마나 있겠어요. 오히려 다들 아버지를 경멸하잖아요. 그런데 가슴을 펴고 자기 아버지를 자랑하다니 착한 자녀라고 할 수 있죠. 게다가 할아버지에 조상까지 자랑한다니 정말 보기 드문 고풍스러운 감각이 아니겠어요? ……뭐, 고풍이라고 다 좋은 건 아니지만요.

내부생의 기준에 들어맞는 사람은 한 반에 몇 명 안 됐겠죠. 누가 선택되었고 누가 하층계급에 머물지는 가만히 지켜보면 확연히 드러났어요. 식사하러 가는 장소가 달랐으니까. 예. 일이 학년 때는 히요시 캠퍼스에 다니는데, 내부생은 히요시에서 밥을 안 먹어요. 다들 지유가오카까지 나가요. 아뇨. 지하철을 타고 갈 리 없죠. 그들은 자기 차로 통학하니까요.

저희 반에서 가장 먼저 선택된 이는 나쓰하라 씨였어요. 누가 뭐라고 해도 미인이었으니 그것만으로도 우선 내부생 남자의 눈에 들었겠죠. 나쓰하라 씨는 사는 데도 좋은 동네였고 아버지도 일류 회사에 근무했으니 내부생의 동료로 승격되는 데 아무런 문제도 없었죠. 나쓰하라 씨 같은 사람이 있으니까 내부생도 우선적으로 선별 작업을 했겠죠.

음, 이런 얘기까지 굳이 덧붙일 필요가 있나 싶지만 출신 고등학교에 따라 순위가 정해지는 것 같더군요. 여자는 잘난 집안 아가씨들이 다닌다는 학교 출신일수록 점수가 높아요. 시라유리, 후타바, 세이신, 도쿄조가쿠칸 같은 데요. 나쓰하라 씨도 그중 하나를 나오지 않았을까요. 아, 세이신이에요? 역시.

아까 제가 나쓰하라 씨를 미워하지 않았다고 한 말은 정말이에요.

다른 사람에 비하면 나쓰하라 씨의 태도는 정말 성숙했으니까요. 가장 꼴보기 싫은 건 자신이 '승격'했다는 사실에 우쭐해져서 다른 외부생을 깔보는 인간이죠. 착각도 이만저만이 아니에요. 다른 가치관이라든가 세상의 상식을 배울 기회가 없었던 내부생이라면 어쩔 수 없다 쳐도, 한 발만 삐끗했으면 차별받는 위치에 섰을 인간인 주제에 다른 사람을 차별하다니 추하죠. 그런 인간도 있더라고요.

하지만 나쓰하라 씨는 달랐어요. 최소한 표면적으로는 잘난 척하는 모습을 안 보였어요. 누구를 대하든 같은 태도였으니 훌륭해 보이더군요. 대학교 일 학년이니 기껏해야 열여덟, 열아홉 살. 아직 어린애죠. 세상이 어떻게 돌아가는지, 인간 관계는 어떻게 맺어야 하는지에 어수룩해도 당연하다 싶을 나이인데, 나쓰하라 씨는 그 나이에 배려가 몸에 배어 있었어요. 대단하죠.

어린애니까 어쩔 수 없다고, 인간이란 어리석기 마련이라고 말해버리면 그만이겠지만 폄훼당하는 외부생의 의식에도 상당히 문제가 있더라고요. 자기를 깔본다고 화를 내는 이도 있었고 내부생을 동경하는 이도 있었어요. 이해 못 할 바는 아니죠. 저도 그 자리에 있던 당사자 중 하나라서 게이오의 공기는 잘 알아요. 내부생은 참 화려하죠. 집안환경이 좋으니 행실도 우아하고, 옷이나 액세서리는 누가 봐도 고가의 물건이고, 잘 놀면서도 행동은 스마트하고요. 지방에서 갓 올라온 어수룩한 아이의 눈에는 선망의 대상이 될 만한 면모가 있었을 거예요.

하지만 내부생 쪽에서 말을 걸어오지 않는 이상, 외부생은 절대로 그들의 테두리 안에 들어갈 수 없었어요. 에도시대에 무사 계급과 평민 계급이 결혼할 수 없었던 것 이상으로 불가능한 얘기였어요. 무사와 평민이 결혼하려면 여자가 어느 명문가에 양녀로 들어가는 수단이 있었다죠? 그런 식으로 신분을 상승시키면 결혼이 가능했다고 하잖아요. 그런데 게이오에서는 그런 편법이 통하지 않았어요. 안 되는 건 끝까지 안 됐죠. 가차 없었어요.

말은 이렇게 해도 그런 현실을 알게 된 건 졸업하고 난 뒤예요. 입학한 지 얼마 지나지 않은 신입생이 대학 내 서열 관계를 이해하기란 쉽지 않았어요. 그저 화려한 내부생을 동경 어린 시선으로 바라볼 뿐이죠. 그렇게 되면 어떻게든 내부생이 동료로 받아들이도록 노력하고 싶다는 마음이 드는 거죠. 헛된 노력이라는 건 모르고.

물론 말을 건다고 무시하지는 않아요. 내부생도 그렇게까지 유치하지는 않아서 분명히 대답은 하죠. 하지만 누가 용기를 내서 "같이 밥 먹을래?"라고 말을 걸어도 "미안" 하고 빠져나갈 뿐이에요. 말을 걸면 대답은 하는데 먼저 말을 거는 일은 없어요. 잠깐이나마 대화가 이루어질 것 같다가도 이내 "미안"이란 말만 남기고 그들끼리 어딘가로 사라져버리죠. 그런 일이 몇 번 반복되다 보면 다른 방법을 강구해야겠다는 생각이 들 테고요. 그런 상황에서 나쓰하라 씨라는 존재가 다른 외부생에게 클로즈업됐나 봐요.

아까도 말씀드렸듯 나쓰하라 씨는 가장 먼저 '승격'된 사람이었어요. 하지만 그런 사실을 자랑하지 않고 다른 외부생들과도 허물없이 지냈죠. 제가 알기로는 외부생과 함께 역 앞 패스트푸드점에서 점심을 먹는 일도 있었다고 해요. 그렇기에 나쓰하라 씨는 외부생이 기댈 만한 존재가 됐나 봐요. 내부생하고 다리를 놓아줄 사람일지도 모른다. 그런 기대를 품고 말이죠.

나쓰하라 씨를 추종하는 무리가 생기기까지는 그리 긴 시간이 걸리지 않았어요. 두 달도 채 지나지 않아서 '나쓰하라 여왕님과 추종자들'이란 구도가 생겼던 기억이 나네요. 저는 질색이지만 전형적인 여자애들의 세계죠. 여학교에 가면 흔하게 볼 수 있어요. 아직 어린애이다 보니 고등학교 시절의 습성을 버리지 못하고 그런 기묘한 관계를 만든 거겠죠.

그렇다고 나쓰하라 씨가 거만하게 굴지는 않았어요. 위에서 내려다보면서 상냥하게 손을 내밀어준다는 느낌이 아니라, 뭐라고 해야 할까요, 주위에서 떠받드는 상황에 익숙하다는 듯이 극히 자연스럽게 행동하더군요. 저는 같은 반에서 지낸 이 년 동안의 나쓰하라 씨밖에 모르지만 아마 어떤 환경에서든 중심이 되는 사람이 아닐까요.

아, 역시 그런 얘기를 들으셨군요.

나쓰하라 씨는 화려함으로는 내부생에게 전혀 뒤지지 않았죠. 오히려 남자들 눈에는 내부생보다 더 아름답게 보였을지도 몰라요. 옷부터 액세서리까지 몸에 걸친 모든 것이 세련됐죠. 멋 부리는 데는 별로 신경을 안 쓰다가 대학생이 되고 나서야 허둥지둥 잡지를 보며 공부한 사람들과는 세 단계 정도 수준이 다른 느낌이었어요. 예를 들면 같은 백을 들어도 어울리는 사람이 있고 안 어울리는 사람이 있잖아요. 그런 건 하루아침에 어떻게 할 수 있는 게 아니에요. 명품은 잘 어울리는 사람이 들면 지극히 자연스럽지만 무리를 한 사람은 애처로움이 강조될 뿐이니 잔인하죠.

게다가 나쓰하라 씨는 화장에도 상당히 능숙해서, 내부생과 어울리고 싶어 쫓아다니던 사람들도 어느샌가 나쓰하라 씨 자체를 동경하게 된 것 같더군요. 그 애들은 나쓰하라 씨한테서 화장법을 배운 모양이었어요. 전부 똑같은 화장을 했으니까요. 우스꽝스러웠어요.

그중에서도 유난히 나쓰하라 씨를 동경하던 사람이 있었어요. 동경이라기보다 거의 숭배였죠. 동갑내기를 대하는 태도가 아니었어요. 아까 제가 '여왕님과 추종자들'이란 표현을 쓴 것도 그 친구가 생각나서 그랬어요. 이름은 나카야마였죠.

나카야마 씨는 지방에서 올라온 외부생이라는, 상당히 악조건의 인물이었어요. 물론 게이오 기준으로 따져서 그런 거지 본인은 꽤나 좋은 집안에서 자라 의젓한 분위기를 풍겼어요. 실제로 아버지가 지방 유지인 모양이었고 경제적으로 유복한 환경에서 자란 것 같았어요. 정말 그렇다면 '승격'이 되어도 이상하지 않았을 텐데 내부생은 나카야마 씨한테 말을 걸지 않았어요. 외모가 문제였던 모양이에요.

이렇게 말하면 오해할지도 모르겠군요. 나카야마 씨의 외모는 그렇게 떨어지는 편은 아니었어요. 오히려 평균 이상이었죠. 어쩌면 남성들이 '부잣집 아가씨'이라는 말을 들으면 떠올릴 듯한 이미지에 상당히 가까웠다고 생각해요. 하지만 '외모가 문제'라는 건 촌스럽다는 거였죠.

왜 안 그렇겠어요? 고등학교 삼 년 동안 성실히 공부만 하던 여자애가 화장이나 명품에 환할 리 없으니까요. 저는 나카야마 씨의 촌스러움은 성실한 성격의 표출일 뿐 부끄러워할 일은 아니라고 생각했지만 당사자에게는 '시골 아가씨'로 보이는 건 더할 나위 없는 치욕이었겠죠.

나카야마 씨 입장에서 보자면 본인을 내부생과 동류라고 여겼겠죠. 단순히 태어난 곳이 다를 뿐, 성장환경 자체는 공통점이 많다고요. 그런데도 그들은 나카야마 씨를 거절했고 노골적으로 선별하여 떨쳐냈죠. 나카야마 씨로서는 크나큰 문화적 충격이었을 거예요. 고향에서는 나름 괜찮은 집안에서 공주님으로 자랐는데 도쿄에 나오자마자 평범한 사람 취급을 받았으니까요. 경제력만 따지면 내부생 중에서도 나카야마 씨 부모님한테 미치지 못하는 사람도 많았을 거예요. 나카야마 씨는 불공평하고 모호한 기준이라 생각했겠죠. 애초에 남을 차별하는 데에 불공평이고 뭐고 없는 거지만요.

게이오에 들어올 정도니 머리가 나쁘지도 않았겠죠. 나카야마 씨는 엄청나게 머리를 굴려봤을 거예요. 그런 끝에 왜 자신이 차별당하는 쪽으로 분류됐는지 정확한 답을 찾아냈어요. 제가 보기에는 정확한 답 같은 건 찾아내지 않은 편이 좋았을 것 같지만요.

나는 패션 센스가 부족하다. 내부생에게 경멸당해도 쌀 만큼 시골뜨기 냄새를 풀풀 풍긴다. 그리 친했던 건 아니라서 직접 듣지는 못했는데 나카야마 씨는 그렇게 생각했나 보더라고요. 그리고 공부 잘하는 학생답게 자신을 가르쳐줄 선생님을 찾았겠죠. 그랬더니 가장 가까운 곳에 있는 사람이 나쓰하라 씨였던 거죠.

처음에는 아마 패션잡지를 보면서 공부했을 거예요. 하지만 그래 봤자 아까 말씀드렸다시피 애처로워지죠. '나 공부했어요' 하는 티가 나서 패션으로 쳐줄 수 없어요. 게다가 나카야마 씨는 돈이 있어서 잡지에 실린 대로 코디가 가능했기에 더 우스꽝스러워 보이는 측면도 있었어요.

아마 본인도 뭔가 아니라는 걸 금세 느꼈겠죠. 자신의 패션이 부자연스럽게 튄다는 걸 안 모양이에요. 하지만 뭐가 잘못된 건지 스스로 원인을 찾아내지 못했어요. 그래서 고민 끝에 나쓰하라 씨에게 도움을 청했나 보더라고요.

여기서부터는 제 상상인데, 나쓰하라 씨는 자주 가는 가게를 나카야마 씨에게 가르쳐주지 않았을까요. 처음에는 옷이나 화장품을 함께 골라줬을지도 모르죠. 왜냐하면 나쓰하라 씨에게 접근하고 나서 금세 나카야마 씨의 센스가 좋아졌거든요. 그전까지는 애쓴 티가 얼굴에 확 드러났는데, 어느 때부터 본인 얼굴과 어울리는 자연스러운 화장을 하더군요. 옷이나 액세서리도 명품으로 도배하는 게 아니라 세련된 물건으로 몸에 맞춘 듯 치장하게 됐어요. 물론 누가 봐도 나쓰하라 씨와 같은 데서 샀다는 걸 알 수 있었죠.

이런 말까지 하기는 좀 그렇지만 나쓰하라 씨하고 완전히 똑같지는 않았어요. 그야 당연하겠죠. 쌍둥이처럼 똑같은 차림으로 다니는 사람이 있으면 나쓰하라 씨도 싫을 테니까요. 그래서 나쓰하라 씨도 진짜 소중한 가게는 나카야마 씨한테 가르쳐주지 않았을 거예요. 사실 나카야마 씨가 내부생의 눈을 끌 정도로 멋진 차림으로 나타난 적은 한 번도 없었거든요. 옷 좀 입는 게이오생이 됐을 뿐 도드라지게 눈에 띄는 존재까지는 되지 못했어요. 오히려 명품으로 온몸을 도배하던 때가 훨씬 튀었죠.

무리도 아니죠. 나쓰하라 씨 입장에서는 하나부터 열까지 자기 흉내만 내려는 사람은 성가셨을 테니까요. 게다가 흉내 내는 사람이 자기보다 더 눈에 띄어버리면 당연히 즐겁지 않을 테고요. 자기보다 조금 떨어지는 수준에서 제자리걸음하도록 놔두는 게 인지상정이겠죠.

그래서 저도 이해가 안 되는 건 아니에요. 나쓰하라 씨의 마음 말이에요. 솔직히 여자끼리만 느끼는 불편함이랄까요. 나쓰하라 씨의 처사에서 심술 같은 게 느껴지는 건 어쩔 수 없더군요.

으음, 이런 식으로 계속 말하기가 좀 껄끄럽네요. 세상을 떠난 사람을 험담하는 건 뭔가 비열해 보이잖아요. 저는 결코 나쓰하라 씨를 폄하하려는 게 아니에요. 그냥 저와는 감각이 조금 달랐다고 생각할 뿐이에요.

……그런가요? 네. 역시 미담만 늘어놓으면 균형이 안 맞겠네요. 그런 사건에 대한 르포이니 미담만으로 끝나지는 않겠군요. 무슨 말씀이신지 알겠어요. 하지만 이건 어디까지나 단순한 사실을 설명드릴 뿐이에요. 그 이상의 의도는 없다는 걸 알아주셨으면 좋겠네요.

그럼 계속 말씀드리죠. 아까 말씀드렸다시피 나쓰하라 씨를 숭배하는 사람이 몇 명 생겼어요. 그 숭배자들은 하나같이 나쓰하라 씨의 복사판 같았고요. 똑같이 베낀 것도 아니었어요. 그 복사는 열등

버전이라고밖에 말할 수 없었어요. 아무리 똑같이 입어도 애당초 소재가 다르니 차이가 나는 건 당연했죠. 그리고 나쓰하라 씨의 코디에는 어딘가 흉내 낼 수 없는 결정적인 요소가 있었어요. 그러니 한층 차이가 또렷해지면서 여왕님과 그 추종자라는 구도를 확고하게 만들더군요. 그게 제 눈에는 자연발생적으로 성립한 관계라기보다 나쓰하라 씨의 의지가 반영된 것처럼 보였어요. 죄송해요. 제 솔직한 감상은 그랬어요.

그중에서도 가장 떨어지는 복사판이 나카야마 씨였어요. 가장 떨어진다고 하니 비슷하지 않았다는 말 같지만, 가장 흉내를 잘 내는 사람이 나카야마 씨였어요. 흉내를 잘 냈기에 그 차이가 더 도드라졌다는 뜻에서 가장 떨어진다는 거죠. 두 사람이 나란히 서 있으면 나카야마 씨는 나쓰하라 씨를 더욱 빛나게 만드는 역할에 지나지 않았어요. 그런데 나카야마 씨 본인은 그런 사실은 전혀 의식하지 못하고 뭐가 그리 좋은지 희희낙락해하며 나쓰하라 씨 뒤를 졸졸 따라다니는 형국이었죠.

나쓰하라 씨의 의지가 반영됐다고 한 이유는 그러한 관계성을 나쓰하라 씨가 모를 리 없었기 때문이에요. 만약 진심으로 나카야마 씨를 위했다면 그런 흉내는 내지 말라고 말하지 않았겠어요? 그래야 우정이죠. 하지만 나쓰하라 씨는 나카야마 씨가 자기 흉내를 내는 걸 만류하지 않았어요.

주변 사람들요? 그 무렵에 나카야마 씨의 친구는 모두 나쓰하라 씨의 숭배자가 되어 있어서 충고해줄 사람이 없었어요. 저요? 저는 그 정도로 친한 건 아니었으니 충고할 만한 관계가 아니었죠. 그리고 이참에 솔직히 말하자면 나쓰하라 씨를 중심으로 하는 그 그룹은 기분 나빴어요. 여왕님과 그 추종자라뇨. 불건전하잖아요. 별로 섞이고 싶지 않았어요.

나쓰하라 씨가 나카야마 씨에게 우정을 느끼지 않았다는 건 명백했어요. 친구로 여겼다면 애초에 나카야마 씨의 희망을 들어줬겠죠. 예. 내부생과의 다리요. 이미 그때쯤에는 추종자들도 그런 꿈을 포기했을지도 모르지만 결국 내부생은 그들을 동료로 받아들이지 않았어요. 점심을 먹기 위해 지유가오카로 향하는 차에 탈 수 있는 사람은 나쓰하라 씨 한 명뿐이었어요.

그걸 추종자들은 어떻게 생각했을까요. 저는 모르겠어요. 당초의 목적을 잊고 우리 여왕님은 역시 대단하다고 생각했을까요? 전혀 이해할 수 없는 감각이에요.

나쓰하라 씨는 자기 감정을 마음속에 숨기는 능력이 탁월한 사람이었어요. 그걸 가리켜 제가 '훌륭하다'라고 한 거예요. 훌륭하다는 말 외에는 표현할 말이 없어요. 어떻게 그 나이에 그만큼 자신을 컨트롤할 수 있는지 정말 감탄스러웠어요.

저는 나쓰하라 씨가 추종자들을 자기보다 아래로 봤을 거라고 생각해요. 타인 흉내밖에 못 내는 시골뜨기라고 마음속으로 경멸했겠죠. 그렇지 않고서야 그런 부자연스러운 관계에 안주할 리 없으니까요. 시골뜨기들에게 자신의 센스를 조금씩 하사했더니 그 그늘에서 여자들이 몰라볼 만큼 아름다워지는 데 쾌감을 느꼈겠지요.

하지만 나쓰하라 씨는 그런 나쁜 감정을 한 번도 겉으로 드러낸 적이 없었어요. 표면적으로는 추종자들을 어디까지나 친구로서 대등하게 대했어요. 그러니 나쓰하라 씨의 속내를 간파한 사람은 몇 명 없었을 거예요. 주위 사람들 모두 그녀의 빼어난 연기에 속은 거죠.

이런 말을 하는 근거가 뭐냐고요? 본질적인 의문이시네요. 글쎄요. 그런 건 조금이라도 보는 눈이 있으면 누구든지 알아차릴 수 있어요. 그저 주변 인간들에게 사람 보는 눈이 없었을 뿐이죠. 나쓰하라 씨가 그렇게까지 지독한 짓을 했는데도 알아차리지 못했으니까요.

다시 내부생 얘기로 돌아가죠. 내부생은 학교에 잘 오지 않았어요. 그런 일이 어떻게 가능하냐면 그들만의 네트워크가 있기 때문이에요. 횡적 종적 연결이 굳건한 내부생은 과거의 시험문제와 노트 복사본을 잔뜩 손에 넣을 수 있었죠. 그래서 수업을 안 들어도 시험 대책은 빈틈없었죠.

출석이 부족하면 학점을 딸 수 없지 않느냐고 생각하시겠죠. 내부생은 그런 점도 간과하지 않았어요. 시스템적으로 확실하게 처리했죠. 어떤 면에서는 감탄스럽기까지 했어요.

인정하고 싶지는 않지만 내부생 남자가 멋있긴 했어요. 돈과 여유가 있으면 인간의 외모란 얼마든 가꿀 수 있나 봐요. 주구장창 시험공부만 하다 들어온 외부생과는 정말 현격한 차이가 있더군요. 시골에서 올라온 외부생 여자 눈에 내부생 남자가 얼마나 멋있게 보였겠어요.

그런 내부생 남자 하나가 순박해 보이는 외부생 여자애한테 접근해요. 그 애를 구워삶아 대리출석을 시키는 거죠. 본 적도 없을 만큼 세련되고 멋진 남자에게서 부탁받은 여자애는 싫다는 말도 못 하고, 그 남자뿐만 아니라 다른 내부생 여자 몫까지 대리출석을 떠맡는 거예요. 한번 맡으면 일 년, 수업에 따라서는 이 년 동안 내내 대리출석을 하게 돼요. 그렇게 여자애가 대리출석을 하는 사이에 내부생들은 어딘가로 놀러가는 거죠.

기막히죠? 그런 짓을 반마다 하고 있었어요. 한 반에 한 명씩 호스트처럼 여자를 농락하는 내부생 남자가 존재하는 거예요. 보통은 이런 얘기를 들으면 화가 나겠지만 그렇게까지 철저한 걸 보면 그냥 감탄하고 말게 돼요. 뭐랄까요. 요령 없는 인간이 나쁜 게 아닐까 하는 기분마저 드는 거죠.

이야기가 조금 돌아왔네요. 하지만 저희 반만은 예외였어요. 호스트 같은 남학생이 등장할 자리가 없었어요. 왜 그랬다고 생각하세요? 그 역할을 나쓰하라 씨가 맡았기 때문이에요. 예. 저희 반 대리출석 담당은 나카야마 씨였어요.

이제 이해가 가시나요? 맞아요. 그래서 저는 나쓰하라 씨가 추종자들을 아래로 봤다고 한 거예요. 진정한 친구로 여겼다면 그런 부탁을 할 리 없죠. 아래로 봤으니 대리출석 같은 짓을 시킬 수 있었겠죠. 물론 나쓰하라 씨는 내부생과 함께 놀러갔어요.

예, 그랬어요. 나카야마 씨도 다른 추종자들도 그런 나쓰하라 씨에게 화내지 않았어요. 나카야마 씨는 기뻐하며 대리출석을 하더군요. 나쓰하라 씨를 위해서인데 이 정도가 대수냐 하는 마음이 아니었을까요. 어쨌든 여왕님 시중드는 사람이었으니까요.

물론 나카야마 씨도 이득이 없지는 않았어요. 대리출석 담당에게는 내부생끼리만 돌려보는 과거 시험문제와 노트 복사본을 보여줬거든요. 그걸 노리고 스스로 나서서 대리출석을 하겠다는 사람도 있었어요. 노는 것보다 좋은 성적을 남기는 게 우선인 사람에게 대리출석 따위는 대수롭지 않은 일이었을 테니까요.

하지만 저는 거기에도 차별이 있지 않았나 의심해요. 결국 성적은 나쓰하라 씨가 더 좋았기 때문이에요. 같은 복사본을 봤다면 나카야마 씨 쪽이 좋은 점수를 얻든가 아니면 비슷해야 정상 아니겠어요? 그런데 나카야마 씨는 한 번도 나쓰하라 씨를 이기지 못했어요.

뭔가 귀에 익죠? 예. 패션 때와 완전히 똑같아요. 자기 흉내를 내는 건 허락하지만 동등한 라인에 서는 건 인정하지 않는다. 그래서 저는 나쓰하라 씨가 내부생 사이에 오가는 복사본 중에서 일부밖에 보여주지 않았다고 생각해요. 중요한 부분을 보여주지 않으니 좋은 성적을 받을 리 없죠. 대리출석까지 해주고도 그런 대접을 받은 거예요. 갖고 논 셈이죠.

어머, 죄송해요. 얘기에 열중하는 사이에 찻잔이 비었네요. 한 잔 더 우릴게요. 이번엔 페퍼민트로 할까요? 좀 껄끄러운 얘기가 돼버렸으니. 페퍼민트는 울적할 때 마음을 풀어주니까 이런 때 마시기에는 딱 좋죠.

금방 올 테니 조금만 기다려주세요. 아뇨. 괜찮아요, 신경 쓰지 마세요. 저도 마시고 싶어서요.

그래요. 나쓰하라 씨가 추종자한테 한 처사 중에 이런 일도 있었어요. 나카야마 씨에 대한 태도도 심했지만, 그 일도 정말…… 물론 별일 아니라고 할 사람도 있을 텐데 저는 고개를 젓게 되네요. 나쓰하라 씨는 내부생의 생각을 뻔히 알았을 테니까요.

그 여자의 이름은 다나카였어요. 추종자 중 하나였죠. 그런데 다나카 씨는 추종자 중에서 성질이 남다른 인물이었어요. 나쓰하라 씨 못지않은 미인이었거든요.

물론 종합적으로 보면 나쓰하라 씨에 견주기는 힘들었어요. 센스라는 측면에서는 한두 발 양보해야 했고 무엇보다 다나카 씨의 부모님은 이혼했으니까요. 부모님이 같이 사시는가 아닌가 하는 걸로 차별받는다면 인권 문제겠지만, 익히 짐작하시듯 게이오의 상식이란 남다르니까요. 부모님이 이혼한 데다 보호자인 어머니가 파트타임으로 일하기까지 한다면 대단히 마이너스 점수인 거죠.

그래도 할아버지가 경제적으로 여유가 있던 분이었던 모양이라 그 유산으로 게이오에 들어왔다는 이야기를 들은 기억이 있어요. 그리고 패션 센스는 나쓰하라 씨를 모방하면서 그럭저럭 좋아졌어요. 그러자 원래 미인이었으니 눈에 띄기 시작했죠. 나쓰하라 씨와 나란히 서면 미모가 한층 빛을 발했고요.

이건 어디까지나 제가 지켜보면서 내린 결론인데, 다나카 씨는 신분 상승 의지가 강한 사람이었어요. 아마 나쓰하라 씨 추종자 중에서도 내부생에 끼고 싶다는 마음이 가장 강하지 않았을까 싶어요. 아까 말씀드렸다시피 나쓰하라 씨 추종자들은 본래 목적을 잊고 내부생은 어떻게 돼도 좋다는 식이었어요. 단 한 사람, 다나카 씨만은 끈질기게 집착했죠.

지금이니까 이런 추측도 말해보는 건데 아버지가 없어서 신분 상승 의지가 더 강해진 건 아닐까 싶어요. 다나카 씨 눈에는 좋은 집안에서 자란 데다 우아한 내부생이 눈부시게 보였겠죠. 나도 저렇게 되고 싶다. 그러려면 저들 틈에 들어가야 한다. 그렇게 생각하지 않았을까요.

다나카 씨의 불행은 다름 아니라 미인이라는 점이었어요. 외모가 특별히 눈에 띄지 않았다면 내부생은 거들떠보지도 않았겠죠. 하지만 다나카 씨는 잘난 내부생 도련님의 눈을 끌 만큼 아름다웠어요. 무시하고 넘어갈 수 없었겠죠. 아무리 교육을 잘 받았다 해도 남자는 남자니까요.

몇 번이나 말씀드렸다시피 내부생과 외부생 사이에는 깊은 수렁이 있었어요. 보이지 않는 벽이라 해도 되겠네요. 이 벽은 외부생이 넘어설 수 없을 뿐 아니라 내부생에게도 장애물이었어요. 같은 내부생 여자애를 꼬시는 것보다 외부생 여자애한테 말을 거는 게 더 용기가 필요했을 테니까요. 대리출석을 시킨다든가 하는 꿍꿍이속이 있을 때와는 다르게, 이성에 대한 순수한 흥미가 생겼을 경우에 말이에요.

그건 무슨 심리라고 봐야 할까요. 아랫것에게 손을 대면 같은 집

단에서 바보 취급이라도 당하는 걸까요. 아니면 그저 심리적 거리의 문제일까요. 뭐, 양쪽 다일까요.

그래서 나쓰하라 씨처럼 바로 '승격'한 사람이면 모를까, 다나카 씨처럼 가꾸고 보니 미인으로 부각된 사람에게는 내부생 남자도 좀처럼 말을 걸지 않더군요. 오히려 외부생 남자들만 집적거리는 듯이 보였어요. 물론 전 같은 반이었을 뿐이라 다나카 씨가 학교 밖에서 어떻게 생활했는지는 몰라요. 제가 보는 한 그랬다는 얘기예요.

이건 도리어 남성분한테 여쭙고 싶은데요. 말을 걸고 싶은데 걸기 힘든 여성일수록 더 매력적으로 보이나요? 아, 역시 그렇군요. 그렇겠네요. 그게 아니라면 다나카 씨가 인기 있었던 이유를 이해하기 힘드니까요. 아무리 미인이라 해도 남자는 왜 그런 마음이 드는 걸까 신기하다고 생각했어요.

예, 다나카 씨는 인기가 많았어요. 나쓰하라 씨와 다나카 씨는 반에서만이 아니라 학부 전체에서 상당히 주목받지 않았을까요. 나쓰하라 씨의 외모는 알고 계시죠? 좋은 집안에서 태어난 사람이 특별한 고생도 없이 자라면 이렇게 된다는 듯한 이미지에 공주라고 형용할 만한 청초한 미인이었죠. 긴 머리에 살짝 처진 눈매가 선한 인상을 주는 데다 말씨도 분위기도 우아했죠. 남성들 눈에는 신붓감 일순위로 꼽을 만한 타입이라고 생각하지 않으세요?

그에 비해 다나카 씨는 좀 더 현대적인 미인이었어요. 얼굴만 따지면 나쓰하라 씨보다 더 이목구비가 뚜렷하다 할 수 있었어요. 지나가다 걸음을 멈추고 어쩜 저렇게 예쁠까 하며 고개를 갸웃거리게 만들 만한 얼굴이었죠. 텔레비전이나 잡지 같은 데 존재할 것 같은 사람이 같은 반에 있었던 거예요. 그러니 다나카 씨는 그 자리에 있는 것만으로도 주변에 위화감을 불러일으키는 사람이기도 했어요.

쇼트커트에 키가 크고 슬림한 데다 스타일이 좋아서 굉장히 스포티한 느낌을 줬어요. 하지만 동아리에는 들어가지 않았을 거예요. 원하는 동아리에는 들어갈 수 없었거든요. 짐작하셨겠지만 게이오에는 내부생만 들어갈 수 있는 동아리가 있죠. 다나카 씨는 그런 동아리 말고는 흥미가 없었고요.

나쓰하라 씨는 얼핏 모든 사람을 똑같이 대하는 듯 보였지만 다나카 씨는 그런 고도의 테크닉이 있는 사람이 아니었어요. 처음부터 내부생 외에는 안중에도 없다는 태도였으니까요. 그러니 외부생 남자가 아무리 다가와도 전혀 상대하지 않았을 거예요. 타깃은 어디까지나 내부생 남자였으니 쓸데없는 교제는 하고 싶지 않았겠죠.

살짝 얘기가 비껴나지만, 다나카 씨는 그런 면에서도 세련되지 못했어요. 처음에도 말씀드린 것처럼 내부생 여자는 보통 결혼해서 전업주부로 지내는 사람이 많아요. 즉 장래가 안정적으로 보이는 남자를 거머쥐어 결혼하는 게 목표인 셈이죠. 결국 다나카 씨도 비슷한 시선으로 남자를 보지 않았을까 싶은데, 내부생 여자는 다나카 씨처럼 노골적으로 티를 내지는 않죠. 아니, 조금 다를까요? 굳이 티를 내지 않아도 자신에게 걸맞은 남자와 결혼할 수 있다는 걸 알아서 그런지도 모르겠네요. 그 점에서 다나카 씨는 그런 확신이 제로였겠죠. 그러니 초조한 마음이 겉으로 드러나면서 빈틈이 보였던 게 아닐까 싶기도 하네요. 어쨌든 여러 의미에서 내부생 여자와는 극단적으로 대비되는 사람이었어요.

어, 이야기를 정리해보죠. 다나카 씨는 입학하면서부터 내부생과 가까워지고 싶어 했다. 그러나 외부생은 좀처럼 상대해주지 않았다. 그 시점에 가장 빨리 '승격'한 나쓰하라 씨에게 붙었다. 나쓰하라 씨의 추종자 중 한 명이 되었고, 다나카 씨 자신을 가꿔 꽤 눈에 띄는 존재가 되었다. 그러자 내부생 남자도 다나카 씨를 주목하기 시작했다. 이런 식의 흐름인 거죠.

이후의 전개는 짐작 가시죠? 예. 그랬어요. 나쓰하라 씨가 내부생 남자와 다나카 씨 사이에 다리를 놓아줬어요.

원래 추종자는 내부생 남자와 다리를 놓아줬으면 하는 마음에 나쓰하라 씨에게 접근했을 테니 그 바람을 들어준 셈이긴 하죠. 나쓰하라 씨가 친절하다고 말할 사람도 있을지 모르겠네요. 하지만 제 생각에 그것도 결코 다나카 씨를 위한 행동은 아니었어요. 내부생 남자한테 환심을 사두면 자기한테 이득이 될 테니까요.

그런데 당사자인 다나카 씨는 무척 기뻐했어요. 내부생 남자와 사귀는 게 대학에 들어온 목적 같은 사람이었으니까요. 게다가 남자 쪽도 다나카 씨 얼굴을 보고 끌렸으니 양쪽 다 손해 보는 만남은 아니었겠죠. 초반에 국한된 얘기이지만요.

아, 얘기하다 보니 점점 나쁜 사람이 되는 듯한 기분이 들어요. 사실 평소에는 이런 생각 전혀 안 해요. 그때 당시에도 골똘히 생각해 보지 않았고요. 나쓰하라 씨, 다나카 씨와 가깝지 않았기에 지금에서야 추측하며 드리는 말씀이에요. 아무래도 내부생의 사고방식이나 다나카 씨의 가치관 같은 걸 헤아려보지 않을 수 없겠네요. 지금부터 말씀드리는 건, 제 평소 생각이나 관점과는 전혀 달라요. 그것만은 알아주세요. 허브티 좀 드세요. 식겠어요.

제가 나쓰하라 씨 일파를 감시했던 건 아니니 확언할 수는 없지만 다나카 씨와 내부생 남자의 교제는 그리 길게 가지 않았던 모양이에요. 그렇게 생각하는 근거요? 뭐 여러 가지가 있지만 가장 알기 쉬운 건 두 사람이 함께 다니는 모습을 볼 수 없게 됐다는 거였죠. 어쨌든 다나카 씨는 내부생 남자와 함께하는 모습을 남들에게 보여주고 싶어서 안달 나 있었으니까요. 캠퍼스 안에서 늘 같이 행동했어요. 그런데 어느 날 갑자기 그걸 멈췄다? 너무 알기 쉽잖아요. 특별히 친하지 않더라도, '아, 헤어졌구나' 하고 다들 알았죠.

그럼 왜 두 사람 사이가 오래가지 못했을까요? 이것 역시 추측인데 아마 서로 사는 세계가 너무 달라서 아니었을까요.

이런 표현, 참 싫네요. 어중간하기는 해도 현재 일본에 신분제도 같은 건 사라졌는데 말이에요. 물론 제가 그렇게 생각하는 건 아니에요. 저는 부모가 부자이면 잘난 걸까 하고 생각하거든요. 어디까지나 현실, 다나카 씨와 내부생 사이에서 일어난 일을 객관적으로 추측한 경우의 이야기예요. 서로 살아가는 세계의 차이가 너무 컸다는 뜻이죠.

아마 얘기가 안 통했겠죠. 내부생과 외부생 말이에요. 내부생들은 어릴 때부터 비슷한 세계를 공유하며 자라왔죠. 비슷한 가치관이라고 바꿔 말해도 괜찮겠죠. 상식도 금전감각도 행동반경도, 보통의 세계와는 완전히 달라요. 그런 세계에 다나카 씨가 중간에 끼어들어간 꼴이니 얘기가 통할 리 없죠. 다나카 씨는 지극히 평범한 삶을 살아온 사람일 테니까요.

연애란 게 참 어려워요. 상대를 생각하는 마음의 추가 평행을 이루면 좋은데 그게 좀처럼 맞지 않으니까요. 아무리 서로 좋아한다고 해도 어느 한쪽이 더 좋아하는 경우가 대부분 아닌가요. 감정의 무게가 덜한 쪽은 상대에게 질리게 되죠. 함께 대화를 나누고 거리를 걷는 일이 귀찮다고 느껴지게 돼버리는 거고요. 그런 온도차를 두 사람이 노력으로 메워나가면 교제가 오래가겠지만 젊을 때는 그게 상당히 어렵죠. 그러다 결국 헤어질 수밖에 없어요.

그런 맥락에서 다나카 씨는 연애에 서툴렀을지도 모르겠어요. 다나카 씨 쪽이 너무 열을 냈겠죠. 게다가 그 감정이란 게 마냥 순수한 연애감정이라고도 할 수 없고요. 내부생의 집안이나 백그라운드를 보고 연애하는 거니 남자의 마음도 싸늘해진 거겠죠. 애초에 내부생도 다나카 씨의 성격이 아니라 외모를 보고 반한 거니까 피장파장일지도 모르겠지만요.

잔인한 이야기인데, 외모는 중요하죠. 특히 젊을 때는요. 다나카 씨 정도로 아름답다면 남자는 성격 따위는 따지지 않겠죠. 저런 미인과 사귈 수 있다면 그것만으로도 좋다고 생각하면서요. 하지만 실제로 만나보면 다나카 씨가 뭘 노리는지 알게 되죠. 그러면 장난이 아니다 싶어 남자는 도망쳐요. 어차피 서로 겉만 보고 만났으니 다나카 씨도 기브앤테이크라는 마음으로 관계를 이어나갔으면 좋았을 텐데 그런 머리는 돌아가지 않는 사람이었어요. 그래요. 그때를 떠올려보니 역시 나쓰하라 씨는 정말 대단했어요. 다나카 씨처럼 꼴사나운 모습은 절대 남에게 보이지 않았으니까요.

하지만 다나카 씨도 다른 의미로 대단한 사람이긴 했어요. 연애에 한 번 실패했다고 질려 한다거나 하지 않았어요. 이번이 아니면 다음, 하며 척척 마음을 바꿀 수 있었나 봐요. 깜짝 놀랄 만큼 미인이니 다나카 씨만 마음먹으면 남자가 부족할 일은 없었던 것 같아요.

제가 '대단하다'라고 한 데에는 부정적인 의미도 있어요. 다나카 씨는 실패에서 아무것도 배우지 못했으니까요. 속내를 감춘다거나 빈틈을 보이지 않는다거나 하는 식으로 개선할 여지가 잔뜩 있었는데도 태도를 전혀 바꾸지 않았어요. 그래서 두 번째 남자와도 눈 깜짝할 사이에 헤어졌죠.

여성의 경우, 남성이 끊이지 않는 사람을 보면 어떻게 되든 끊이지 않더군요. 헤어져도 금방 다른 남자가 나타나요. 그런데 또 사귄다 싶으면 금세 헤어지고요. 그런 일을 서너 번 반복하자 다나카 씨에게 지저분한 낙인이 찍혔어요. '쉬운 여자'라고 내부생 사이에서는 그렇게 인식하게 된 모양이었어요.

어쨌든 다나카 씨는 내부생이 치근덕거리면 절대 거절하지 않는 사람이었으니까요. 상대의 성격은 물론 생김새도 따지지 않았어요. 내부생에 부잣집 자식이라는 절대적 조건만 충족하면 나머지는 상관없다는 듯이요. 그 집착은 뭐였을까요? 그저 돈이 필요한 거라면 외모를 무기 삼아 얼마든 벌 수 있었을 테니 역시 집안이 중요했을까요. 내부생을 동경하는 사람은 적지 않았지만 다나카 씨처럼 무턱대고 덤벼드는 사람은 드물었어요.

죄송합니다. 되도록 말을 고르고 싶은데 적절한 표현이 생각나지 않네요. 으음, 말 꺼내기가 좀 어려운데, 다나카 씨는 하룻밤 상대도 마다하지 않았어요. 상대가 내부생이기만 하면 첫 데이트에서도 바로 몸을 허락했다고 하더군요. '쉬운 여자'라는 의미, 아시겠어요? 예, 다나카 씨는 그런 여자로 상당히 유명해지고 말았어요.

남자 입장에서 보면 웬 떡이냐 싶었겠죠. 유혹하면 거절하는 법도 없고 곧바로 진한 관계로 넘어갈 수 있으니까요. 그리고 한 번 만나고 끝내도 간단히 잊어주고요. 게다가 연예인 못지않은 미인이니 꿈같은 존재 아니겠어요. 다나카 씨를 이용한 내부생 남자는 열 명도 넘었을 거예요. 정말 싫은 이야기네요.

더 불편한 얘기로 이어지는데요. 내부생은 내부생끼리 결혼하는 경우가 아주 많아요. 아까 말씀드렸다시피 공통된 세계관이라 마음도 편하겠죠. 이러쿵저러쿵해도 도련님과 아가씨니까 결혼 상대로는 나쁘지 않죠. 비아냥거리는 게 아니라 잘 어울리는 조합이라고 생각해요.

즉 다나카 씨를 이용한 남자들은 처음부터 다나카 씨를 연애 상대로는 보지 않았던 거예요. 편리한 여자, 쉬운 여자였던 거죠. 한때의 쾌락은 다나카 씨를 이용해 채우고 결혼 상대는 양갓집 아가씨인 내부생으로 선택한다. 남의 일이어도 화나는 이야기예요.

하지만 제가 화를 내봐야 무슨 의미가 있겠어요. 당사자인 다나카 씨가 그런 식으로 취급받는 걸 아무렇지 않게 여겼으니까요. 다나카 씨가 무슨 생각을 하는 건지 속 시원히 알 수가 없었어요. 그런 식으로 남자를 몇 명 만나다 보면 언젠가 운명의 상대를 만날 수 있으리라 믿었던 걸까요. 주변에서 자신을 어떤 식으로 보는지도 알아차릴 수 없을 만큼 시야가 좁아졌던 걸지도 모르겠네요.

예. 알아요. 나쓰하라 씨 얘기가 듣고 싶으시죠. 얘기가 벗어난 게 아니에요. 이것도 나쓰하라 씨의 단면을 알려주는 에피소드 중 하나예요.

다나카 씨와 내부생 남자 사이를 이어준 사람이 나쓰하라 씨라고 설명드렸죠? 그건 처음 한 명만이 아니었어요. 그 뒤에 다나카 씨가 사귄 남자는 거의 나쓰하라 씨가 소개했어요. 그래요. 다나카 씨가 '편리한 여자' 취급을 받게 된 후에도 말이죠.

그래서 제가 나쓰하라 씨보고 지독한 사람이라고 한 거예요. 당연히 나쓰하라 씨도 다나카 씨가 어떤 취급을 받는지 빤히 알았어요. 모르는 건 다나카 씨 본인뿐이었으니까요. 그런데도 연이어 남자를 소개해줬다는 건 일부러 다나카 씨를 깎아내리려는 거였다고 생각해요. 다나카 씨 본인이 바랐다고 해도 친구로 여긴다면 그럴 수는 없죠.

저는 나쓰하라 씨가 왜 그랬는지 짐작이 가요. 다나카 씨가 너무 아름다웠기 때문이에요.

나쓰하라 씨는 내부생 여자애한테 뒤지지 않을 만큼 우아하고 고상한 분위기를 풍기는 사람이었죠. 외모의 매력으로만 따진다면 나쓰하라 씨에 비할 만한 사람은 내부생 중에도 거의 없었어요. 하지만 단 한 사람, 다나카 씨만은 예외였어요. 전혀 스타일이 다른 만큼 나쓰하라 씨가 낫다고 여기는 사람도 적지 않았겠지만 주변 사람이 어떻게 생각하느냐는 문제가 아니었어요. 나쓰하라 씨는 다나카 씨의 미모가 눈에 거슬렸던 게 아닐까 생각해요.

그래서 나쓰하라 씨는 다나카 씨를 능멸한 거예요. 내부생에 대한 다나카 씨의 집착을 이용해서 끔찍한 상황으로 몰아넣었어요. 그렇게 생각하지 않으면 왜 그런 짓을 저질렀는지 이해할 수 없으니까요. 표면적으로는 친구에게 지인을 소개한 것이지만 실제로는 천박한 뚜쟁이 짓을 한 거죠. 나쓰하라 씨는 그런 짓이 가능한 사람이었어요.

다나카 씨가 나쓰하라 씨의 속내를 알아차리지 못한 게 다행이었는지 불행이었는지 저는 모르겠어요. 알았다면 주위 사람들이 그렇게 보는 지경까지는 이르지 않았을지도 모르죠. 나중에 알게 되었다면 나쓰하라 씨를 죽이고 싶어졌을 수도 있죠. 그렇지 않겠어요? 이런 저급한 표현까지는 쓰고 싶지 않은데 내부생 남자들 사이에서는 '공중 화장실'이라는 별명으로 불렸다니까요. 다나카 씨가 그걸 알게 되었다면 살의가 생겼대도 당연한 거죠.

……아, 그렇군요. 나쓰하라 씨 일가를 죽인 사람이 다나카 씨라고 해도 저는 전혀 의외라고 생각하지는 않을 거예요. 동기는 충분하지 않나요. 어떤 식으로 살해당했는지 뉴스를 통해 알게 되었는데

엄청난 원한에 의한 범행 같잖아요. 처음에 나쓰하라 씨다운 죽음이라고 말한 건 그런 뜻이었어요.

물론 다나카 씨가 그랬으리라고 생각하지도 않아요. 다나카 씨에게도 너무 오래전 일일 테니까요. 학교에 다닐 당시라면 모를까, 벌써 졸업한 지 십 년도 넘었는데 이제 와 원한을 풀겠다고 나설 리 없잖아요. 제가 말씀드리고 싶은 건 나쓰하라 씨는 어디서 어떤 원한을 샀어도 이상하지 않을 사람이라는 거예요. 그 사건은 도둑의 짓이 아니라 틀림없이 원한 때문이에요. 휘말려 함께 살해당한 가족에게는 안된 얘기지만요.

예? 저요? 저는 나쓰하라 씨하고 그렇게 친하지 않아서…… 벌써 다 알고 계시겠네요. 그래서 저한테 오셨을 테죠. 예. 말씀드릴 각오는 돼 있어요.

상관없어요. 어차피 옛날 일이고 지금까지도 화가 난다거나 그런 일은 없으니까요. 저한테는 이미 단순한 기억 중 하나일 뿐이니 뭐든지 물어보세요. 말씀드리기 힘들 건 하나도 없어요.

딱 하나, 죽은 사람에 대해 안 좋은 얘기를 하게 된다는 점이 마음에 걸리는데 사실인 이상 어쩔 수 없죠. 나쓰하라 씨가 장점이 많은 사람이긴 하지만 저와 엮였을 때는 그게 별로 보이지 않았어요.

저는 대학부터 게이오에 들어갔어요. 그러니 외부생이었죠. 하지만 집도 시부야 구에 있었고 부모님도 알 만한 회사에 다니셨으니 내부생이 함부로 대할 만한 입장은 아니었다고 생각해요. 뭐, 그 인간들이 어떻게 대하든 별로 신경 쓰지 않았지만요.

처음에는 내부니 외부니 하는 시스템을 잘 몰랐어요. 대학부터 들어온 사람이면 다들 그랬겠죠. 중고등학교 때부터 함께해온 사람들은 사이가 각별하겠구나 하고 생각했을 뿐, 설마 그들에게 무시당할 거라고는 상상도 못 했거든요. 그래서 저는 누가 내부생이고 누가 외부생인지 전혀 의식하지 않았죠.

한 달쯤 지나서 어느 정도 구분이 되었고 내부생은 외부생과 친해질 마음이 없다는 걸 알게 됐어요. 하지만 딱히 불쾌하게 여긴다거나 일부 사람들처럼 동경한다거나 하지 않았어요. 타인과 끈끈하게 지내는 걸 별로 좋아하지 않아서 내부생은 물론, 외부생과도 그 정도로 친해져야겠다고 생각하지도 않았고요. 그런 의미에서는 반에서 튀는 존재였을지 모르겠네요.

저는 대학에 들어가면 아르바이트를 해보고 싶었어요. 고등학교 때까지는 부모님이 허락해주지 않았거든요. 제 힘으로 돈을 벌면서 세상 물정을 배워보고 싶었어요. 물론 수업은 꼬박꼬박 나가서 공부도 했죠. 그래서 시간이 부족했고 쓸데없는 일에 얽혀 있을 짬이 없었다고 하는 게 정직한 말이겠네요.

쓸쓸하지는 않았어요. 진정한 친구가 노력한다고 구해지는 건 아니잖아요. 애쓰지 않아도 자연스럽게 생겨나야 우정이죠. 억지를 부리지 않으면 성립 안 되는 우정이란 진정한 우정이 아니라고 생각했어요.

별난 애였죠? 남자는 물론 여자와도 말을 잘 섞지 않았고 수업이 끝나면 곧장 돌아갔으니까요. 다른 반은 어땠는지 잘 모르지만 저희 반은 두 무리로 나뉘어 있었어요. 내부생의 태도에 반발하는 무리, 내부생과 어울리고 싶어 하는 무리로요. 저는 어느 쪽에도 속하지 않았죠.

나쓰하라 씨가 왜 저 같은 사람한테 흥미를 가졌는지 그 속마음까지는 모르겠어요. 어느 쪽에도 어울리지 않는 면이 특이하게 보였을까요. 추종자가 된 사람들은 알기 쉬웠겠죠. 무슨 생각을 하는지도 일목요연해서 다루기도 쉬웠을 테고요. 그런 의미에서는 내부생에게 반발하는 사람들 역시 알기 쉬웠다고 할 수 있겠네요. 그들의 반발은 결국 콤플렉스의 다른 말일 테니까요. 내부생을 과도하게 의식한다는 측면에서는 추종자들과 별로 다를 게 없었어요. 하나의 현상에 대한 이면에 불과했죠.

아, 그래요. 내친 김에 설명드리면 내부생에게 반발하는 사람들은 나쓰하라 씨도 싫어했어요. 그럴 만도 하죠. 나쓰하라 씨는 '승격'한 사람이었으니 내부생과 한통속인 셈이죠. 하지만 나쓰하라 씨 본인은 그런 데 전혀 신경 쓰지 않았어요. 추종자들이 화를 내도 '어쩌겠어?'라며 가볍게 흘려 넘기는 듯했어요.

나쓰하라 씨에게 반발하는 건 외부생만이 아니었어요. 내부생 여자들도 마음에 들어하지 않는 것 같았어요. 왜냐고요? 나쓰하라 씨는 내부생 여자애들이 점유한 지위를 흔드는 사람이었으니까요. 내부생 여자는 외부생보다 수많은 부분에서 우위에 서 있다는 자존심이 강한 애들이에요. 그 자존심이 나쓰하라 씨 앞에서는 흔들려버린 거죠. 자기들 이상으로 좋은 집안에서 자란 데다 내부생 남자들에게 압도적인 인기를 모았으니까요. 그런 존재를 유쾌하게 받아들일 정도로 성숙하다면 이미 대학생이 아니죠. 나쓰하라 씨는 내부생 여자들의 질투를 상당히 샀을 거예요.

이런 식으로 정리하면 명확하겠네요. 나쓰하라 씨는 좋은 의미에서든 나쁜 의미에서든 반의 중심이었어요. 거의 모든 사람이 나쓰하라 씨를 무시할 수 없었어요. 숭배하는 사람부터 반발하는 사람, 관심 있는 사람, 질투하는 사람까지 모두요. 나쓰하라 씨 같은 존재가 다른 반에는 없었겠죠.

그러니 나쓰하라 씨와 엮이지 않은 건 저밖에 없었던 셈이죠. 저는 나쓰하라 씨에 대해 아무 감정도 없었어요. 물론 예쁜 사람이라고 생각했지만 그쪽에 취미가 있는 것도 아니라서 별다른 감명은 받지 못했어요. 내부생의 우월감은 애들 같아서 유치하다고 생각했고 그렇다고 거기에 반발하는 애들은 우스웠죠. 그래서 나쓰하라 씨는 제 시야에 들어오지 않았어요. 그 점이 나쓰하라 씨 눈에는 특별하게 보였던 걸까요.

얘기하다 보니 점점 명료해지는 것 같은데 어쩌면 나쓰하라 씨는 주위의 모든 것을 손에 쥐고 싶었던 게 아닐까요. 자기를 중심으로 세상이 성립한다는 걸 오롯이 느끼고 싶었던 거겠죠. 그런 나쓰하라 씨에게 저처럼 무관심한 인간은 이물질이죠. 그녀를 중심으로 하는 세계에 굴러들어온 종잡을 수 없는 이물질. 그래서 저를 무시할 수 없었을 거예요.

"미야무라 씨, 맞죠?"

그렇게 제 이름을 확인해온 건, 한 번도 자기소개를 한 적이 없어서였어요. 저도 나쓰하라 씨의 얼굴은 알고 있었지만 이름이 바로 나오지는 않았어요.

"저기……."

"나쓰하라예요. 나쓰하라 유키에."

영어회화 수업이 끝난 직후였어요. 저희 세대는 대개 고등학교까지 오는 동안 네이티브 스피커와 대화할 기회가 없었기 때문에 대학에 들어와 갑자기 영어회화 수업을 받으면 고생하는 학생이 많았어요. 수험용 영어로 리딩은 가능해도 리스닝과 스피킹에서는 쩔쩔 매는 거죠. 아, 하지만 이것도 외부생들 이야기겠네요. 내부생은 학교와는 별도로 영어회화를 배웠으니까요.

저는 아버지 일 때문에 초등학교 고학년부터 중학교 때까지 미국에서 살았어요. 그래서 일상회화 정도는 어쨌든 가능했어요. 그날 수업에서 구두로 대답하는 차례가 저에게 돌아왔어요. 교수님이 천천히 말씀해주시기도 해서 거의 완벽하게 질문을 이해할 수 있었고 대답하는 데 어려움은 없었어요.

"미야무라 씨는 귀국자녀해외 근무에서 돌아온 사람의 자녀. 즉 외국에서 공부한 사람을 의미함?"

나쓰하라 씨가 느닷없이 묻더군요. 제 발음 때문에 그렇게 생각했나 봐요. 그렇다고 했더니 나쓰하라 씨가 한숨 쉬듯 말을 이어갔어요.

"부럽다. 아무리 네이티브한테 영어를 배워도 국내에서 공부하는 건 한계가 있나 봐. 잠깐이라도 좋으니 해외에서 살아보고 싶다."

저는 나쓰하라 씨가 왜 말을 걸었는지 몰라서 말문이 막혔어요. 살아보면 되잖아, 라고 말하는 건 너무 냉정한 대답이겠죠. 그래서 아무 대답도 하지 못한 채 교재를 가방에 넣었어요.

"예전부터 느꼈는데, 미야무라 씨, 되게 쿨하다. 멋있어."

뜬금없는 말이었어요. 저는 무슨 말을 하고 싶은 건지 도저히 알 수 없어서 손을 멈추고 나쓰하라 씨의 얼굴을 멀거니 바라보고 말았어요. 그런 반응에 나쓰하라 씨는 미소로 답하더군요. 지금도 그 얼굴이 뚜렷이 기억날 정도로 악의도 없고 순진무구한 미소였어요.

"나도 미야무라 씨처럼 되고 싶다."

나쓰하라 씨는 그런 말을 남기고는 제 곁을 떠나더군요. 저는 어안이 벙벙해진 채 있었죠.

제가 주위에 관심이 없었다 해도 그 무렵에는 나쓰하라 씨가 어떤 존재인지 막연하게나마 알고 있었어요. 알기 싫어도 나쓰하라 씨를 추종하는 무리가 눈에 보였으니까요. 게다가 외부생이면서 내부생한테 받아들여진 존재. 그런 사람이 왜 저처럼 되고 싶다는 건지 도통 이해하기 어려웠죠.

그 후로 나쓰하라 씨가 제게 이것저것 말을 걸어오게 되었어요. 처음에는 영어 공부법이었어요. 어떻게 공부하면 발음이 좋아지냐, 원서로 책을 읽고 싶은데 추천할 만한 책이 있느냐 등 시답잖은 용건뿐이었죠. 게이오에 귀국자녀가 드문 것도 아니고 나쓰하라 씨 추종자 중에도 있지 않았을까요. 왜 굳이 제게 와서 묻는 건가 싶어 이상했어요.

물론 그렇다고 해서 쌀쌀맞게 대할 이유도 없으니 묻는 말에 대답은 꼬박꼬박 해줬어요. 몇 번 그러다 보니 점심을 같이 먹자고 하더군요. 히요시 캠퍼스 안에서 먹자는 얘기인줄 알았는데 지유가오카까지 나가서 먹자는 나쓰하라 씨의 말에 사실 귀찮다는 생각을 먼저 했어요. 겨우 점심 한 번 먹자고 지하철을 타고 밖으로 나가야 하니 말이에요.

"차로 갈 거야."

나쓰하라 씨는 바로 그렇게 말했어요. 나쓰하라 씨도 차를 몰고 다녔나 하는 생각이 들었죠.

"친구가 태워줄 테니까."

제 의문에 나쓰하라 씨는 그렇게 대답하더군요. 예, 맞아요. 나쓰하라 씨의 말은 내부생 남자 차에 타고 가자는 거였죠.

깜짝 놀랐어요. 내부생과 외부생이 얼마나 단절되어 있는지는 알고 있었으니까요. 실은 저도 내부생 쪽에서 밥을 같이 먹자는 말을 들은 적이 있어요. 아까 말씀드렸지만 저도 '승격' 조건을 완비했으니까요. 하지만 말 한 번 제대로 섞어본 적 없는 사람 차에 타고 식사하러 나간다는 것 자체가 마음이 불편해서 거절했어요. 그랬더니 두 번 다시 권하지 않더군요. 그들에게는 모처럼의 기회를 걷어찬 여자로 보였겠죠.

"나 같은 애는 안 태워줄걸?"

전 그렇게 말했어요. 비뚤어진 게 아니라 지극히 자연스러운 의문이었죠. 그러자 나쓰하라 씨는 별일 아니라는 듯이 말했어요.

"부탁해볼 거니까 괜찮아."

그러고는 "잠깐만 기다려"라는 말만 남기고 어딘가로 가버렸어요. 남겨진 저는 혼자 밥 먹으러 나가지도 못하고 교실에서 기다릴 수밖에 없었어요.

나쓰하라 씨는 금방 돌아왔어요. 그리고 놀랍게도 "자, 가자"라며 저를 재촉하더군요. 저도 모르게 다시 묻고 말았죠.

"괜찮아? 싫어하지 않아?"

"아니. 왜 싫어할 거라고 생각해?"

나쓰하라 씨가 거꾸로 되묻더군요. 왜 이리 시치미를 떼는 건지 의심스럽기까지 했어요. 나쓰하라 씨도 내부생과 외부생 사이의 단절은 알고 있었을 테니까요.

어쨌든 그런 상황에 이르니 도망칠 수도 없는 노릇이더라고요. 내부생과 함께 식사를 한다니 마음이 불편하기 짝이 없었지만 이미 거절할 수도 없었어요. 마지못해 나쓰하라 씨를 따라갔어요.

교문 밖에서 저희를 기다리는 남자는 처음 보는 사람이었어요. BMW 운전석과 조수석에 남자가 앉아 있더군요. 그들은 저희를 보자 바로 차에서 내리더니 뒷좌석 문을 열어줬어요. 고용 운전기사 같은 행동이긴 했지만 동작이 세련되어서 비굴하다는 느낌은 전혀 없었어요.

고맙다는 인사를 하고 차에 탔죠. 차 안에서 각자 자기소개를 해서 남자들이 이 학년이라는 걸 알았어요. 나쓰하라 씨와는 친구 소개로 알게 됐다고 하더군요. 상급생 중에도 지인이 있다니 나쓰하라 씨의 넓은 인맥에 놀라고 말았어요.

지유가오카까지 짧은 드라이브 동안 그들은 이것저것 말을 걸더군요. 기초적인 정보는 나쓰하라 씨에게서 들었는지 집에 대해서는 묻지 않았어요. 상영중인 영화라든가 지유가오카의 맛있는 레스토랑 같은 대수롭지 않은 얘기뿐이었죠. 그런 식의 대화가 이어지리라는 건 예상하고 있던 터라 전 금방 지루해졌어요.

그걸 나쓰하라 씨가 눈치챘는지 화제를 바꿨어요. 제 미국 시절 이야기를 묻더군요. 그 화제는 나름 적절했어요. 남자 둘도 미국에서 산 적이 있더라고요. 지금 생각하면 나쓰하라 씨가 그런 정보를 사전에 알고 꺼낸 화제라는 게 짐작이 가지만 그때는 우연치고는 대단하다고만 생각했었죠. 어쨌든 그 화제로 대화가 즐거워졌어요. 로스앤젤레스의 카페 얘기를 일본에서 할 수 있으리라곤 상상도 못했으니까요. 나쓰하라 씨는 알 리 없는 화제로 셋이서 이야기꽃을 피웠지만 나쓰하라 씨는 불편해하는 기색을 전혀 보이지 않았고 적절한 타이밍에 흥을 깨지 않을 만한 질문을 던지며 분위기를 돋우더군요. 나쓰하라 씨가 그런 고도의 화술을 쓴다는 건 나중에야 알게 됐지만요.

솔직히 말하면 그날 점심은 의외로 즐거웠어요. 내부생은 역시 능숙하다고 해야 할까요? 즐거운 분위기를 연출하는 능력이 대단하더군요. 저는 그날을 계기로 내부생을 보는 눈이 바뀌었어요. 내부생과 가깝게 지내는 일도, 공통의 화제가 있을 수 있다는 것도 생각해 본 적 없었는데 그렇지 않다는 걸 알게 됐죠. 좀 더 솔직히 말하자면 그들의 능숙함이 외부생 남자들의 촌스러운 태도보다는 훨씬 즐거웠어요. 그때 처음으로 내부생을 동경하는 사람들의 기분도 알 것도 같다는 마음이 들었죠. 물론 그렇다고 제가 동경하거나 한 건 아니지만요.

그전까지는 대개 혼자서 점심을 먹었어요. 학교에 친한 친구도 없었고 아르바이트를 가려고 서둘러 먹는 일도 많았죠. 그런데 그날 점심 정도라면 다른 사람과 식사하는 것도 나쁘지 않겠다는 생각이 들었어요. 그날 저희가 간 곳은 프렌치 레스토랑이었어요. 디저트까지 정말 맛있는 곳이더군요. 게다가 남자들이 대접을 했고 돌아올 때도 학교까지 데려다줬어요. 그날 대화도 즐거웠으니 다시 가고 싶다고 생각하는 것도 인지상정 아니겠어요? 그땐 저도 아직 어렸으니까요.

그날 이후로 주위의 공기가 바뀌었어요. 저는 '승격'한 사람이 됐어요. 그러자 나쓰하라 씨 추종자들에게서도 인정받았고요. 기회만 생기면 저에게 말을 걸어오더군요. 반대로 외부생 남자들은 제게 접근하지 않게 됐어요. 얼마 전까지 일상적으로 대화를 나누던 친구들이 어느 순간부터 저를 피하는 눈치였어요. 그런 변화가 유쾌하지는 않았지만 애당초 인간 관계에는 그다지 집착하는 편이 아니라서 제가 나서서 고쳐야겠다는 생각은 없었어요.

나쓰하라 씨의 태도도 바뀌었어요. 그때까지 제가 알던 나쓰하라 씨는 내부생 외부생 따지지 않고 누구와도 사이좋게 지내면서도 특정 인물과 친밀한 관계는 맺지 않는 사람이었죠. 그런데 왜인지 유달리 저에게 살갑게 대하기 시작했어요.

점심 초대는 물론이고 영화를 보러 가자느니, 같이 쇼핑을 가자느니 하며 이것저것 말을 걸어왔어요. 저는 아르바이트 때문에 일일이 응할 수 없었는데 나쓰하라 씨는 질려하는 기색도 없더군요. 심지어 대리출석을 부탁해줄 테니까 수업을 빼먹고 같이 나가자는 말까지 했어요.

나쓰하라 씨는 같이 어울리기에 불쾌한 사람은 아니었어요. 오히려 성격이 밝고 화제가 풍부하니 그만큼 함께하기 즐거운 사람도 없을 거예요. 그리고 워낙 미인이어서 보고 있노라면 여자인 저도 즐겁더군요. 게다가 지유가오카에서의 점심은 전적으로 나쓰하라 씨가 다리를 놔준 거라 괜히 마음 상하게 해서 그런 기회를 잃게 되는 것도 두려웠고요. 당시 저는 나쓰하라 씨의 손바닥 위에서 논 꼴이었어요.

저처럼 되고 싶다는 나쓰하라 씨의 발언은 결코 거짓말은 아니었어요. 나쓰하라 씨는 저에 대해서 뭐든지 다 알고 싶어 했거든요. 무슨 아르바이트를 하는지, 옷은 어디서 사는지, 화장품을 뭘 쓰는지, 평소에 어떤 책을 읽는지, 어떤 음악을 좋아하는지, 쉬는 날에는 뭘 하며 보내는지 등등. 꼬치꼬치 캐물었으면 저도 뜨악했겠지만 일상적인 대화를 나누면서 슬쩍슬쩍 저에 대해 하나하나 알아가더군요. 제가 자주 가는 가게에 가보고 싶대서 데려갔더니 거기서 옷도 샀어요. 나쓰하라 씨는 저와 같은 브랜드의 옷을 입는다는 것 자체가 무척 즐거운 듯했어요.

왠지 나쓰하라 씨 추종자들의 관계와 비슷하죠? 추종자들이 나쓰하라 씨를 따라하듯이 나쓰하라 씨는 저를 따라하기 시작한 거예요. 하지만 나쓰하라 씨는 추종자와는 엄연히 다르게 흉내를 내더라도 상당히 세련되게 냈죠. 제 단골 가게에서 옷을 사더라도 결코 제 복사본이 되지 않고 자기 감각에 맞춰서 사더라고요. 저는 보이시한 옷을 좋아하는 편인데 나쓰하라 씨는 청초한 외모에 걸맞은 옷을 코디하길 좋아했으니 애당초 스타일이 달랐어요. 설령 같은 계통의 옷을 사서 둘이 다 입었다고 해도 나쓰하라 씨가 훨씬 어울렸을 거예요. 예쁠뿐더러 온몸에서 화려함이 배어나왔으니까요. 저도 그렇다고요? 고맙습니다. 그건 이 나이가 되니까 하실 수 있는 말씀이죠. 학생 시절에는 나쓰하라 씨하고는 압도적인 차이가 났죠.

그런 심리는 대체 뭔지 잘 모르겠어요. 나쓰하라 씨가 왜 제게 접근했느냐 하면 제가 나쓰하라 씨에게 관심이 없었기 때문이었어요. 다만 제 관심을 끌려는 것 자체가 목적으로 보이지는 않았어요. 아까 드린 말씀과 모순되지만 나쓰하라 씨는 세상이 본인을 중심으로 돌아가는 게 지겨워졌던 게 아닐까요. 항상 외부에서 선망, 질투, 반발 같은 감정을 한몸에 받는다면 얼마나 피곤하겠어요. 그런 것들이 없어지면 또 섭섭할 테니 눈에 띄는 존재에서 내려올 생각까지는 않지만 저처럼 주위 시선 따위는 신경 쓰지 않고 초연히 지내는 인간에게 동경심을 가졌던 게 아닐까 싶어요. 그렇지 않고서는 그렇게까지 저를 졸졸 따라다닌 이유를 설명할 수 없죠.

결국 그렇게 해서 전 나쓰하라 씨의 세계에 휘말리게 됐어요. 나쓰하라 씨의 추종자들은 처음에는 저를 흠모하더니 이윽고 질투하기 시작하더군요. 외부생 남자는 저를 경원시했고 내부생 여자들은 전보다 훨씬 차가운 태도로 대했어요. 제게 허물없이 구는 이는 나쓰하라 씨와 그녀가 데려오는 내부생 남자들뿐이었어요. 환영할 만한 사태는 아니었지만 나쓰하라 씨랑 내부생 남자들과의 만남이 나름 즐거웠던 것도 사실이에요.

얘기가 좀 튀었네요…… 아, 차 한 잔 더 하시겠어요? 이젠 괜찮으세요? 전 말을 많이 하다 보니 목이 말라서 한 잔 더 마셔야겠어요. 제가 재미있는 차를 가져올 테니 한번 구경해보세요.

……이건 블루맬로라는 허브티예요. 이렇게 보면 파란색이지만 레몬을 넣으면…… 보세요. 분홍색으로 변해요. 재미있죠? 맛도 고급스럽고 텁텁하지 않으니 차를 많이 마셔서 더는 못 마시겠다 싶을 때에도 입에 닿는 느낌이 좋아요.

아까 하던 얘기로 돌아가죠. 당시 저는 광고 회사에서 아르바이트를 했어요. 광고 회사라고 해도 덴쓰라든가 하쿠호도 같은 큰 곳은 아니었고 제가 하는 일도 차 심부름보다 조금 나은 수준이었죠. 하지만 광고 회사 일은 옆에서 지켜보고만 있어도 재미있더라고요. 눈동냥으로 배우면서 자잘한 일인 경우 '이러면 어떨까' 하고 머릿속으로 그리게끔 됐죠. 사진 촬영 현장에도 따라가게 되면서 의견을 내면 부분적이나마 채택해주는 일도 있었어요. 그러면서 점차 저한테 맡기는 일이 늘어났어요. 저로서는 상당히 의미 있는 아르바이트였죠.

그곳에서 어떤 사람을 알게 됐어요. 같은 게이오 학생이었지만 학부가 달라서 캠퍼스에서 만난 적은 없었어요. 한 학년 위의 남자인데 라크로스 부에 소속되어 있다고 했어요. 내부와 외부로 나누자면 외부생이었지만 스포츠 동아리인 만큼 내부생과도 나름 교제가 있었어요. 나쓰하라 씨처럼 좋은 집안에서 자란 사람이라 이른바 '승격'한 입장이었죠.

이름은 오가타라고 했어요. 운동을 한 사람답게 체격은 좋았어도 얼굴은 아직 십대 티를 벗지 못해서 겉으로만 보면 지극히 평범했죠. 하지만 잘난 척하는 구석이 없었고 장난꾸러기 같은 면이 있어서 회사에서 귀여움을 받았어요. 저도 광고 회사에서 일하고 얼마 지나지 않아 그 사람과 곧잘 말을 주고받게 됐어요. 아르바이트생이라는 공통된 입장도 있었고 무엇보다 같은 대학이라는 점이 이야기꽃을 피우는 데 일조했죠. 처음에는 단순히 재미있는 사람이라고만 생각했는데 점차 오가타 씨하고 만나는 즐거움으로 아르바이트에 다니게 됐어요. 예, 저는 오가타 씨를 좋아했어요.

그쪽도 제게 호감이 있다는 건 알았어요. 그런 건 굳이 말로 하지 않아도 전해지잖아요. 그래서 처음으로 식사에 초대했을 때도 무척 자연스레 받아들였죠. 거절할 마음은 당연히 없었어요. 그런 식으로 저희는 사귀기 시작했어요.

오가타 씨와의 연애는 구구절절 설명해봐야 무의미하니 생략할게요. 칠 개월 정도 만났다고만 말해두죠. 아주 평범한 연애였어요. 영화 보러 다니고, 드라이브 나가고, 가끔은 주머니를 탈탈 털어 비싼 레스토랑에도 갔고요. 학생 시절에 다들 하는 그런 연애였죠.

뭐랄까요. 오가타 씨는 함께 있으면 참 편한 사람이었어요. 두근거리는 마음은 금세 사그라지고 마냥 익숙해졌지만, 그 익숙함이 상대를 편안하게 한다고 할까요? 오가타 씨를 평생의 파트너로 결정한 건 아니지만 이런 사람이라면 계속 만나도 좋지 않을까 생각했어요. 오가타 씨 역시 같은 마음일 거라 믿었죠.

가을이 저물어갈 무렵 변화의 조짐이 있었어요. 첫 계기는 예의 점심이었어요. 저는 또 나쓰하라 씨의 초대에 응해서 내부생 남자와 식사하러 가기로 했어요. 상대가 누군지는 사전에 몰랐죠. 같은 사람과 점심을 먹는 일도 종종 있었고 그 사람이 다른 친구를 데리고 오는 일도 있었어요. 그런 사전 준비는 모두 나쓰하라 씨가 했기 때문에 누가 동석할 건지 알 수 없었어요.

평소처럼 교문 앞까지 갔다가 깜짝 놀랐어요. 기다리고 있던 건 오가타 씨였으니까요. 오가타 씨는 조수석에 앉아 있었고 차의 소유자인 내부생이 그 옆에 있었어요. 둘 다 라크로스 부원이었어요.

"어머, 아는 사이야?"

저희 반응을 보고 나쓰하라 씨가 조금 놀란 듯이 말했어요. 서로 사귄다고 말하기 조금 겸연쩍어서 같은 곳에서 아르바이트를 한다고만 대답했어요. 돌이켜보면 그때 그렇게 대답하지 말아야 했어요.

"아, 그 광고 회사에서 아르바이트 하시는구나. 와, 좋겠다. 미야무라 씨한테 가끔 얘기 들을 때마다 부러웠거든요. 광고 회사는 아르바이트라고 해도 정말 재미있을 것 같아요."

그런 식으로 나쓰하라 씨가 오가타 씨한테 말을 걸더군요. 오가타 씨도 점잖은 사람이라서 예의 바르게 말상대를 해줬어요. 평소 같았으면 나쓰하라 씨는 네 명 공통의 화제를 찾아 두루두루 배려하는 모습을 보였을 텐데 그날은 오가타 씨하고만 대화를 나누더군요. 저는 오가타 씨가 동의를 구할 때에만 대답하는 모양새가 됐어요.

……저를 찾아오셨다는 건 저와 나쓰하라 씨가 어떤 관계였는지 알고 계신다는 뜻이겠죠? 그럼 과정을 장황하게 설명해봐야 무의미할 테니 결론부터 말씀드리죠. 오가타 씨는 저를 버리고 나쓰하라 씨와 사귀기 시작했어요.

'버렸다'라고 말하면 꼭 원망하는 것 같지만 객관적인 상황이 그랬으니까요. 아뇨. 지금은 언제 그랬나 싶을 정도로 잊었어요. 처음에도 말씀드렸듯이 다 지난 일이잖아요. 그러니까 지금은 이렇게 담담히 사실 그대로를 말씀드릴 수 있죠.

진부한 얘기가 돼버려서 죄송해요. 여자끼리의 우정이 남자가 끼어들면서 파탄 났다니 너무 빤한 스토리라 창피하기까지 하네요. 그런데 결과는 차치하더라도 왜 그렇게 됐는지를 파고들어보면 마냥 빤하지만은 않아요. 물론 어디까지나 제 추측이지만요.

나쓰하라 씨가 절 동경했다고 말씀드렸죠? 저를 닮아가려 했다고 말이죠. 그래서 그러지 않았나 싶어요.

아, 설명이 부족했나요? 그러니까 나쓰하라 씨는 저처럼 되고 싶어 했다고요. 그러기 위해 제 생활 스타일을 알려고 했고, 같은 가게에서 옷을 샀고, 그러다 같은 직장에서 일하는 오가타 씨에게 흥미를 가졌어요. 그런데 그 흥미가 도를 지나쳐 오가타 씨를 제게서 뺏어간 거죠.

이해가 되세요? 네. 그러시겠죠. 실은 저도 잘 이해가 안 되니까요. 나쓰하라 씨는 처음부터 끝까지 제게는 수수께끼 같은 존재였어요. 지금도 나 같은 인간은 그냥 내버려뒀으면 서로에게 가장 좋았을 텐데 하고 생각해요. 주위의 모든 것에 자신의 빛을 드리우겠다는 욕망 자체는 이해할 수 있다 쳐도, 그게 언제나 가능하다고 생각하는 건 좀 이상하지 않나요. 그야말로 오만하기 짝이 없는 발상이니까요. 하지만 나쓰하라 씨한테는 지극히 당연한 바람이었을지도 모르겠네요.

그때 일은 이미 아시겠죠? 저도 기죽고 지내는 인간은 아니라서 머리끝까지 화가 치밀었죠. 오가타 씨한테도 화가 났지만 도둑고양이 같은 짓을 저지른 나쓰하라 씨한테는 더 화가 났어요. 간드러진 목소리로 살살 애교를 부린 건 이러기 위해서였나 하는 생각이 들었어요. 그래서 다른 사람 눈은 전혀 신경 쓰지 않고 나쓰하라 씨와 싸움을 벌였어요. 치미는 화를 참지 못해 머리카락을 잡아끌고 패대기쳐주겠다고 작정했어요.

그런데 놀랍게도 나쓰하라 씨는 전혀 지지 않았어요. 평소에는 세상없이 고상한 얼굴로 얌전을 떨던 사람이 저한테 덤벼들더라고요.

입에 담기 힘들 욕설까지는 내뱉지 않았지만 남의 눈만 없으면 무슨 말을 해댈지 모를 지경이었어요. 서로 머리카락을 움켜잡은 채 손톱을 바짝 세우고 할퀴어댔으니 누가 말리지 않았다면 크게 다쳤겠죠. 취재 과정에서 제 이름이 여기저기서 나왔다는 건 그때 일이 그만큼 임팩트가 있었다는 뜻일까요. 하긴 여자들이 드잡이하는 모습은 보기 드무니까 꽤 기억에 남았겠죠.

그 일로 나름 교훈을 얻어 오가타 씨와의 한판은 학교 밖에서 벌였어요. 어떻게 복수했는지는 차마 말씀드리지 못하겠네요. 여자를 갖고 논 남자라면 그 정도는 충분히 감수했겠죠. 그렇게 해서 상대방의 마음이 풀린다면 달게 받아야죠.

물론 그 뒤로 나쓰하라 씨와 절교했어요. 대학이라는 공간이 서로 무시하겠다고 작정하면 충분히 가능한 곳이니까요. 제 눈앞에서 나쓰하라 씨가 얼쩡거리는 꼴은 계속 지켜봐야 했지만 그쯤은 참을 수 있었어요. 그래서 저와 나쓰하라 씨와의 교제는 대학교 일 학년, 그 기간으로 끝나게 됐죠.

나쓰하라 씨를 미워하지는 않아요. 갑자기 이런 말을 하면 뻔뻔하다 여기실지 모르겠지만 진심이에요. 거듭 말씀드리게 되는데 게이오 출신들은 머리가 나쁜 편도 아니고 실수도 없어서 사회에 나가면 그럭저럭 괜찮게들 살죠. 하지만 다른 눈으로 보면 도드라진 재능을 지닌 사람이 없다고 할까요, 다들 좋은 집안의 도련님과 공주님 기질이라 모험심이 없다고 할까요. 재미라는 측면에서는 뭔가 미흡한 사람들이죠. 예컨대 뮤지션이 돼서 엄청난 히트곡을 발표한다든가,

회사를 세워 억만장자가 됐다든가 하는 사람이 전무하진 않겠지만 정말 찾기 힘들죠. 회사를 관두고 자기 가게를 차린 저 같은 사람은 아주 드문 케이스예요.

그런 사람들 중에서도 나쓰하라 씨는 색다른 빛을 발한 캐릭터였어요. 결과적으로는 남들이 알아주는 회사에서 근무하는 남성과 결혼해서 우아한 전업주부 생활을 보냈다고 하니 다른 게이오 출신 여성과 별 차이가 없죠. 하지만 뭐랄까, 나쓰하라 씨는 자신의 강력한 의지로 그런 생활을 선택했다는 느낌이 들어요. 타고난 환경에서 일탈하려는 의지 같은 건 없이 누가 떠주는 것만 받아먹는 생활을 영위하는, 다른 사람들과는 다르게요.

무슨 말인지 이해하실지 모르겠네요. 나쓰하라 씨에게는 다른 사람에게는 없는 '운명'이라고밖에 부를 수 없는 뭔가가 있었어요. 그래서 그런 식으로 처참히 생을 마감한 게 왠지 어울린다 싶었던 거예요. 제가 나쓰하라 씨를 미워하지 않는다고 말씀드린 이유는 나쓰하라 씨에게 그런 독특한 빛이 존재했기 때문이에요. 저도 게이오에서는 튀는 존재였으니까요.

하지만 나쓰하라 씨와는 역시 서로 엮이지 않는 편이 좋았을 거라는 생각에는 변함이 없어요. 그랬다면 서로 좋은 인상을 갖고 살아갔을 테니까요. 나쓰하라 씨가 저를 동경했던 건 자기 안에서 억압되어 있던 욕망이 불쑥 튀어나와서 그런 게 아니었을까요. 어쩌면 나쓰하라 씨는 제가 대학 시절에 알았던 사람 중 유일하게 저와 비슷한 면을 지닌 사람이었을지도 모르겠네요. 이제 와서 그런 생각을 해봐야 아무 의미도 없지만요.

나쓰하라 씨와 오가타 씨의 사이요? 글쎄요. 그 뒤로 어떻게 됐는지는 몰라요. 흥미도 없었으니까요. 버림받았다는 원한 때문에 그런 건 결코 아니에요.

예? 제가 게이오를 싫어하느냐고요? 아뇨. 그런 인상을 받으셨나요? 아뇨. 절대 아니에요. 오히려 좋아한다고 해야 할걸요? 남에게 불쾌함을 가하지 않는 배려라는 걸 아는 학생이 다니는 곳이었으니까요. 전 게이오 사람들을 좋아했어요. 지금까지 계속 만나는 사람은 없지만 인생의 한 시기에 그런 환경에서 지내본다는 건 상당한 플러스가 될 거예요. 제게 아이는 없는데 만약 태어난다면 꼭 게이오에 보내고 싶어요. 가능하다면 대학부터가 아니라 유치원부터 게이오에 넣고 싶네요. 예. 내부생으로 키우고 싶어요. 제 아이만은요.

* * *

오빠.

그럼 아빠가 나한테 손을 대기 시작한 게 언제였는지는 짐작이 가? 응. 괜찮아. 전혀 안 힘들어. 나한텐 별일 아니었어. 그때야 억지로 하는 거라 힘들었지만 결국 다들 하는 짓이잖아. 그리고 누구랑 해도 똑같은걸. 좋은 남자든 아니든, 능숙하든 서툴든, 다 똑같아.

중학교 때? 땡. 틀렸어. 좀 더 앞이야. 오 학년? 더 내려가 봐. 정답을 말해줄까? 삼 학년 때였어.

놀랐어? 놀랄 만도 하지. 그럼 그때는 전혀 몰랐겠네. 하긴 그랬겠다. 내가 삼 학년 때면 오빠도 아직 어린애였잖아. 직접 봐도 무슨 짓을 하는 건지 몰랐을걸.

응. 나도 놀랐어. 놀라긴 했는데…… 뭐랄까. 그럴 거라는 예감은 있었어. 그전부터 내 몸을 계속 만지작거렸으니까.

그 인간은 아버지라는 자각이 전혀 없었잖아. 우리 어릴 때부터 엄마랑 별거하고 다른 여자랑 노는 데 정신이 팔려 있었으니 아버지라는 자각이 어디 있었겠어. 집에 있어도 못마땅한 얼굴로 텔레비전만 보거나 드러누워 자거나 둘 중 하나였잖아. 한 번도 같이 놀러나간 적 없었지. 그런데 그런 인간이 어느 날 갑자기 같이 욕조에 들어가자고 하더라고. 아, 그건 기억나?

진짜 싫었어. 난 아빠를 정말 싫어했으니까. 게다가 무슨 의미인지는 몰라도 무슨 맘으로 욕조에 들어왔는지는 눈치챘어. 초등학교에 들어갈 나이면 이상야릇한 행위가 뭔지는 알잖아.

그래서 내 손으로 몸을 씻었어. 아빠는 자기가 씻겨준다고 했는데 절대 못 하게 했어. 그 인간이 내 몸에 손대는 것 자체가 싫었으니까. 그렇다고 아빠의 속셈을 알아차려서 거부한 건 아니고 아빠라는 인간 자체가 싫어서 그랬어.

그렇지만 참 끈질기게 손을 대려고 하더라. 우연히 닿은 척하고 엉덩이도 슬쩍 문지르더라고. 어휴, 참 지독히도 밝히지. 머리가 벗어지면서 여자들은 상대를 안 해주지, 마누라라는 인간은 딴 남자를 만들어서 매일같이 밖으로 싸돌아다니지. 그 상황에서 눈에 들어오는 건 나밖에 없어서 그랬나? 연민이랄까. 안쓰럽다는 맘이 전혀 없는 건 아닌데 나한테는 좀 끔찍한 상황이었어.

그러고 보니 오빠가 날 도와준 적도 있었네. 언제였더라? 내가 이학년 때였나?

아빠가 술에 잔뜩 취해서 돌아온 날이었어. 술을 안 마신 날이 없긴 했지만 말이야. 그 당시엔 어디 싸구려 술집의 마담한테 꽂혀 있었나 봐. 길을 걷다가 말을 걸어도 여자들이 상대를 안 해주니까 이번에는 돈으로 여자를 무너뜨려보려고 했겠지. 근데 나한테 손댔다는 건 결국 그것도 잘 안 됐다는 뜻이겠지? 왜 안 그렇겠어. 애당초 그럴 만한 돈이 없었는걸.

아, 그래서 그랬나? 그래서 맨날 인상을 찌푸리고 다녔구나. 그 여자는 좀처럼 안 넘어오는데 술은 퍼마셔야 하니 괜히 집에 와서 짜증을 부렸겠지. 엄마아빠 없이 우리 둘만 좁아터진 다다미 여섯 장짜리 방에서 자고 있는데 아빠가 술 마시고 돌아와서 깨웠잖아. 진짜 성질 더러운 인간이야. 그래서 난 항상 잠이 부족했어.

아버지가 왔는데 들여다보질 않는다느니 노려본다느니 하면서 말도 안 되는 핑계로 오빠를 때렸잖아. 정말 지독했어. 오빠는 그래도 안 비뚤어지고 참 잘 견뎠어. 나 같았으면 틀림없이 비뚤어졌을 거야. 그리고 나중에 반드시 그 인간을 죽이겠다고 마음속으로 맹세했을 거고. 오빠는 그 인간을 죽이고 싶다는 마음 없었어? 역시 오빠도 그랬구나. 그렇지만 안 죽였다는 건 이성이 있었다는 거네. 역시 오빠는 대단해.

그날은 유난히 더 지독했어. 평소에는 때리기 전까지 구실을 찾는 과정이라도 있었는데 그날은 그것도 건너뛰었잖아. 집에 돌아오자마자 다짜고짜 오빠 뺨을 쳤어. 정말 가차 없이 손을 날리더라. 오빠 몸이 공중에 붕 뜨더니 벽에 쾅 부딪히던 광경이 지금도 똑똑히 기억 나. 쾅 소리와 함께 오빠가 꼼짝도 안 해서 죽어버렸다고 생각했다니까. 너무 화가 나서 오빠를 챙길 정신도 없이 무조건 아빠한테 달려들었지. 내가 그랬던 건 알았어?

물론 어림도 없었지. 아빠 허벅지를 발로 찼는데 꿈쩍도 안 했어. 오히려 내가 휙 날아가고 말았어. 아빠는 오빠를 때릴 때와는 다르게 힘을 조절한 것 같았지만 그래도 다다미 바닥에 쓰러지고 말았어. 아빠가 천천히 신발을 벗더니 나한테 다가오더라고. 난 몸이 완전히 굳어서 악몽이라도 꾸는 기분이었어. 이젠 끝났구나. 이렇게 죽는구나. 정말 그렇게 생각했어. 아직 이 학년밖에 안 된 애가 자기 인생이 끝났다고 체념하는 경험을 다 하다니 정말 끝내주지? 그때 체념했던 기억 때문에 그 후로 무슨 일이 일어나더라도 견딜 수 있었는지도 몰라. 죽는 것보단 낫다고 생각했으니까.

아빠랑 눈이 마주쳤어. 눈도 깜빡거리지 않고 나를 뚫어져라 바라보더라. 엄청 무서웠어. 인간의 눈 같지 않았거든. 인간의 눈에는 그래도 표정이란 게 있잖아. 기쁨, 슬픔, 이런 게 눈에 나타나잖아. 근데 그때 아빠의 눈은 완벽한 무표정이었어. 살아 있는 눈 같지 않았어. 살아 움직이는 인간인데 눈은 유리알을 박은 것처럼. 그리고 그 눈은 나만 바라보고 있었어.

난 이미 포기한 상태라 꼼짝 않고 있었어. 도망치겠다는 생각조차 안 들었어. 아무 소리도 내지 않고 그냥 아빠가 다가오는 걸 멍하니 보기만 했어. 그래서 아빠가 주먹을 날리지도 발로 차지도 않고 내 몸을 위에서 덮쳐눌러서 오히려 놀랐어. 어라? 왜 날 안 죽이지? 왜 내 몸 위에 올라타는 건지 전혀 이해할 수 없었어.

아빠가 내 배에 얼굴을 파묻었어. 그러더니 어떤 여자의 이름을 몇 번이나 되뇌었어. 그 당시 아빠가 노리던 술집 여자의 이름이었을까? 모르겠어. 엄마 이름이 아니라는 건 알았는데 딱히 의외라는 생각도 안 들었어. 그때 엄마 이름을 불렀으면 더 놀랐겠지.

아빠가 양손으로 내 옷깃을 붙잡더니 좌우로 힘껏 잡아당겼어. 바드득 하는 소리와 함께 앞단추가 떨어져나갔어. 그제야 죽지는 않겠지만 그보다 더 더러운 상황에 처했다는 걸 깨달았어. 무슨 일이 일어날지에 대해 아무런 지식도 없으면서 어떻게 그런 걸 알았을까. 지금 생각해보면 그때의 내 예감은 틀렸어. 죽는 것보단 그 짓이 훨씬 나으니까.

그대로 놔뒀다면 역시 난 당했을까. 이 학년. 유아 성애자도 아니면서 그런 어린애랑 하고 싶었을까. 일 년 후에는 진짜로 했으니 정말 그랬는지도 모르겠다. 뭐 그런 아빠가 다 있을까. 우리는 무슨 죄를 저질렀기에 그런 인간한테서 태어났을까. 아빠에 대한 원망보다 우리의 잔인한 운명이 더 원망스러워.

그때 깡 하는 소리에 고개를 들었다가 아빠 몸이 움직이지 않는다는 걸 알았어. 아빠 몸뚱이가 털썩 하고 내 몸을 눌렀으니까. 힘빠진 어른 몸이 그대로 내리누르니까 진짜 무겁더라. 얼른 좀 치워 줬으면 좋겠다는 마음만 들었지. 그래서 오빠가 옆에 서 있다는 건 좀 지나서야 알았어.

그때 광경을 떠올리니까 웃음이 나네. 아빠 머리를 청소기 봉으로 때린 거였지? 몽둥이 같은 물건이라야 그것밖에 없었으니까. 그런 걸로 잘도 한 방에 기절시켰네. 하긴 엄청 취했었잖아. 난 아빠의 몸 밑에서 빠져나오느라 정신이 없어서 오빠가 무슨 짓을 했는지도 전혀 몰랐어.

오빠 도움으로 간신히 기어나오고 나서 우리 그냥 자버렸지? 다음 날 무슨 일이 벌어질지 걱정하기에는 우리가 너무 어리기도 했고. 눈 뜨고 나서야 아빠가 혼내면 어떡하지 하고 걱정되더라. 그런데 아빤 전혀 기억을 못 하더라고. 어이가 없었어. 왜 머리가 아픈가 하고 갸웃거리긴 했지만 술 취해서 어디 부딪혔나 보다 싶었겠지. 날 덮쳤던 기억도 전혀 없던걸. 팔자 좋은 인생이지.

오빠는 아빠한테 얻어맞을 각오를 하고 있었지? 역시 그랬구나. 그때 오빠의 비장한 얼굴이 지금도 생각나. 오빠가 날 구해줬는데 아빠한테 혼나면 오빠한테 너무 미안하잖아. 그래서 나도 오빠를 지켜줘야겠다고 굳게 다짐했어.

우리의 다짐은 결국 허무하게 무너지고 말았지만 무의미하진 않았어. 그때의 연대감이 있으니까 지금의 우리가 있는 거야. 오빠는 절대 날 배신하지 않는다고 마음 깊이 새겨놨으니까. 그런 의미에선 아빠한테 고맙다고 인사해야 하나.

……농담이야, 농담. 아빠한테 고맙다는 인사라니. 죽어도 그런 짓은 안 해. 그냥 그런 인간쓰레기라도 존재의 의미가 전혀 없는 건 아니구나 하고 묘하게 감탄했을 뿐이야. 오빠는 그런 생각 안 들어?

5

죄송해요. 기다리시게 했네요. 남편이 출장중이라 부모님 댁에 와 있는데 오늘은 어머니도 외출하셔서 아이를 맡길 데도 없었고 나오다가 기저귀까지 가는 바람에 늦고 말았어요. 그래서 이렇게 아이도 같이 데려왔는데 얌전해서 방해는 안 될 거예요.

금연석인데 괜찮으시겠어요? 담배 안 피우신다고요? 그럼 다행이네요. 아이를 낳고서 실감했지만 아이를 데리고 나오면 불편한 게 참 많아요. 아이 데리고 오는 걸 싫어하는 데도 많고요. 밖에서 누군가를 만나려면 이런 패밀리레스토랑만 이용하게 되더라고요. 시끄러운 장소로 모셔서 죄송해요.

예, 다코 씨 일로 무척 충격받았어요. 지인이 죽었다는 사실만 해도 충격적인데 살인에, 심지어 그렇게 잔인하게 살해당했다는 얘기를 듣고 정신을 잃을 뻔했어요. 젖을 먹이는 중이었으니 간신히 버텼지 혼자였으면 정말로 쓰러졌을지도 몰라요. 지금도 솔직히 믿기지 않아서 지독한 농담이라도 들은 듯한 심정이에요. 예. 물론 신문이나 텔레비전에 나오는 뉴스도 봤고 장례식에도 참석했어요. 아무리 그래도 받아들여지지 않더라고요. 머리가 이해하기를 거부한다고 할까요. 다코 씨가 죽었다는 얘기를 듣고 난 이후로 머리 한편이 마비돼서 제대로 돌아가지 않아요. 어떤 느낌인지 아시겠어요?

아, 이젠 괜찮아요. 그 생각만 하면 분명 마음이 먹먹하지만 다코 씨 얘기를 할 수 있어서 그냥 기분이 좋네요. 아직 살아 있다는 생각을 떨칠 수 없으니 옛날 얘기를 떠올리다 보면 마음이 차분히 가라앉지 않을까 싶어요. 얘기하는 동안에는 과거의 인물이 아니겠죠? 그동안만이라도 다코 씨는 살아 있을 거예요.

주문은 하셨어요? 그렇군요. 그럼 저는 드링크바를 이용할게요. 아뇨. 배는 고프지 않아서 음료수면 충분해요. 요새 식욕이 별로 없어서요. 애를 위해서라도 많이 먹어야 하는데 말이에요. 안 먹으면 젖이 안 나오니까요. 그렇지만 통 안 먹히네요.

잠깐 음료수 좀 가져올게요. 실례합니다. 아, 어쩔 수 없죠. 아이를 자리에 놔두고 갈 수는 없어서요. 잠깐 움직일 때도 안고 가야죠. 익숙해졌으니 괜찮아요. 덕분에 팔뚝이 굵어져서 좀 창피하지만요.

……또 기다리시게 해서 죄송합니다. 이제 얘기를 시작해볼까요. 다코 씨에 대한 추억을 말씀드리면 되죠? 그럼 다코 씨와 알게 된 때부터 얘기해야겠네요. 횡설수설이 될지 모르는데 괜찮으실까요?

다코 씨와는 대학 때 알게 됐어요. 아뇨. 저는 와세다에 다니지는 않았어요. 와세다에서 가까운 곳의 전문대를 다니면서 와세다의 동아리에 가입했죠. 와세다 동아리에 와세다 여학생만 있는 경우도 있지만, 그런 동아리는 드물어요. 동아리 여자애들은 거의 다 다른 대학 애들이에요. 제가 다닌 전문대는 와세다 옆이라는 이유도 있어서, 학교 애들은 대부분 와세다의 동아리에 들어갔어요. 4월에는 주말만 되면 다카다노바바에서 와세다 정문까지 가는 버스가 여자로 가득 차죠. 버스가 도착하면 여자애들이 한 무더기 내려서는 한꺼번에 캠퍼스 안으로 들어가는 거예요. 와세다 재학생들은 테이블을 차려놓고 앉아서 호객꾼처럼 여자애들에게 말을 걸어요. 귀여운 애는 금세 잡혀서 동아리에 대한 열렬한 설명을 듣게 되는 거예요. 반대로 아무도 말을 걸지 않아 혼자 어슬렁거리는 애도 있죠. 그런 꼴을 당하기 싫으니까 다들 되도록 귀여운 애랑 같이 다니려고 하죠.

뭘 하는 곳인지도 전혀 모르면서 와세다 남학생이랑 친해지고 싶어서 동아리에 들어가는 애들도 꽤 많지만 저는 처음부터 스키를 배우고 싶다는 생각으로 갔어요. 고등학교 수업 때 스키 합숙을 한 적이 있는데 그때 정말 재미있었거든요. 그래서 대학에 가면 동아리에 들어가서 제대로 배워보겠다고 마음먹었어요. 그땐 또 스키 붐이 일었던 시절이라 스키 동아리가 참 많기도 했어요. 테니스랑 스키가 인기를 양분하지 않았을까 싶네요. 저는 스키 동아리만 돌아다녔는데도 정말 여기저기서 말을 걸더라고요.

그런 식으로 저한테 말을 걸었던 사람 중에 다코 씨가 있었어요. 다코 씨는 저보다 한 살 위니까 이 학년이었죠. 나중에야 알았지만

이 학년이 호객을 맡는다고 하더라고요. 헌팅 같은 걸 해본 적도 없이 성실하게 살아온 사람이라면 처음 보는 여자애한테 다짜고짜 말 걸기 쉽지 않은 노릇 아니겠어요? 그래서 상급생은 그런 일을 안 하고 4월 시점에서 실질적으로 가장 아래인 이 학년에게 시키는 거겠죠. 물론 능숙한 사람도 있었어요. 유창하다고 하면 그럴싸하게 들리겠지만 아마 실제로도 그런 식으로 여자애들한테 말을 걸어서 노는 사람이 아니었을까요. 그런 사람일수록 관심을 잘 끄니까 신입부원을 차례차례 데려가더라고요. 동아리로서는 유능한 사람이었겠죠.

근데 전 그런 사람의 말은 들어주지도 않았어요. 다코 씨를 따라간 이유는 그 서툰 말솜씨 때문이었어요. 장황하기만 하고 밀어붙이는 면이 없더라고요. 그 대신 성실함이 엿보였어요. 이런 사람이 있는 동아리라면 안심할 수 있지 않을까 하는 마음이 들어 얘기를 더 들어보려고 따라갔어요.

저는 당연히 다코 씨가 동아리를 소개해주겠지 했는데 삼 학년 간사장이 저희를 맡더라고요. 간사장은 간사이 사투리가 심하긴 했지만 소박하다고 할까요. 성심성의껏 설명하고자 하는 마음이 전해졌어요. 다코 씨나 간사장이나 솔직히 세련된 타입은 아니었죠. 그런 의미에서는 눈에 띄는 동아리가 아니었어요.

스키 붐이던 시절이니까 스키를 타고 싶어 하는 여자애들은 무척 많았어요. 그런 여자애들은 보통 잘생긴 남자애가 많은 동아리를 찾아 헤맸죠. 실제로 그런 동아리도 있었어요. 와세다 남학생보다 다른 학교 여학생이 더 많은 동아리가 적지 않았죠.

그런데 저는 그런 인기 동아리에는 선뜻 맘이 가질 않더라고요. 사람이 너무 많으면 배우기도 쉽지 않겠다는 이유도 있었고 가벼운 분위기에 적응할 자신도 없었어요. 스키 동아리를 여러 곳 돌아보다 보니 가장 촌스러운 느낌이 드는 곳이 다코 씨가 있는 동아리였는데 저는 거꾸로 그곳으로 정했어요. 같이 따라다니던 친구가 투덜거리기에 다른 데도 같이 들라고 했어요. 동아리를 하나만 들었다가 마음에 안 들면 갈 데가 없어지잖아요. 그래서 다들 여러 곳에 들어놨고, 저도 다른 동아리에 적을 뒀어요. 하지만 가장 마음에 든 곳은 다코 씨가 있는 동아리였어요. 결국 6월쯤까지도 첫인상이 바뀌지 않아 다른 동아리에는 발을 끊게 됐어요. 저는 촌스럽기는 해도 성실한 사람이 모인 듯한 그 동아리가 좋았어요. 동아리 이름은 아시죠? 예. '본네주'예요. 프랑스어로 '좋은 눈'이라는 뜻인가 봐요.

입부한 여자애들은 마흔 명쯤 됐어요. 그렇게 촌스러운 곳에 마흔 명이나 들어왔다니 정말 스키 붐이긴 했나 봐요. 그전 해까지는 여자애들이 많지 않았어서 그런지 꽤 살뜰하게 대접해주더라고요. 또 저희가 다른 데에도 발을 담가둔 사실을 알고 있으니 빠져나가지 않도록 애썼겠죠. 다른 동아리에 비해 화려한 구석도 없고 오히려 칙칙한 분위기까지 도는 곳이다 보니 좀 더 시끌벅적하게 놀고 싶어서 발길을 끊는 사람들이 점점 늘어났어요. 사실 '본네주'는 여자애들이 놀고 즐길 만한 활동은 아무것도 안 하고 매번 다카다노바바의 이자카야에 모여 술을 마시는 게 다였으니까요. 그래서야 여자애들이 도망치는 것도 당연하죠. 결국 일 학년 여자애들은 절반으로 줄어들었어요. 남은 애들은, 이런 식으로 말하면 미안하지만 동아리 남자애들에게 걸맞은 칙칙한 애들뿐이었어요. 미모로 튀는 애는 없었죠. 그렇지만 다들 성격이 좋아서 같이 어울리기는 편했어요. 지금까지 서로 연락하고 지내니까요. 역시 그 동아리에 들어가길 잘했다고 생각해요. 다코 씨 장례식에서는 다 같이 얼싸안고 울었죠.

아까부터 촌스럽다느니 칙칙하다느니 하는 표현을 몇 번이나 썼지만 실례라는 생각이 드네요. 뭐라고 설명을 드려야 할까요. 와세다 스키 동아리라고 하면 다른 대학의 여학생들은 멋지다는 이미지를 갖고 있겠죠. 공부도 잘하는데 스키까지 잘 타는 사람들이라니, 모델이나 탤런트 지망생 같은 이미지잖아요. 그런 동아리가 실제로 있을 리 없죠. 와세다 남학생이 어떤지 아시잖아요. 촌뜨기만 우글대죠. 그런 몽상이랄까 말도 안 되는 꿈과 거리가 멀 뿐이지 세간의 기준과 비교해서 떨어지는 편은 아니었어요. 오히려 호감 가는 타입이 많았어요. 지금이라면 남편감은 이런 사람이 좋겠다 싶은 남자들이죠. 하지만 학생시절에는 그저 촌스럽게만 보이겠죠. 여자들이 또 어릴 때는 남자 이상으로 외모를 따지니까요.

솔직히 말씀드리자면 전 처음부터 다코 씨를 멋지다고 생각했어요. 옷차림은 평범하기 그지없었고 여자랑 얘기할 때는 여유가 없어 매번 장황한 소리만 늘어놓았지만 그래도 제 눈에는 멋져 보였어요. 저는 잘 노는 타입보다는 성실한 남자한테 더 매력을 느끼거든요. 제가 그 동아리에 가입한 건 수더분한 분위기가 좋았던 것도 있지만 다코 씨가 있다는 이유가 제일 컸어요.

잠깐 저에 관한 얘기가 될 것 같아 죄송한데 저는 그때 사귀는 사람이 있었어요. 고등학교 동창이었어요. 그런데 그 사람이 대입에 실패하고 재수생으로 지내면서 조금씩 거리가 생기기 시작했어요. 공부밖에 할 게 없는 재수생한테 대학에서 즐겁게 지낸다는 얘기는 차마 할 수 없잖아요. 그래서 서로 화제가 왠지 엇갈렸고 만나도 별로 재미가 없었어요. 그쪽은 일 년 뒤에 자기가 대학에 들어가면 삐거덕거리는 면도 해소될 거라며 낙관적으로 보는 모양이었지만 저는 이미 끝났다고 생각했어요. 일 년을 기다릴 마음이 없었죠.

그래서 5월 중순쯤에 헤어지자는 말을 꺼냈어요. 서로를 위해서도 그러는 게 낫다는 사실이 제 눈에는 빤히 보였어요. 그런데 그 사람은—다니구치 씨라고 합니다만— 전혀 납득하지 못했어요. 생각해보면 즐거움이라고는 하나도 없는 재수생이었으니 여자친구만은 꼭 지키고 싶었겠죠. 그런 마음을 나중에는 헤아릴 수 있었죠. 하지만 그때는 전혀 이해할 수 없었어요. 이렇게 서로 마음이 엇갈리는데 관계를 지속하는 게 무슨 의미가 있나 하는 생각뿐이었어요.

제가 계속 헤어지자니까 다니구치 씨가 버럭 화를 내더라고요. 남자친구 마음을 전혀 이해해주지 않는 못된 년이라며 욕까지 했어요. 그래 봤자 어쩌겠어요. 일단 마음이 떠난 이상 다시는 돌아오지 않는다는 사실을 다니구치 씨는 전혀 이해하지 못하는 눈치였어요.

처음에는 냉정하게 얘기했어요. 근데 계속 대화를 해봐야 아무 소용없다고 생각하는 이상, 서로 납득할 만한 결론은 내릴 수 없잖아요. 얼굴을 보면 싸움밖에 안 벌일 것 같아서 저는 더는 만나지 않기로 했어요. 그 사람은 그 사람대로 저는 저대로 각자의 길을 걸어가는 게 그 사람을 위해서도 낫다고 생각했으니까요.

그런데 다니구치 씨는 제 마음을 전혀 이해해주지 않았어요. 공부도 손을 놨는지 매일 전화를 걸어왔어요. 전화를 걸 때마다 태도가 달랐어요. 화를 낼 때가 있는가 하면 거의 울먹이는 소리로 하소연할 때도 있었고 둘이 잘 지내던 때의 추억을 조곤조곤 늘어놓을 때도 있었어요. 모두 제 마음을 돌리려는 계산하에 하는 행동이라는 게 빤히 보이더라고요. 전화를 받을 때마다 점점 정이 떨어져서 어느 날인가 다시는 전화하지 말라고 통보했어요.

다니구치 씨의 태도가 돌변한 건 그 후부터였어요. 다니구치 씨는 원래 성실한 성격이고 늘 차분한 편이었죠. 반에서 튀지는 않았지만 공부는 착실히 해서 성적도 나쁘지 않았어요. 일 년만 고생하면 괜찮은 대학에 들어갈 만한 사람이었죠. 그런 다니구치 씨의 성실하고 건실한 면이 좋아서 사귀기 시작했던 건데 변모한 다니구치 씨는 전혀 다른 사람 같았어요.

우선 전화 목소리가 완전히 바뀌었어요. 제가 집에 없다는 핑계를 대고 전화를 절대 안 받았으니 엄마가 상대하게 됐죠. 원래 다니구치 씨는 항상 예의 바른 태도로 엄마를 대했는데 그때부터는 "전화 바꿔, 할망구야"라는 식으로 심한 말까지 내뱉었다고 하더라고요. 그 얘기를 처음 전해 들었을 때는 엄마가 거짓말을 하는 게 아닐까 싶었어요. 다니구치 씨는 손윗사람에게 그런 말을 할 사람이 아니었으니까요. 하지만 사실이었어요.

부모라면 당연히 더 경계하지 않겠어요? 그런 말을 내뱉는 인간을 딸하고 만나게 놔둘 리 없죠. 그래서 전화로 혼냈나 봐요. 그랬더니 이번에는 "너희 가족 전부 죽여버리겠어"라고까지 말했다고 하더라고요.

아, 이제 와서 생각하니 더 무섭네요. 실제로 다코 씨한테 벌어진 사건을 생각하면 허튼 협박이라고 웃어넘길 수 없잖아요. 하지만 그때는 그냥 넘어갔어요. 물론 조금 섬뜩하기는 했는데 고등학교를 갓 졸업한 애가 내뱉은 소리잖아요. 그런 짓을 할 수 있을 리 없다고 코웃음 쳤죠. 그때만 해도 아직 평화로운 시대였네요.

다니구치 씨는 계속 전화를 걸었고 전부 엄마가 받게 됐어요. 아빠는 퇴근 시간이 늦어서 다니구치 씨를 상대할 수 없었죠. 처음부터 아빠가 상대했다면 별일 없이 끝났을지도 모르겠지만 안타깝게도 그럴 수 없었어요. 다니구치 씨도 매번 엄마가 전화를 받는다는 걸 알고 얕잡아봤는지 함부로 대했어요.

협박 문구는 "가족을 전부 죽여버리겠다"라든가 "집에 불을 지르겠다" 등 끔찍한 말도 있었지만 "목욕탕을 엿보겠다" "신문을 훔치겠다" 식의 유치한 말도 있었어요. 대입에 실패한 데다 여자친구한테 차이기까지 했으니 제정신이 아니었겠죠. 그래서 저희 집에서도 심각하게 받아들이지 않았어요. 스토커라는 표현도 없던 시절이라 사람이 끈덕지게 들러붙는 게 얼마나 무서운 일인지 상상도 하지 못했던 거죠.

엄마도 처음에는 진지하게 대꾸해줬나 봐요. "이상한 소리 하지 말고 공부에 전념해라" 하는 식으로 말이에요. 다니구치 씨에게는 엄마의 친절이 전혀 전해지지 않았는지 매일 변함없이 전화를 걸어왔어요. 그렇게 되자 엄마도 질려서 상대해줄 맘이 사라졌죠. 예, 예, 하면서 적당히 대꾸만 하고는 전화를 끊게 됐어요.

그러자 다니구치 씨는 전화를 걸어오지 않게 됐어요. 엄마는 괜히 상대해줘서 질질 끌었던 게 아니냐며 혀를 찼어요.

하지만 다니구치 씨는 포기한 게 아니었어요. 잠깐의 공백은 다음 단계로 나아가기 위한 침묵이었어요. 다니구치 씨가 저희 집 주위를 맴돌기 시작한 거예요.

다니구치 씨의 존재를 처음 알아차린 건 엄마였어요. 전봇대 뒤에 숨어서 맨션의 제 방을 올려다보고 있었대요. 엄마는 다니구치 씨의 얼굴을 알고 있었거든요. 멀리서도 바로 알아차렸다고 했어요. 다니구치 씨도 시선을 느끼고 엄마 쪽을 바라봤나 봐요. 눈이 마주치자 화들짝 놀라 도망쳤다고 하더군요. 엄마는 그런 다니구치 씨를 보고 무섭다고 생각하기는커녕 "저 애도 참……"이라면서 안쓰러워했어요. 엄마 눈에는 다니구치 씨가 애였으니까요. 적당히 하고 포기하면 좋을 텐데 하고 생각했나 봐요.

예상된 전개이지만 다니구치 씨는 집 근처에 숨어서 저를 기다렸어요. 제가 학교에서 돌아오는 길목에 숨어서 기다리고 있더라고요. 다니구치 씨가 얼쩡거린다는 얘기를 엄마한테 들었기 때문에 막상 맞닥뜨렸을 때도 놀라지 않았어요. 마음의 준비도 했겠다, 그냥 무시하고 지나치려고 했죠.

"기다려."

다니구치 씨가 다가오더니 제 팔을 붙잡았어요. 뿌리치려고 했는데 놔주질 않았어요.

"왜 이래? 우리 사이에 무슨 할 말이 더 남았어?"

짜증이 나서 말이 살짝 사나워지고 말았어요. 이렇게 유치한 인간이었나 싶어 환멸스러웠죠.

"똑바로 이유를 설명해줘. 납득되면 더는 이러지 않을 테니까."

다니구치 씨의 말투는 애걸 반 협박 반이었어요. 그 태도에서는 아직도 관계가 회복될 수 있으리라는 기대가 물씬 묻어나더라고요. 제가 다니구치 씨를 마음속에서 지워버린 건 그 순간이었어요.

"몇 번이나 설명했잖아! 이러는 게 얼마나 추해 보이는지 알아? 난 추한 남자가 제일 싫어."

목소리를 높였죠. 다니구치 씨도 순간 놀랐는지 손이 살짝 느슨해졌어요. 그 틈을 놓치지 않고 맨션으로 뛰어 들어가서 관리인 아저씨한테 말했어요. 이상한 남자가 쫓아왔으니 안에 들이지 말라고요.

다니구치 씨는 그런 저를 보고 바로 도망치더군요. 과거에 그렇게도 좋아했던 제 마음을 이해할 수 없을 정도로 다니구치 씨에 대한 혐오감이 치밀어 올랐어요.

……서론이 너무 길었나요? 죄송해요. 이런 얘기가 다코 씨와 무슨 관계가 있나 싶으시죠? 그렇지만 나중에 다 연결되니까 좀 더 들어주세요. 다니구치 씨가 어떤 인간인지를 먼저 아셔야 다코 씨와의 일도 이해하실 것 같아서요.

좀 서둘러볼게요. 그 뒤를 간략하게 설명하자면 다니구치 씨는 전형적인 스토커가 돼버렸어요. 숨어서 기다리는 짓도 한 번으로 끝나지 않았죠. 그다음에는 역에서부터 제가 돌아오는 걸 기다렸어요. 상대해줄 의사가 없다는데도 다니구치 씨는 무작정 다가와서 팔을 붙잡았어요. 그러고는 저를 얼마나 좋아하는지 걸어가면서 계속 말하는 거예요. 흥분해서인지 목소리도 커져서 주위 사람들한테까지 다 들렸어요. 지나가는 사람들이 힐끔힐끔 쳐다보는 바람에 정말 창피했어요.

그래서 학교에서 돌아올 때면 항상 엄마한테 마중을 나와달라고 부탁했어요. 엄마랑 함께 있으면 그런 추한 짓은 안 할 거라고 생각했으니까요. 그런데 엄마가 마중을 나오다 보니 역에서 기다리던 다니구치 씨하고 딱 마주치는 꼴이 되면서 입씨름이 벌어지더라고요. 두 사람이 그러고 있는 바람에 제가 역에서 나오면서 엄마를 낚아채서 다급히 택시를 잡아 집에 돌아온 적도 있어요.

그런 상황이 계속되는 가운데 엄마가 묘한 얘기를 하는 거예요. 요새 우편물이 통 오지 않는다고요. 전기세 청구서라든가 신용카드 명세서처럼 매달 정기적으로 도착하는 우편물 있잖아요. 그런 게 안 오는 거예요. 여기저기 알아봤지만 발송은 했다 하고, 우체국에 문의해봤더니 배달 사고는 아닌 모양이었어요. 그렇다면 생각할 수 있는 가능성은 하나였죠. 우편함에서 우편물을 빼내는 사람이 있다는 것. 저도 엄마도 그런 짓을 할 만한 인물을 한 명밖에 떠올릴 수 없었어요. 하지만 안타깝게도 증거가 없었죠.

가장 견디기 힘들었던 일은 학교 근처에 저를 모함하는 전단지를 뿌린 거였어요. 전단지 내용요? 죄송해요. 그것만은 절대 말씀드릴 수 없어요. 여성에게는 너무 치욕적인 내용이었어요. 저와 다니구치 씨만 아는 일들을 전단지에 잔뜩 써서 뿌렸어요.

경찰요? 요즘 같으면 경찰에 신고할 수 있을 텐데 그때만 해도 그런 발상은 할 수 없었어요. 스토커라는 말조차 없던 시절이었고 남녀 간 일을 경찰에 들고 갈 생각은 못했죠. 저는 그 추잡한 전단지를 집에 들고 가서 마냥 울기만 했어요. 그런데 그 일만큼은 엄마아빠도 제 편을 들어주지 않으셨어요. 전단지에 쓰인 내용이 내용인지라 엄마아빠는 다니구치 씨에 대한 분노보다 저에 대한 분노가 컸던 모양이에요. "이렇게 품행이 방자한 딸은 키운 기억이 없다"라면서요. 뭐, 전단지에 쓰인 내용은 상당히 과장되기는 했어도 완전히 거짓말은 아니었어요. 그래서 저도 엄마아빠한테 할 말이 없었죠.

고립무원이었죠. 요즘 스토커 때문에 힘들어하는 여성들도 혹시 비슷한 감정을 느끼고 있을지 모르겠지만 당시에는 여론도 여성의 편을 들어주지 않았기에 정말 외로웠어요. 부모님한테는 내쳐지고 학교에서는 지저분한 소문이 도는 마당에 뭘 어떡해야 할지 알 수 없었어요. 주변의 차가운 눈 때문에 학교에 있을 수도 없어서 도망치는 심정으로 와세다에 갔어요.

'본네주' 사람들과 만나 다카다노바바의 싸구려 이자카야에서 술을 마시는 순간만이 유일하게 마음의 짐을 내려놓을 수 있는 시간이었어요. 학생들 술자리이니 요란스럽기 짝이 없어 옆에서 보면 민폐에 불과했겠지만 그런 분위기야말로 제게는 구원이었어요.

근데 아무리 즐거운 자리에서도 가슴 한구석의 어두운 기분을 떨칠 수 없었던 것도 사실이에요. 자각하지 못했을 뿐 대화를 하던 중에 저도 모르게 어두운 표정을 지었겠죠. 대부분의 사람들은 그런 제 표정을 알아차리지 못했어요. 다들 좋은 사람이긴 했는데 솔직히 둔감한 편이었죠. 단 한 사람, 제 표정을 눈치챈 사람이 있었어요. 다코 씨였어요.

'본네주'는 학생회관 휴게실이 아지트라서 거길 가면 항상 누군가가 앉아 있었어요. 저는 수업이 끝나면 바로 학생회관으로 가서 선배들 얘기에 귀를 기울이고 웃으면서 시간을 보냈죠. 그날은 마침 아무도 없었어요. 저는 벤치에 앉아 합숙 때 찍은 사진을 보며 시간을 때우고 있었어요.

"어, 이나무라."

누가 말을 걸어 고개를 드니 다코 씨가 서 있었어요. 대화할 상대라면 누구든 반가웠겠지만 다른 사람도 아닌 다코 씨여서 특히 기뻤어요. 4월에 입부한 이후로 다코 씨와 둘이서만 얘기하는 건 그때가 처음이었거든요. 가슴이 유난히 두근거리던 기억이 생생해요.

그렇지만 다코 씨는 그런 제 마음은 전혀 눈치채지 못한 채 마냥 느긋한 모습이었어요. "대학 생활에는 익숙해졌어?"라든가 "요새 휴게실에 자주 보인다"라는 식으로 말을 걸더군요. 저는 다코 씨와 둘이서만 대화할 모처럼의 기회인데도 "예" "아"라고밖에 대답하지 못했어요. 그러다 다코 씨가 예기치도 못한 말을 꺼냈어요.

"이나무라는 항상 즐겁게 어울리면서도 한 걸음 물러나서 전체를 살펴보는 것 같더라."

"제가요?"

실제로 그래본 적이 없는 저로서는 의외라는 기분으로 되물었어요. 다코 씨가 가볍게 미소 짓더니 말을 이어갔어요.

"응. 어색하게 군다는 뜻은 아니고, 뭐랄까 냉정하게 바라본다고 할까? 어른스럽다고 해야 하나."

"아니에요."

저보다 연상인 다코 씨한테서 '어른스럽다'는 말을 듣고 당황했어요. 칭찬인지 비아냥거림인지 알 수 없기 때문이었죠.

"처음에는 '이 자리가 재미없는 건가' 생각했어. 그런데 술자리에는 빠지지 않고 나타나는 걸 보니 우리 동아리가 싫은 게 아니라는 건 확실히 알겠더라. 그치?"

"예. 그럼요."

저는 힘차게 고개를 끄덕였어요. '본네주'는 제게 하나밖에 남지 않은 머물 곳이었어요. 제가 이 동아리를 좋아한다는 사실을 다코 씨한테 확실히 알리고 싶었어요.

"혹시 무슨 고민이 있어서 우울한 마음을 풀려고 오는 거야?"

다코 씨의 날카로운 지적에 저는 할 말을 잃고 말았어요. 저와 다코 씨는 처음 동아리에 입부하라고 권유할 때 말고는 제대로 대화해 본 적이 한 번도 없었어요. 그런데도 제 마음을 정확히 읽어서 깜짝 놀랐어요.

"다코 선배야말로 냉정한 눈길로 주위를 살펴보시는 거 아니에요? 정말 놀랐어요."

"내 말이 맞아? 그렇구나."

다코 씨는 고개를 끄덕이더니 무슨 말을 해야 하나 하는 눈길로 창밖을 내다보면서 코끝을 긁적이더군요. 말문을 열기가 쉽지 않은지 잠깐 뜸을 들이더니 이내 이렇게 말했어요.

"괜한 참견일지도 모르겠지만 남한테 털어놓으면 의외로 풀리는 고민도 있어. 나라도 괜찮으면 얘기해볼래?"

이 말에 저는 아까보다 더 놀라고 말았어요. 나중에 든 생각인데, 다코 씨는 아마 자신의 권유로 입부한 사람에 대한 책임감 때문에 그랬겠죠. 물론 원래 품성이 착한 사람이기도 했고요. 그렇지만 저는 다코 씨가 저를 특별한 눈빛으로 봤구나 싶어 마음이 붕 뜨고 말았어요. 결국 다코 씨의 말에 넘어가서 다니구치 씨와의 일을 모두 털어놨어요.

"……그래서 앞으로 어떻게 해야 할지 모르겠어요. 솔직히 집에 있기도 불편해서 '본네주'로 도망쳐 숨으려는 마음도 있어요."

다코 씨에게 털어놓는 사이에 저도 모르게 눈물이 나고 말았어요. 슬픔, 억울함, 서운함 등 온갖 감정이 뒤섞인 눈물이었어요. 다코 씨는 제 얘기를 들으면서 "응, 응" 하며 다정하게 맞장구만 칠 뿐 어떤 말로도 끼어들지 않았어요. 제가 울기 시작하자 진정할 때까지 가만히 기다려줬어요.

"……끔찍한 상황이구나."

다코 씨는 얘기를 다 듣고 한참 뒤에 팔짱을 끼더니 그렇게 읊조렸어요. 입을 꾹 다물고 있어서 화난 표정처럼 보였어요. 실제로 화가 난 거였겠지만 그때 저는 그렇게 여기지 않았어요. 아무리 저한테는 심각한 상황일지라도 다코 씨한테는 남 얘기에 불과했으니까요. 동정해줄지는 몰라도 자기 일처럼 여겨 화를 내리라고는 상상하지 못했어요.

"그래서 이나무라는 어떻게 할 작정이야?"

다코 씨가 그렇게 물었어요. 하지만 대답할 말이 없었죠.

"뭘 어떡하겠어요. 아무리 애원해도 그만두질 않는데……."

"그럼 그냥 놔두겠다는 거야? 매일 밤 울면서 잠들겠다고? 이대로 계속 네 주변을 얼쩡거릴지도 몰라."

"대학에 들어가면 그만두지 않을까요. 합격해서 다른 여자친구가 생기면 저를 포기할지도 몰라요."

지나치게 낙관적이었는지도 모르지만 당시 제가 내린 결론은 그랬어요. 어쨌든 다니구치 씨의 환경에 변화가 생기면 태도에도 변화가 생길 거라고 생각했어요.

"안일해." 다코 씨는 딱 잘라 말했어요. "그런 짓을 하면서 대학은 어떻게 들어가. 틀림없이 내년에도 떨어져서 또 일 년간 똑같은 짓을 되풀이하겠지. 그랬다가는 이나무라에 대한 원한이 더 깊어질지도 모르고."

"예……?"

그런 말을 들어도 제가 뭘 어떻게 해야 할지 알 수 없었어요. 저는 또 슬퍼져서 손수건으로 눈가를 지그시 눌렀어요. 다코 씨는 말이 좀 심했다고 느꼈는지 이번에는 나긋한 어조로 말했어요.

"포기하면 안 돼. 맞서 싸워야지. 싸워서 그놈을 물리쳐야 해."

"그런 일을 어떻게…… 전 못해요."

"할 수 있어."

다코 씨가 주먹을 불끈 쥐며 말했어요. 저를 몰아붙이는 다코 씨가 원망스러워서 조금 토라진 마음으로 다코 씨를 쏘아봤어요. 제 눈에 그런 감정이 비치고 말았는지 다코 씨는 저를 설득하려는 듯이 몸을 앞으로 내밀었어요.

"나도 도와줄게. 지금 당장은 어떡하면 좋을지 떠오르지 않지만 틀림없이 방법이 있을 거야. 어쨌든 가만히 당하고 있지는 않는다고 똑똑히 보여주지 않으면 계속 이런 꼴로 살아야 해. 어떻게 하면 그놈을 떨쳐낼 수 있을지 같이 고민해보자."

"예……?"

그런 말이 나오리라고는 전혀 예상치 못했어요. 저는 너무 놀라 멍하니 입만 벌리고 있었던 것 같아요. 그동안에도 다코 씨는 미간을 찡그리고 골똘히 고민하고 있더라고요.

그날 이후로 저와 다코 씨는 자주 연락을 취하게 됐어요. 다코 씨의 말은 입에 발린 소리가 아니었어요. 정말로 다니구치 씨를 격퇴할 방법을 자기 일인 양 진지하게 고민해줬어요. 몇 번의 통화가 오간 끝에 격퇴 방법을 결정했죠. 사실 대부분 다코 씨의 아이디어였지만요.

"눈에는 눈, 이에는 이야."

다코 씨는 그렇게 말했어요. 다코 씨가 내놓은 방법을 극단적으로 표현하자면 그랬어요. 즉 상대가 한 짓을 그대로 되돌려준다는 게 다코 씨의 기본 방침이었어요. 처음 그 계획을 들었을 때는 무리라고 생각했는데 실제로 해보니 불가능하지 않았어요. 그때 어떤 일도 포기하면 안 된다는 교훈을 얻었죠.

"그대로 되돌려준다는 게 무슨 뜻이에요? 우리도 다니구치 씨 집 근처에서 기다리자는 건가요?"

저는 그렇게 물었어요. 다니구치 씨의 낯짝을 다시 봐야 한다니 죽어도 싫더라고요. 그리고 다니구치 씨를 쫓아내기 위해 당사자를 기다린다뇨. 본말이 전도됐다고 생각했죠.

"숨어서 기다려봐야 놀라기나 하지 무슨 의미가 있겠어. 그 이상으로 갚아줘야지."

다코 씨가 진지한 얼굴로 대답했어요. 무슨 말인지는 짐작이 갔지만 좀처럼 내키지 않았어요.

"우편물 훔치거나 전단지 뿌리는 거요? 우편물이야 그렇다 쳐도 전단지를 뿌렸다가는 괜히 벌집만 건드리는 꼴이 되지 않을까요? 그랬다간 저만 괴로워져요."

"물론 같은 내용의 전단지를 뿌리겠다는 건 아냐. 다니구치의 약점을 잡은 다음에 그걸 써서 뿌려야지."

"약점요? 그런 건 모르는데……."

"모르면 찾아내야지."

다코 씨가 저보다 더 적극적이었어요. 왜 다코 씨가 이렇게 열심히 나서는 걸까 생각해보다가 괜히 들뜬 상상을 하고 말았어요. 다코 씨가 저를 좋아하는 게 아닐까 하고요. 만약 그렇다면 정말 행복한 일이었죠.

다코 씨는 제게 아무것도 하지 않아도 된다고 했어요. 다코 씨 혼자서 다 할 수 있다고 하더라고요. 저에 대한 호의로 그런다 싶어 미안해하면서도 다코 씨에게 전적으로 일임했어요. 설령 결과가 좋지 않더라도 그 마음 씀씀이가 고마웠어요.

우선 다코 씨는 다니구치 씨의 우편물을 빼내기 시작했어요. 매일 그러면 눈치챌까 봐 사흘에 한 번 꼴로요. 대부분 별 쓸모없는 것들이었지만 개중에는 예비학교 모의고사 안내도 있었어요. 다코 씨는 그걸 보고 "이건 쓸 만하겠네"라면서 찢어버렸어요. 모의고사를 못 보면 다니구치 씨로서는 골치 아프죠.

그와 동시에 다코 씨는 음식을 주문했어요. 물론 자기가 먹으려는 게 아니었죠. 주문처는 모두 다니구치 씨의 집이었어요. 라멘, 초밥, 장어, 피자 등등 배달해주는 온갖 곳에다 주문했어요. 이것도 한꺼번에 하지 않고 사흘에 한 번 꼴로, 음식이 왔을 때 함부로 쫓아내지 않게끔 주문했어요. 한두 번이야 어떻게 넘어가도 몇 번이나 되풀이되면 꺼림칙한 기분이 들기 이전에 우선 경제적으로 곤란해지죠. 다니구치 씨네 식구들로서는 곤욕이었을 거예요.

전화도 걸었어요. 공중전화로 다니구치 씨 집에 연신 전화를 건 거죠. 처음에는 전화를 걸고 아무 말도 않다가 끊었는데 나중에는 카세트테이프를 틀었어요. 무슨 테이프인가 하면 만담이었어요. 카세트리코더를 공중전화 수화기에 대고 재잘거리는 만담을 튼 거예요. 전화를 받은 쪽에서는 으스스한 기분이 들겠죠. 바로 끊더라고요. 그렇지만 다코 씨는 질리는 기색도 없이 계속 전화를 걸었어요. 옆에서 지켜보던 저로서도 저런 식으로 당하면 진짜 견디기 힘들겠다 싶더군요. 그 정도로 다코 씨의 공격은 가차 없었어요.

다행인지 불행인지 모르겠지만 다니구치 씨는 일련의 봉변이 저의 복수라고는 추호도 상상하지 못하는 눈치였어요. 빈도가 줄긴 했는데 여전히 저희 집 근처에서 얼쩡거리더라고요. 눈치채지 못했다고 생각한 근거는 저와 마주쳤을 때의 태도였어요. 알았다면 벌컥 화를 냈을 텐데 아직도 제게 미련이 남았는지 전과 다름없이 마냥 미소를 짓더라고요. 저는 그 미소를 보며 역겨운 동시에 안심도 됐어요. 사실 다코 씨가 한 짓이 그대로 제게 다시 돌아오지 않을까 하는 걱정을 떨칠 수 없었거든요.

다니구치 씨가 제 주변에서 얼쩡거리는 빈도가 줄어든 건 명백히 다코 씨의 공격 덕분이었어요. 언젠가는 눈앞에서 안 보이게 되지 않을까 싶었어요. 그 보고를 들은 다코 씨는 "얼마 안 남았어"라고 하더군요. 다니구치 씨를 완전히 쫓아낼 날도 멀지 않았다고 다코 씨는 예언했어요.

예언은 적중했어요. 예언보다 예측에 가깝겠네요. 막연히 예상한 게 아니라 명확한 계획이 뒷받침돼 있었으니까요. 이렇게 하면 저쪽에서 어떤 반응을 보일지 예측했기에 "얼마 안 남았다"라고 한 거죠.

계획의 마지막 단계는 전단지 살포였어요. 다코 씨가 처음에 다니구치 씨의 약점을 잡아야 한다고 했죠. 우편물을 빼내다 보면 다니구치 씨의 비밀을 포착할 수 있으리라 생각했나 봐요. 하지만 생각대로 되지 않았어요. 개인적인 편지가 있으면 가장 좋았을 텐데 그런 우편물이 한 통도 오지 않았거든요.

그러자 다코 씨는 전혀 예기치 못한 행동을 했어요. 없는 일을 날조한 거예요. 그 행동에는 저도 놀라고 말았어요. 만약 저 혼자였다면 절대 상상할 수 없는 일이었죠.

다코 씨는 다니구치 씨가 상습적 치한이라고 날조했어요. 당시 그나마 가격이 저렴해진 워드프로세서를 이용해 피해 여성의 증언 형태의 전단지를 만들었어요. 상당히 사실적인 내용이었어요. 다니구치 씨가 저희 집에서 가장 가까운 역으로 오려고 타는 지하철 내부를 상세히 묘사했어요. 차량을 바꿔 탔는데도 계속 쫓아왔다, 비명을 질렀더니 갑자기 돌변해서 외려 화를 냈다 등등 거짓말이란 걸 아는 저마저도 정말인가 의심할 정도였어요. 아무것도 모르는 사람이라면 전부 사실이라고 믿겠더라고요.

다코 씨는 그 전단지를 다니구치 씨가 사는 아파트 우편함에 넣었어요. 다니구치 씨 집을 뺀 전 세대에요. 그 전단지가 배포되면 주변에서 다니구치 씨를 보는 눈길이 싸늘해지리란 게 명백했어요. 그 꼴을 상상하니 통쾌하더군요.

한 번으로 끝낼 다코 씨가 아니었죠. 철두철미했어요. 그 뒤로도 몇 번이나 내용을 바꿔서 전단지를 살포했어요. 왜 시치미를 떼고 있는지, 그 지하철에 탄 이유가 뭔지 본인에게 따져 묻고 싶다는 얘기까지 써놓았어요. 만약 누군가가 정말 따져 물었다면 다니구치 씨로서도 말문이 막혔을 거예요. 다니구치 씨가 저를 기다리기 위해 지하철에 탄 건 사실이니까요. 왜 탔느냐는 물음에 솔직히 답했다가는 다니구치 씨의 입장만 난처해졌겠죠.

다코 씨의 전단지 살포는 다니구치 씨가 사는 아파트에 국한되지 않았어요. 점점 범위를 넓혀서 동네 전봇대에 붙이기도 했고 다른 아파트 우편함에도 넣었어요. 가장 효과를 발휘한 건 파출소였어요. 경찰 아저씨가 순찰중인 시간을 틈타 파출소 책상 위에 전단지를 두고 왔거든요. 전단지에는 다니구치 씨의 이름과 주소가 버젓이 적혀 있었죠. 일단 그 전단지를 본 이상 경찰도 무시할 수만은 없었겠죠. 경찰이 다니구치 씨의 집을 방문해서 이것저것 물어본 모양이었어요. 자세한 내용까지는 모르지만 다니구치 씨로서는 곤욕스러운 상황이었을 거예요. 어쨌든 그런 일이 있고 나자 어느 날부터인가 다니구치 씨가 제 앞에 나타나는 일이 없어졌어요.

이사를 갔나 봐요. 다니구치 씨뿐만 아니라 가족 모두요. 다니구치 씨한테 동생이 있었는데 한 살 차이라 똑같이 수험생이었어요. 그런 상황에서 치한 혐의로 경찰에서 찾아오는 일까지 생기니 차분히 공부할 분위기가 아니었겠죠. 동생분한테는 좀 안됐지만 그렇게까지 된 이상 이사할 수밖에 없지 않았을까요. 다코 씨는 멋들어지게 다니구치 씨를 쫓아줬어요.

저는 다코 씨가 정말 고마웠어요. 솔직히 말씀드리면 사람을 그렇게까지 몰아붙인 다코 씨가 조금 무섭기도 했어요. 하지만 매일 밤 베개나 적시며 자포자기 할 수밖에 없었던 심각한 고민거리를 털어내준 데 대한 고마운 마음이 훨씬 앞섰어요. 그리고 그렇게까지 나를 좋아했나 하는 감동도 따로 존재했죠.

그건 제 착각이었어요. 다코 씨는 절 좋아해서 그런 게 아니었어요. 정말로 정의감 하나로 저를 도와준 거였어요. 이후에 저는 다코 씨의 진심을 확실히 깨달았어요. 순수한 정의감만으로 행동하는 사람이 있다는 걸 처음으로 알게 됐죠.

그걸 알았을 때는 이미 늦었어요. 이미 다코 씨에게 마음을 홀딱 뺏기고 말았기 때문이에요.

……죄송해요. 애가 보채네요. 배가 고픈가? 우유 좀 먹여도 될까요?

신경 쓰지 마세요. 다 챙겨왔거든요. 이렇게 보온병의 물과 냉수를 섞으면 아기가 먹을 만한 온도가 돼요. 자, 우유야. 맘껏 먹으렴.

어, 제가 어디까지 말씀드렸죠? 아, 그렇군요. 다코 씨가 절 좋아하는 게 아니었다는 걸 알았다는 얘기까지 했군요. 창피한 얘기지만 결국 혼자만의 착각이었어요. 다코 씨한테는 여자친구가 있었으니까요.

게다가 같은 동아리 사람이었어요. 다코 씨보다 한 살 위인 삼 학년이었죠. 그 사람이 동아리에 자주 얼굴을 비추지 않는 편이었고 저는 다코 씨에 대한 관심을 의식적으로 접어두었던 탓에 같은 동아리에 사귀는 사람이 있다는 것을 전혀 눈치채지 못했어요. 그래서 여자친구가 있다는 걸 알았을 때는 정말 충격이었어요. 저는 이제 곧 다코 씨와 사귀게 될 거라고 완전히 믿고 있었으니까요.

하지만 포기는 안 했어요. 다코 씨처럼 멋진 사람한테 여자친구가 있는 건 당연한 일이라고 생각을 고쳐먹었어요. 알게 된 당시에 사귀는 사람이 있었다는 건 단순히 타이밍 문제 아니겠어요? 약혼한 것도 아니니 저한테 기회가 없지는 않을 거라며 낙관적으로 생각했죠.

굉장히 적극적으로 다가갔어요. 그땐 다코 씨한테 흠뻑 빠져서 창피한 줄도 몰랐어요. 그전보다 더 자주 술자리에 참석했고 그 자리에서도 되도록 다코 씨 근처에 앉으려고 애썼어요. 다코 씨도 다른 일 학년들보다 제가 편했는지 허물없이 대하더라고요. 이런 식으로 점점 거리를 좁혀가면 되겠구나 싶었어요.

그런데 다니구치 씨 일이 정리되고 나니까 다코 씨는 다시는 제게 전화를 걸지 않았어요. 다코 씨한테서는 의무적으로 해야 할 일을 끝냈다는 홀가분함밖에 안 보였어요. 그래서 어느 날 기다리다 지쳐 대담한 행동을 감행했어요. 취한 척하며 다코 씨한테 바래다달라고 한 거예요.

다시 얘기하려니까 얼굴이 화끈거리지만 앞에서 서성이기에는 난처한 장소에 쭈그려 앉아서는 "저, 못 걷겠어요"라고 했어요. 아무리 둔한 사람이라도 의도가 뭔지 빤히 짐작할 수 있을 정도로 명확하게 의사표시를 한 셈이죠. 그런데도 다코 씨는 미간을 찡그리고는 곤란하다는 표정만 짓더라고요. 결국 그날 밤에는 택시를 타고 집까지 바래다주는 걸로 끝났어요.

그런 노골적인 행동까지 했는데도 받아들여주지 않는 이유를 곰곰이 따져봤어요. 제 결론은 다코 씨의 여자친구가 너무 매력적이라는 거였어요. 그렇다면 알아봐야 하지 않겠어요? 전 다코 씨의 여자친구에 대해 조사하기 시작했어요.

우선 동아리 사람들에게서 그 사람에 대한 정보를 조심스레 모았어요. 알고 보니 저는 그 사람과 신입부원 환영회 때 한 번 자리를 같이 한 적이 있었더라고요. 그런데 원체 사람이 많았기에 누구였는지 전혀 기억이 안 났어요. 가까스로 예전 합숙 사진으로 얼굴을 확인해봤는데 화질이 좋지 않아서인지 그렇게까지 매력적으로 보이지는 않더라고요. 정보를 더 입력해야 정확한 상을 그릴 수 있는 상태였죠.

다코 씨를 좋아한다는 사실을 감추면서 정보를 구하는 건 쉽지 않은 노릇이었어요. 고생한 보람이 있어, 막연하기는 했지만 어떤 인물인지 간략하게나마 그릴 수 있게 됐어요. 그 사람은 다코 씨보다 한 살 연상인 만큼 야무진 데가 있었나 봐요. 도가 지나친 행동은 절대 않고 남에게 허술한 구석도 보이지 않는 사람이라고 하더라고요. 역시 사진이 안 나왔던 건지 다들 미인이라고 입을 모았어요. 다코 씨가 먼저 반해서 그럴 마음이 없던 선배를 설득하여 자기 여자로 만들었다는 게 동아리 내의 중론이었어요.

즉 다코 씨는 자신을 리드할 수 있는 어른스러운 여성에게 매혹

되는 타입이라고 저는 추측했어요. 나름 이해가 가더라고요. 스무 살 전후 남자들에겐 연상녀에 대한 동경이 있기 마련이잖아요? 다코 씨 본인도 포용력이 있는 사람이었지만 그런 남자일수록 의외로 야무진 여성을 좋아하는 경향이 많더라고요.

예? 부인은 그런 타입이 아니었나요? 집에서 얌전히 지내면서 남편을 기다리는 전업주부였어요? 그랬군요. 세월이 흘러서 취향이 바뀐 걸까요. 아니면 연애상대랑 결혼상대는 별개였을까요. 왠지 또 그게 다코 씨답기도 하네요.

……다 먹었어? 그래. 많이 먹었네. 그럼 우리 아기, 트림할까? 죄송해요. 보기 흉하시겠지만 실례할게요. 자, 그래그래.

아, 했다. 이렇게 트림을 시키지 않으면 우유를 토해내거든요. 처음에는 요령을 몰라서 고생했는데 이젠 꽤 익숙해졌어요. 그래, 우리 아기, 배부르지…….

죄송해요. 다시 얘기로 돌아갈게요. 다코 씨의 여자친구에 대해 알고 나니 당장은 좀 어렵겠구나 싶은 마음이 들었어요. 연상 취향이라면 저로서는 아무것도 할 수 없잖아요. 물론 제가 노력해서 좀 더 어른스러워지는 방법도 생각해볼 수 있죠. 하지만 시간이 너무 걸려요. 성공할지 어떨지도 모르는 일에 안간힘을 쓸 바에는 차라리 정면에서 맞부딪히는 편이 낫다는 결론을 내렸어요.

다코 씨에게 둘이서만 볼 수 없느냐고 전화했어요. 의논할 일이 있다고 했어요. 그러자 다코 씨는 흔쾌히 응하더군요. 전에도 고민을 해결해준 적이 있으니까 자연스레 이번에도 또 고민 상담이라고 생각했겠죠. 단둘이 만난다고 해도 거북해하는 눈치를 안 보였어요.

"선배! 저, 선배 좋아해요. 선배랑 사귀고 싶어요. 저는 안 돼요?"

시부야의 나름 근사한 이자카야에서 만나 술을 마시며 한동안 잡담을 한 뒤에 용기를 쥐어짜내서 고백했어요. 참 잘도 그럴 용기가 다 났어요. 지금 생각해도 용해요. 그만큼 마음이 조급했다는 거겠죠.

다코 씨는 제가 고백하리라 예상했는지 별로 놀라는 것 같지 않았어요. 난처하다는 표정도 띠지 않고 그냥 "고마워"라고 하더라고요. 전 다코 씨의 얼굴을 지그시 바라보며 이어질 말을 기다렸어요.

"나 지금 사귀는 사람이 있어. 이나무라도 알지?"

이윽고 다코 선배가 그렇게 말했어요. 저는 고개를 끄덕였어요.

"알아요. 그래도 선배가 좋아요."

"왜? 내가 이나무라를 도와줘서?"

"예, 정말 기뻤고 감사드려요. 그 일로 선배는 참 미더운 사람이라고 느꼈어요."

"일시적인 감정 아닐까? 고마운 마음을 연애감정이라고 착각하는 걸지도 몰라."

"그게 아니라는 건 확실히 알아요. 그리고 설령 착각이라 해도 연애감정이란 게 원래 그런 데서 시작되는 거잖아요."

"음, 그렇긴 한데……."

제 기세에 눌렸는지 다코 씨는 말문을 닫았어요. 입을 꾹 다문 다코 씨가 무슨 생각을 하나 싶어 불안하더라고요. 이렇게까지 말했는데 거절당하면 울며 매달리는 수밖에 없나 하는 생각까지 했었죠.

그런데 다코 씨는 머릿속에서 제가 전혀 상상하지 못한 일을 떠올리고 있었나 봐요. 다코 씨는 정말 합리적으로 사고하는 사람이에요. 그때까지 전 다코 씨의 그런 면을 몰라봤어요.

"이즈미랑 헤어질 마음은 없어."

이즈미는 당시 다코 씨랑 사귀던 분의 이름이에요. 성은 노구치였어요.

"헤어질 이유도 없어. 오래 사귄 만큼 서로 속내도 속속들이 알고 말이야. 그에 비해 아직 이나무라에 대해서는 잘 몰라. 내가 이나무라를 좋아하게 될지, 사귀게 될지 판단할 근거가 전혀 없다고."

"그렇다면 저라는 사람을 알아가주세요. 저에 대해 알려드리고 싶어요."

"아는 거야 뭐 어렵겠어. 어쨌든 이즈미랑은 헤어지지 않아도 상관없는 거지?"

저는 다코 씨의 말이 무슨 뜻인지를 바로 이해하지 못했어요. 하지만 잠깐 고민하고 난 다음에 속으로 고개를 주억거렸어요. 요컨대 제게도 기회를 준다는 말이었어요. 어필한 기회를 줄 테니 그동안 노구치 씨 이상으로 매력 있는 사람이라는 걸 증명해보라는 거죠.

저로서는 다시없을 기회였어요. 처음부터 전 노구치 씨에게서 다코 씨를 뺏을 작정이었으니까요. 문전박대를 당했다면 뺏고 말고 할 것도 없었겠지만 여지가 있다면 얼른 받아들여야죠. 피할 이유는 전혀 없었어요.

결론적으로 말하자면 다코 씨는 양다리를 걸친 셈이었죠. 제게는 어디까지나 '시험기간'이었지만요. 서로 알기 위해서는 깊은 관계가 되는 것이 가장 좋다면서 그날 함께 밤을 보냈어요. 다른 사람한테는 절대 말하지 마. 말했다간 절대 사귀지 않을 거야. 다코 씨는 단단히 다짐을 받아두는 걸 잊지 않더군요.

제가 한심해 보이세요? 그렇겠네요. 뭐랄까, 교묘한 사기에 걸려든 꼴로 보이겠죠. 다코 씨가 바람둥이라서 그런 건 아니었어요. 어디까지나 성실하게 합리적으로 고민한 끝에 그런 결론을 내린 거예요. 다코 씨는 AB형인데 AB형이 원래 그렇더라고요. 저희 남편도 AB형이라서 잘 알죠. 전 오히려 그럴 수 있는 다코 씨가 대단하다고 느꼈어요. 그래서 조금 저항감이 들기도 했지만 어쩔 수 없다고 받아들였어요. 그리고 다코 씨의 결단이 신선하기도 했고 솔직히 재미있겠다는 마음도 들었어요. 이해되시나요?

즐거웠어요. 다코 씨랑 사귀는 동안에 말이에요. 말도 잘 통하고 음식이나 영화 취향이 일치해서 함께 지내기에는 더할 나위 없는 사람이었어요. 다코 씨도 그렇게 느꼈을 거예요. 둘이 있을 때는 보통의 연인과 다를 바 없었으니까요. 요코하마나 시부야에도 놀러가고 함께 쇼핑하고 영화도 보고 둘이서 온천여행도 다녀왔어요. 제 대학생활은 다코 씨 덕분에 충실해질 수 있었어요.

동아리에 나가서도 또 다른 즐거움이 새로 생겨났어요. 동아리 사람들은 저와 다코 씨의 관계에 대해 전혀 몰랐으니까요. 둘만의 비밀을 공유한다는 기쁨과 함께, 노구치 씨 모르게 사귄다는 죄책감이 다코 씨와 제 사이를 더욱 굳건히 연결해준다는 느낌도 들었어요.

여러 사람이 섞여 있을 때 눈이 마주치면 이심전심이랄까요, 다코 씨가 무슨 말을 하고 싶어 하는지 전해지더라고요. 노구치 씨가 자리에 있을 때도 그런 텔레파시가 느껴져서 전 우월감을 억누르지 못하고 마음속으로 승리의 V자를 그렸어요. 이번 승부에서 이겼다는 확신이 들었어요.

그래서 다코 씨와 사귀기 시작한 지 석 달 정도 지났을 때 슬슬 노구치 씨와 헤어져달라고 졸랐어요. 다코 씨의 마음이 확실히 기울었으니 당연히 노구치 씨가 아니라 저를 선택하리라 믿었거든요. 그런데 다코 씨는 매번 미적지근한 대답으로 얼버무렸어요. "조만간" 혹은 "그런 말은 타이밍이 중요하잖아"라는 식으로요. 지금 생각해보면 면피용 대답에 불과했네요. 그땐 저도 어렸기에 남자의 그런 말에 별 의심도 없이 넘어갔죠. 기다리다 보면 언젠가 헤어지겠지 하고요.

그런데 한 달 두 달, 질질 시간만 끌자 고개를 갸웃거리게 되더라고요. 어느 날 도저히 못 참겠다 싶어 물어봤어요. 대체 누굴 좋아하는 거냐고요.

"아직 결정 못하겠어."

그게 다코 씨의 대답이었어요. 에미를 좋아하지만—아, 에미는 저예요— 이즈미도 싫지 않아. 헤어질 수 없어. 그렇게 말하더라고요.

"노구치 씨보다 날 좋아한다면 이젠 결정해줬으면 좋겠어. 양다리는 일시적인 거라고 생각했단 말이야."

제 입에서 불평이 안 나올 수 있겠어요? 그런데 다코 씨는 여전히 확답을 주지 않았어요. 짜증이 밀려왔지만 더 몰아붙이기는 무서웠어요.

혹시 나보다 노구치 씨를 더 좋아할지도 모른다. 갑자기 그런 의혹이 떠올랐기 때문이었어요.

이렇게 된 이상 내 가치를 올려야 한다. 전 그렇게 생각했어요. 지금은 어느 한쪽을 선택하기 힘들 정도로 노구치 씨와 내 가치가 엇비슷한 모양이다. 그렇다면 차이를 벌려야 한다. 노구치 씨를 거들떠보지도 않을 만큼 내가 멋진 여자가 되면 자연스레 노구치 씨에게서 마음이 멀어질 거다. 그렇게 예상했죠.

저, 꽤 노력했어요. 우선 제 가치를 높이기 위해 모델 아르바이트를 시작했어요. 아무나 써주는 일이 아니라는 건 알았지만 냉정하게 검토해본 끝에 저라면 써줄 거라는 확신이 섰어요. 다행히 제 예상대로 모델 클럽에 소속되면서 작게나마 잡지에 사진도 실렸고 신문 광고전단지 모델 등 크지는 않아도 몇 건의 일을 하게 됐어요.

그랬더니 바로 효과가 나타났어요. 우선 같은 학년 남자애들이 전과 다르게 제게 흥미를 나타내기 시작했어요. 술자리에서 교대하듯 제 옆으로 다가왔고 전화도 꽤 걸려왔어요. 대놓고 데이트하자고 하는 애도 있었고 숫기 없는 애들은 괜히 실없는 소리만 하더라고요. 모델 일을 시작하면서 화장이나 옷차림이 달라진 건 사실이지만 알맹이는 그대로였죠. 그런데 그렇게까지 대하는 태도가 바뀌다니 노골적이더라고요. 결국 모델이라는 타이틀에 혹한 거죠. 남자들이란 그런 거죠.

물론 저는 꿈쩍도 안 했어요. 모든 유혹을 거절했죠. 그게 제 가치를 높이는 행동이고 또 그래야 저와 사귀고 있는 다코 씨에게 우월감을 주리라 생각했기 때문이었어요. 다코 씨에게 제 가치를 알리기 위해 수많은 남자들이 저를 떠받드는 상황이 필요했을 뿐이었죠.

그것만으로는 부족하다 싶어 슬쩍슬쩍 아빠 얘기를 꺼냈어요. 저희 아빠는 모 종합상사에 근무하시거든요. 요새도 그렇지만 대학생한테 상사는 취업 희망 일 순위 직장이잖아요. 성적 나쁜 학생이라도 상사에 근무하는 선배를 방문하고픈 마음은 들기 마련인가 봐요. 아빠가 상사에 근무한다는 사실만으로 큰 점수는 따놓은 당상이었죠. 다코 씨도 아빠가 다니시는 회사라면 들어가고 싶었을걸요.

자동차 면허도 땄어요. 아빠한테 차를 사달라고 조르기 위해서였어요. 학교에 다니면서 모델 일도 해야 하는 상황에서 자동차 학원까지 다니자니 진짜 힘들었어요. 근데 아빠는 노력하는 사람을 좋아하시거든요. 그 노력을 인정하셔서 면허를 따자마자 바로 차를 사주셨어요. 당시 인기가 많았던 프렐류드혼다 사의 스포츠 쿠페라는 차인데 기억나세요?

차를 몰고 다닌다는 점에서는 꽤 점수가 높았을 거예요. 다코 씨는 차가 없었으니까요. 대학생은 차가 있느냐 없느냐에 따라 대우가 달라지죠. 남학생이라면 차를 갖고 있다는 점만으로도 한 단계 높은 취급을 받지 않을까요. 다코 씨가 차를 쓰고 싶어 할 때 제 차를 맘대로 쓰게 해주면 제 가치는 한층 더 높아지는 셈이죠. 게다가 그 차가 프렐류드라면 누가 절 마다하겠어요.

즉 그 시점에서 저는 노구치 씨와 비교를 거부할 만큼 장점을 완비한 여자가 됐어요. 이쯤 되면 더는 불평 못하겠지 싶어서 다코 씨를 다시 졸랐어요.

"이제 노구치 씨하고 헤어져."

그 무렵에는 다코 씨를 독점하고 싶다는 마음이 정점에 달했어요. 저와 다코 씨는 이 주에 한 번 꼴로 만났어요. 다코 씨는 저를 만나지 않는 동안에는 노구치 씨를 만났던 거죠. 그 사실을 생각할수록 초조함은 더해갔어요. 왜 아직도 노구치 씨와 계속 만나는 건지 도저히 납득할 수 없었거든요.

"또 그 얘기야?"

다코 씨가 못마땅하다는 표정을 지었어요. 정말 진절머리 난다는 듯한 그 표정에 충격받았어요. 그런 표정을 짓는 이유가 순간적으로 이해 안 되는 건 아니었지만 순순히 받아들일 수 없더라고요.

"날 독점하고 싶은 거야? 난 남자를 구속하는 여자는 싫은데."

그런 말까지 듣고 나자 아무리 저라도 불끈하고 말았어요. 어쩜 그런 소리를 할 수 있어요.

"무슨 말이 그래! 나랑 사귀어보고 누가 더 좋은지 결정해준다고 했잖아?"

"널 선택할 거라고 생각한 거야?"

다코 씨의 말을 듣고 순간 얼어붙고 말았어요. 어쩌면 다코 씨는 나보다 노구치 씨를 더 좋아할지도 모른다. 그런 생각이야 머릿속에서 몇 번이나 했죠. 하지만 결코 그럴 리 없다며 부정해왔어요. 다코 씨의 호감을 얻기 위해 스스로 생각해도 눈물겹도록 굴복해왔으니까요. 예를 들면 밥 먹으러 갈 때 서로 먹고 싶은 게 다르면 제가 항상 양보했어요. 밥값도 거의 더치페이였고 자동차 기름값은 제가 냈어요. 혹시나 부담이라도 줄까 봐 제 입으로 먼저 요구한 적은 한 번도 없었어요. 언제나 다코 씨의 뜻을 거스르지 않으려고 지극정성으로 애썼어요. 그렇게까지 했으니 노구치 씨를 선택할 일은 절대 없을 거라고 굳게 믿었죠. 아니, 사실은 그렇게 스스로 마음을 다잡아왔다고 해야 정확하겠죠.

그런 제 믿음은 다코 씨의 말에 완전히 산산조각 나고 말았어요. '널 선택할 거라고 생각한 거야?'라니 애당초 저는 선택지에 없었던 거예요. 다코 씨가 노구치 씨하고 어떤 식으로 만나는지는 알고 싶지도 않았지만 어쩌면 저와는 전혀 다른 방식이었을지 몰라요. 다코 씨가 매번 밥값을 낼지도 모르고, 어디에 가고 뭘 먹을지도 모두 노구치 씨가 주도권을 쥐고 정했을지 모르죠. 다코 씨가 정말로 좋아하는 사람은 노구치 씨이고 나는 그냥 갖고 논 건가. 그런 생각까지 들자 화가 치밀어 도저히 견딜 수 없었어요.

"내가 아니라 노구치 씨란 말이야? 지금까지 내가 어떻게 해왔는데! 노구치 씨보다 내가 훨씬, 훨씬 히로를 사랑하는데도?"

그때를 다시 떠올리니까 얼굴이 화끈거리네요. 그렇지만 진짜 흥분했어요. 아, 히로는 물론 다코 씨를 말하는 거예요. 다코 씨의 이름이 히로키라는 건 아시죠?

"이즈미랑 헤어질 생각은 없다고 처음부터 말했잖아."

다코 씨가 그렇게 툭 내뱉었어요. 이 한마디면 미주알고주알 설명은 필요 없지 않느냐는 뉘앙스가 실려 있었어요. 그랬어요. 다코 씨는 처음부터 노구치 씨와 헤어질 마음이 전혀 없었던 거예요. 제가 머리를 숙이며 사귀어달라고 졸라서 만나준 거였어요. 그 사실이 뼈에 사무칠 만큼 똑똑히 이해됐어요.

저, 안 울었어요. 사실 울 힘도 없었어요. 온 몸에서 힘이 빠지면서 모든 게 다 한심하게 느껴졌어요. 그때까지 별의별 노력을 다 하면서 다코 씨의 호감을 구해왔던 게 모두 무의미한 일이었다는 걸 깨달으면서 힘을 잃고 말았어요. 저는 희한하게도 자청해서 점점 더 갖고 놀기 편한 여자로 발전했던 거예요.

그런 꼴까지 당하고 나서야 눈을 떴어요. 좀 더 빨리 깨달았으면 좋았을 텐데. 아니, 확인하기 무서워서 외면해왔겠죠. 둘이 함께 있는 시간이 제게는 무척 소중했으니까요. 그런데 다코 씨의 진심을 알아버린 이상 더는 관계를 이어갈 수 없었어요. 그 시점에서 전 다코 씨의 마음을 사로잡는 걸 포기했어요.

그대로 잠자코 물러나기에는 억울했어요. 그동안 모든 욕구를 억눌러가면서 헌신해왔잖아요. 그런데 선택받지 못하다니 자존심도 상하고 저를 갖고 놀았다는 생각이 들지 않겠어요? 그래서 마지막으로 노구치 씨한테 무턱대고 부딪혀봤죠.

전화를 걸어 다짜고짜 말했어요. 다코 씨가 양다리를 걸쳤다고요. 노구치 씨는 처음엔 믿지 않았어요. 무슨 엉뚱한 소리냐는 듯 수화기를 통해 불쾌해하는 기색이 역력히 전해졌어요. 하지만 막연하게

나마 그런 감이 전혀 없지는 않았는지 제 얘기를 끝까지 듣더군요. 노구치 씨는 다 듣고서 "알았다"라고만 말하고 전화를 끊었어요. 아, 역시 노구치 씨는 어른이구나. 그때 그렇게 느꼈어요. 저런 면 때문에 다코 씨가 좋아했구나 하고 그제야 납득했어요. 노구치 씨 같은 여성이 싫지는 않았어요.

그 뒤에 다코 씨와 노구치 씨의 사이에 무슨 일이 있었는지는 몰라요. 제가 말씀드릴 수 있는 건 저와 다코 씨 사이의 일뿐이에요. 얼마 뒤 다코 씨에게서 보자고 연락이 왔어요. 학교가 가까워서 만나려고 작정하면 언제든 볼 기회가 있었죠. 혹시 노구치 씨와 이별하고 저하고만 사귀겠다는 말을 하지는 않을까. 그런 기대감을 안고 약속 장소로 갔어요. 와세다 문학부 캠퍼스 옆 작은 공원이었죠.

다코 씨는 거기서 저를 기다리고 있었어요. 온 몸에서 분노의 기운이 느껴지더군요. 공원 입구에 들어서다 움찔해서 그 자리에 얼어붙고 말았죠. 그러자 다코 씨가 다가와 제 멱살을 움켜쥐었어요. 그러고는 놀랄 틈도 주지 않고 손바닥으로 제 뺨을 후려쳤어요. 여자라고 망설이는 기색은 전혀 없더군요. 그 가차 없는 손길에, 저는 어안이 벙벙해진 채 우두커니 서 있을 수밖에 없었죠. 다코 씨는 그런 저를 내팽개치더니 아무 말도 남기지 않고 잰걸음으로 사라졌어요. 저는 땅바닥에 주저앉아 다코 씨의 뒷모습만 멍하니 바라봤어요.

그 일을 마지막으로 저와 다코 씨의 관계는 끊어졌죠.

잠깐 기저귀 좀 갈아도 될까요? 우유를 먹였으니 이제 슬슬 갈아줘야 될 것 같아서요. 배도 불렀고, 기저귀가 깨끗해지면 얘도 조용히 잠들어서 차분한 분위기에서 말씀드릴 수 있을 것 같네요. 잠깐만 기다려주세요.

……실례했네요. 패밀리레스토랑에는 수유실이 따로 있어서 애기랑 같이 와도 참 마음이 놓여요. 요새는 수유실을 갖춘 화장실도 생겼지만 항상 찾을 수 있는 건 아니니까요. 패밀리레스토랑이랑 백화점은 애엄마들한테는 참 고마운 곳이에요.

일어난 김에 음료수도 한 잔 더 갖고 올게요. 저, 오늘 꽤 말이 많죠? 부모님 집에 와 있지만 엄마랑은 통 말을 안 해서 스트레스가 쌓였나 봐요. 엄마랑 얘기하면 애를 어떻게 키워야 한다느니 하는 잔소리만 듣거든요. 그래서 요새는 친구랑 통화를 하거나 문자를 주고받는 횟수가 늘어서 휴대전화비가 껑충 뛰었어요. 이런 식으로 누군가와 직접 만나 대화하는 건 진짜 오랜만이라서 괜히 흥분했나 봐요. 할 말 못할 말 안 가리고 마구 쏟아낸 것 같은데 괜찮을까요?

그럼 계속 말씀드릴게요. 예, 뒷얘기가 더 있어요. 이 년 뒤에 다코 씨가 제게 연락을 했거든요.

놀랐죠. 왜 안 그랬겠어요. 그렇게 제 뺨을 때린 날을 마지막으로 다코 씨와는 전혀 왕래가 없었으니까요. 저도 동아리에 나가기 껄끄러워서 그날 이후로는 자연소멸하듯이 탈퇴하는 모양새가 됐어요. 스키를 타고 싶어서 들어갔는데 결국 스키 합숙에는 한 번도 참가 못 하고 끝났죠. 다코 씨와 헤어진 건 어쩔 수 없다 쳐도 합숙에 못 간 건 진짜 아쉽더라고요. 솔직히 이렇게 될 바에는 여기저기 다리를 걸쳐둘 걸 그랬다는 마음도 들었죠. 그래서 저는 지금도 스키를 잘 못 타요.

다코 씨한테서 전화가 왔어요. 전화를 바꿔주는 엄마 입에서 다코라는 이름이 나왔을 때 '대체 무슨 꿍꿍이속이지?'라는 생각이 먼저 들었어요. 그런 식으로 헤어져놓고 먼저 전화를 걸어오리라고 어떻게 예상했겠어요. 그날 일이 생각나 다시 화가 치밀었지만, 용건에 대한 흥미가 앞서서 전화를 받았어요.

"오랜만이네. 잘 지내?"

다코 씨의 첫말은 그런 느낌이었어요. 그렇게 찝찝하게 헤어져놓고는 까맣게 잊어버렸다는 듯한 뉘앙스였어요. '왜 이래' 하는 생각이 들었지만 일단 얘기는 들어보자고 마음먹었어요.

"잘 지내긴 하는데 무슨 일이에요? 다코 씨한테서 전화가 다 오다니 놀랐어요."

저는 히로라고 부르지 않고 굳이 쌀쌀맞게 '다코 씨'라고 했어요. 둔한 사람이 아니니까 제 의사가 분명 전해졌을 텐데 모르는 척하더라고요.

"응. 그냥 목소리가 듣고 싶어서."

그 대답에 진짜 꿍꿍이속이 있구나 하고 알아차렸어요. 목소리가 듣고 싶어 전화를 걸 성격이 아니라는 건 누구보다 잘 알았으니까요.

"참 별일이 다 있네요. 다른 용건이 있죠?"

저는 주저하지 않고 바로 물었어요. 다코 씨가 둔한 여자를 싫어한다는 걸 잘 아니까요. 예상대로 다코 씨의 목소리에 유쾌한 기색이 묻어나면서 "이해가 빠르네"라고 말하더군요.

"응, 용건이 있어. 그래서 전화했어. 혹시 괜찮으면 만나서 얘기할 수 있을까?"

그런 말을 꺼내리라고도 예상했어요. 다코 씨가 어떤 태도로 저를 대할지 궁금하기도 해서 만나봐야겠다는 마음이 들었죠. 하지만 냉큼 좋다고 대답할 순 없어서 조금 약을 올려 봤어요.

"난 만날 생각 없는데."

"쌀쌀맞게 왜 그래. 부탁할게."

다코 씨가 저자세로 나오다니 참 드문 일이었어요. 아니, 저와 사귈 때는 한 번도 그런 태도를 보인 적이 없었죠. 전 기분이 좋아져서 더 찔러봤어요.

"내가 다코 씨랑 만나서 무슨 이득이 있는데?"

"밥 살게."

"그것뿐?"

"그것뿐이라니. 뭘 더 원하는데 그래?"

정말로 쩔쩔매는 듯한 목소리를 내더라고요. 저는 그 목소리를 들은 것만으로 꽤 만족하고 말았어요. 나중에 곰곰이 생각해보고 나서야 연기였을지도 모른다는 생각이 들었죠. 그 정도 연기는 충분히 하고도 남을 사람이었으니까요.

다코 씨와 만나기로 했어요. 그땐 이미 저도 학교를 졸업하고 회사에 다니던 차라 퇴근 후에 아오야마에서 만나기로 했어요. 약속 장소는 제가 정했어요. 언제 이런 대접을 받아보겠나 싶어 전에 딱

한 번 가본 프렌치 레스토랑을 예약했어요.

약속 날 일부러 십 분쯤 늦게 가게에 들어가 보니 룸에서 다코 씨가 기다리고 있더군요. 다코 씨가 저를 보고 처음 한 말이 뭔지 아세요? "비싸네, 이 가게"였어요. 앙갚음하는 마음을 담아 고른 가게였는데 다코 씨의 그 말에 바로 마음이 풀리고 말았어요. 진짜로 투덜댄 게 아니라 긴장을 풀려고 던진 농담이라는 걸 알았으니까요. 피식 웃음이 나고 말았어요. 다코 씨는 상대방의 심기를 알아차리는데 정말 능했어요. 솔직히 다코 씨의 그런 면에 반했죠.

기억을 더듬어보면 이 년 전 다코 씨는 제게 평생 못 잊을 만큼 지독한 짓을 한 거였어요. 그런데 얼굴을 마주 보고 있노라니 왠지 전부 거짓말 같다는 느낌이 들어서 다시 옛날처럼 즐겁게 수다를 떨고 말았어요. 헤어질 땐 참 못되게 굴었지만 그것만 빼면 꽤 이상적인 관계가 아니었나 하는 마음까지 들었다니까요. 다코 씨는 성실할 뿐만 아니라 머리 회전도 참 빠른 사람이죠. 전 그런 사람한테 약한가 봐요. 감정보다는 이성을 앞세워서 차갑게 느껴지는 구석도 있었지만 어느 때라도 이성적으로 사고할 수 있는 다코 씨가 존경스러웠어요. 저는 절대 못하죠. 아니, 일반인들은 보통 다 그렇지 않을까요? 이 년 만의 재회였는데도 다코 씨는 정말 머리가 좋은 사람이라는 걸 새삼 실감했어요.

노구치 씨와는 헤어졌다고 하더군요. 원인은 저였죠. 결국 다코 씨는 저와 노구치 씨를 한꺼번에 잃은 꼴이었어요. "그땐 에미 덕분에 완전히 바닥에 추락했어"라고 웃으면서 말하기에 저도 "내가 아니라 노구치 씨를 골랐으니 그렇지"라고 대꾸했어요.

"머리 좋은 히로치고는 의외의 실패였겠네."

"응. 반박할 건더기도 없어. 나도 공부가 부족했지."

다코 씨가 순순히 수긍하더라고요. 그래야 제 마음이 풀어질 테고, 더 나아가 본인의 용건을 꺼내기 쉬우리라는 걸 알았을 테니까요. 저도 그런 다코 씨의 속셈을 빤히 보면서도 '그러면 어때' 하는 마음이 들고 말았어요.

"……그래서 오늘 용건이 뭐야?"

메인디시가 들어오자 저는 물을 따르면서 물어봤어요. 일부러 모르는 척하면서 다코 씨가 타이밍 재는 모습을 지켜보는 것도 즐거웠지만 제 안에서 치미는 흥미에 지고 말았죠. 다코 씨는 쓴웃음을 지으며 이렇게 말했어요.

"아, 응. 그 일 말이지. 실은 좀 말하기 껄끄러운 얘기인데."

"어째 무지 뜸을 들이더라. 그런 것 같았어. 그래도 얘기해봐. 내가 히로의 부탁을 들어줄 수 있다고 장담은 못 하지만."

"응…… 나, 올해 사 학년이야."

"알아."

다코 씨의 말에 저는 바로 알아차렸어요. 더 듣지 않아도 모두 짐작되더라고요. 하지만 당장은 눈치챈 모습을 보이지 않는 편이 낫다고 생각했죠. 너무 뻔뻔한 부탁인만큼 다코 씨 본인 입에서 그 말이 나오는 걸 들어야 했으니까요.

"근데?"

저는 심술궂게 재촉했어요. 다코 씨가 이제부터 부탁하려는 일의 내용을 생각하면 그 정도 심술은 충분히 받아들여졌을 거예요. 다코 씨는 마음을 굳혔는지 얼굴에 긴장기가 돌았어요.

"내가 이런 부탁을 할 입장이 아니라는 건 잘 알아. 이 년 전에는 에미한테 참 못할 짓을 했어. 우선 그것부터 사과할게."

이미 저는 다코 씨를 용서한 상태였지만, 새삼 사과를 받아서 기분은 좋았어요. 이제 다코 씨와는 아무 응어리 없이 얘기할 수 있겠구나 싶었어요.

"고마워. 솔직히 기분 좋네."

"그래? 그렇게 말해주니 내가 더 고마워."

다코 씨의 굳은 얼굴이 누그러지더니 이렇게 말을 잇더군요.

"나, 구직활동을 시작했어. 선배들도 한 명씩 방문하고 있어. 그런데 구직활동이란 게 역시 만만찮더라."

"히로라면 좋은 데 들어갈 거야."

비아냥거림이 아니라 진심에서 우러나온 말이었어요. 다코 씨라면 굳이 연줄 같은 건 동원하지 않더라도 실력만으로 일류 회사에 들어가리라 믿었죠. 하지만 다코 씨의 생각은 달랐어요.

"구직활동이란 게 의외로 잔인한 면이 있어. 대학입시처럼 우열이 수치로 명확하게 평가되면 납득하겠는데 그렇지가 않거든. 선배와의 궁합이라든가 면접관의 취향처럼, 자기 힘으로는 어쩔 수 없는 부분에서 좌우되기도 하더라고. 진짜 짜증나. 아무리 노력해봐야 인정받지 못할지도 모른다는 생각에 잠이 다 안 와."

"히로. 미쓰이물산을 노리는 거야?"

"아, 응."

미쓰이물산은 아빠가 근무하시던 회사죠. 그 당시는 버블 경기 시대라서 어느 회사나 대학 졸업생을 끌어들이려고 혈안인 시절이었지만 미쓰이물산은 원체 인기가 높아서 좀처럼 들어가기 쉽지 않았어요. 아무리 와세다 학생이라 해도 좋은 학부에서 좋은 성적을 따는 건 기본이고, 특별 활동 경력까지 챙겨놓지 않으면 입사할 수 없는 곳이었죠.

다코 씨는 이 년 전에 제가 했던 얘기를 똑똑히 기억하고 있었던 거예요. 제 가치를 높이기 위해 아빠 얘기를 해둔 게 이 년이 지나서야 효력을 발휘했다니 웃기죠?

"설마 아빠를 소개해달라는 건 아니지?"

"불가능해? 에미 아버님은 어느 부서에 계셔?"

다코 씨의 눈은 진지하기 짝이 없었어요. 지금 자신이 얼마나 뻔뻔한 말을 하는지 전혀 의식하지 못하는 얼굴이더라고요. 아니, 의식 못할 리 없죠. 의식하면서도 얼굴에 철판을 깔았겠죠. 저는 그런 다코 씨의 태도가 어이없으면서도 한편으로는 감탄스러웠어요. 제가 감정보다 이성을 앞세우는 사람을 좋아한다고 아까 말씀드렸죠? 인생의 승부처에서 시답잖은 자존심 따위는 버릴 수 있는 다코 씨가 존경스럽기까지 했어요.

제가 어떻게 처신해야 할지 고민한 시간은 솔직히 길지 않았어요. 다코 씨에 대한 미련이 있어서가 아니라, 그때 다시 좋아하는 마음이 들었다고 하는 게 정확하겠죠. 이렇게 말해봐야 결국 이용하기 편한 여자로 전락할 따름이지만요. 어쨌든 이런 조건을 걸었어요.

"그냥 친구 사이라고 하면 아빠한테 소개해봐야 효과가 없을걸."

"효과가 없어? 으흠, 역시 무리인가."

다코 씨가 어깨를 떨어뜨렸어요. 정말 마음 깊이 실망한 듯 보여 얼른 위로해주고 싶다는 마음이 들었어요.

"나랑 사귀는 사람이라고 하면 아빠도 신경 써주지 않을까."

"응? 무슨 말이야. 그러니까……."

"우리 다시 만날까?"

"그래도 될까?"

다코 씨는 무척 조심스러워하는 태도였어요. 옛날과는 반대로 주도권이 명백히 저한테 있다는 데서 무한한 쾌감이 들었어요. 저는 조건을 더 붙였어요.

"히로. 지금 사귀는 사람 있어?"

"아니. 없는데."

"그렇구나. 난 있어. 그러니까 우리가 다시 사귀더라도 히로는 두 번째야. 그래도 괜찮아?"

……예, 참 못됐죠? 제가 생각해도 그래요. 그걸 자각하지 못할 만큼 멍청하지는 않아요. 그렇지만 옛날에 당한 대로 갚아주는 건데 뭐 어때요. 당시에 어떤 심정으로 다코 씨와 사귀었는지 다코 씨도 알아야죠.

제 의도를 꿰뚫어보지 못할 다코 씨가 아니죠. 쓴웃음을 지으며

"그래" 하고 수긍했어요.

"에미가 이런 타입이었나. 좀 놀랐네. 하지만 나쁘지 않아. 솔직히 에미를 다시 봤어."

"전보다 더 마음에 들어?"

"그럴지도."

우린 서로 웃음을 터뜨렸어요. 그렇게 해서 다코 씨와의 두 번째 교제가 시작됐어요.

역시 즐거웠어요. 다코 씨와는 정말 궁합이 잘 맞는구나 하고 만날 때마다 느꼈어요. 그 당시 저는 같은 회사에 다니는 사람과도 사귀고 있었는데 다코 씨가 진짜 제 남자였어요. 하지만 그런 마음을 밝혀봐야 제 손해죠. 다코 씨에게는 기회가 될 때마다 '어디까지나 두 번째 남자'라는 걸 인식시켰죠. 사실 회사 사람하고는 당장 헤어져도 아무 상관 없었으면서도 다코 씨와의 흥정수단으로 계속 만나는 상황이었어요. 착한 사람이라 제 속마음을 전혀 눈치채지 못했기에 다행이었죠.

마음 같아서는 매주 만나고 싶었는데 옛날에 다코 씨가 그랬던 것처럼 이 주에 한 번만 데이트를 해줬어요. 만나지 않는 동안 다른 남자랑 제가 무슨 짓을 하는지 상상하며 애태우길 바라서 그랬죠. 그러면서도 제 속셈대로 다코 씨가 초조해하고 있다고는 확신하지는 못했어요. 취직 문제로 머리가 가득 차 있어서 저는 두 번째였다는 느낌도 들었어요. 아니꼽긴 했지만 그런 모습이 또 다코 씨다운 거라는 걸 그때는 충분히 알고 있었어요.

다코 씨는 취직활동으로 바빴을 텐데도 저와 만날 시간은 꼬박꼬박 짜내더라고요. 제 심기를 거스를까 봐 조심하기도 했겠지만 단순히 그것 때문만은 아니었어요. 다코 씨도 저와 궁합이 잘 맞는다는 걸 새삼 느꼈을 거예요. 본인 입으로 "역시 에미가 최고야"라고 말했거든요. 물론 립서비스였을 가능성도 있죠. 하지만 저는 진심이라 믿었어요. 제가 그렇게 믿겠다는데 누가 뭐라겠어요.

옛날처럼 여기저기 많이 돌아다녔죠. 그래도 제가 사회인이 된 이상 장소는 좀 바뀌었어요. 이 년 전에는 시부야나 이케부쿠로 같은 데 다녔는데 그 무렵에는 아오야마나 롯폰기, 히로 등지에서 데이트를 했어요. 당연히 씀씀이도 달라졌죠. 그런데 이번에는 제가 돈을 내는 일은 거의 없었어요. 전부 다코 씨가 냈죠. 둘이서 그러자고 결정한 건 아니었는데 자연스레 다코 씨가 부담하는 형태가 됐어요. 옛날과는 다른 역학 관계에 전 상당히 만족했어요.

그런데 아직 학생이었을 다코 씨가 데이트 비용을 어떻게 짜냈는지 짐작이 가세요? 그게 말이에요, 일부러 빚을 냈더라고요. 회사에 들어간 후 변제한다는 약속하에 구직활동을 하는 학생에게 돈을 빌려주는 대부업체가 있더라고요. 다코 씨는 저를 위해 거기서 돈을 빌려 데이트 비용을 충당했던 거예요. 그걸 알고 정말 감동했어요. 아무나 할 수 있는 일이 아니잖아요. 다코 씨를 위해서라면 뭐든 해줘야겠다는 마음이 절로 들었죠.

그래서 아빠한테 다코 씨에 대해 말씀드렸죠. "아빠가 어떻게 편의를 봐줄 수 있어요?"라고 대놓고 여쭤봤어요. 아빠는 확실히 약속은 안 해주셨는데 인사팀에 말은 해놓겠다고 하시더라고요. 미쓰이물산에서 그런 연줄이 어떤 의미를 갖는 건지 저는 잘 몰랐지만 아무것도 없는 것보다는 낫지 않겠어요? 다코 씨한테도 얘기해줬더니 좋아하더군요.

아, 당연히 그런 의문이 드시겠네요. 맞아요. 결국 다코 씨는 미쓰이물산에 들어가지 않았죠. 떨어진 게 아니에요. 실은 어엿이 내정을 받았어요. 그 내정을 걷어차고 지금 회사에 들어간 거예요. 왜 그랬는지 모르시겠죠? 그래서 이 얘기를 해드리려고요.

제가 그 이유를 알게 된 건 몇 번째였나, 하여튼 데이트 때였어요. 깜짝 놀랐어요. 그렇잖아요. 취직 때문에 저한테 다시 접근했다고 생각했으니까요. 그런데 사실은 종합상사가 일 지망이 아니었다고 하더라고요. 제가 왜 안 놀랐겠어요.

"미쓰이물산이 일 지망 아니었어?"

그때 제 눈은 꽤나 휘둥그레지지 않았을까 싶어요. 다코 씨는 상당히 겸연쩍어하는 표정으로 고개를 끄덕였어요.

"응. 실은 그래. 에미가 신경을 많이 써줬는데 미안해."

"히로가 미안해할 일은 아니지만…… 그럼 일 지망은 어디인데?"

"부동산. 개발 일을 하고 싶거든."

다코 씨의 목소리에 갑자기 생기가 돌더라고요. 마을 하나를 통째로 짓는 그런 대규모 개발 업무에 종사하고 싶은 모양이었어요. 아주 오래전에 방영됐던 〈금요일의 아내들에게1980년대 초 일본에서 방영된 드라마. 큰 인기를 끌어 시리즈로 이어짐〉라는 드라마 기억하세요? 전 본 적 없는데 잘사는 일련의 가정이 서로 얽히고설키며 불륜을 저지르는 드라마였다고 하더라고요. 그 작품의 무대가 된 곳이 딱 봐도 그런 드라마에 쓰일 법한 예쁜 뉴타운이었나 봐요. 그 드라마를 본 부동산 회사 사람이 〈금요일의 아내들에게〉에 등장할 만한 마을을 만들자는 콘셉트로 프로젝트를 발주했는데 실제로 시리즈 3탄에서 그 마을이 드라마 무대가 됐다고 하더라고요. 다코 씨는 그 일화를 듣고 자기도 그런 개발 일을 하고 싶다는 꿈을 꾸게 됐다고 했어요.

다코 씨한테 그런 얘기를 듣고 제가 무슨 생각을 했는지 순서대로 말해볼게요. 우선 처음에는 기뻤어요. 오로지 연줄을 얻으려고 저한테 접근했다고만 여겼으니까요. 미쓰이물산이 일 지망이 아니라면 연줄만이 목표였을 리는 없잖아요. 절 좋아해서 사귄다는 걸 알게 돼서 정말 기뻤어요.

그리고 자신의 꿈을 열렬히 이야기하는 다코 씨가 존경스러웠어요. 저는 별다른 꿈도 없이 제가 들어갈 수 있을 만한 회사 중에서 제일 나아 보이는 곳에 입사했거든요. 몇 년 사무직으로 일하다가 결혼해서 전업주부로 지내면 되지 않을까 하며 막연히 살아왔어요. 그래서 자기 꿈을 위해 노력하는 다코 씨가 눈부셔 보였어요.

그런 마음에 그림자가 드리워진 건 집에 돌아오고 나서였어요. 흥분을 가라앉히고 나서 생각하니까 끔찍한 생각이 들지 뭐예요. 일 지망도 아닌 업종의 회사에 들어가기 위해 옛날 여자친구한테 접근했다면 가장 희망하는 회사에 들어가기 위해서는 당연히 같은 짓을 할 수 있다는 뜻이잖아요. 사소한 끈이라도 찾아내 어떻게든 연줄을 만들려고 하지 않았겠어요? 물론 상식적인 인간이라면 학교 선배를 찾아가는 방법부터 생각하겠죠. 하지만 다코 씨가 그런 정도로 안심할 인간은 아니라고 생각했어요.

어쩌면 다른 여자가 존재할지도 모른다. 제 감이 그렇게 말했어요.

결코 있을 수 없는 얘기는 아니라고 생각했어요. 몇 번이나 말씀드렸다시피 다코 씨는 감정보다 이성을 앞세우는 사람이에요. 아무리 절 좋아한다고 해도 장래를 위해서는 다른 여자한테 양다리를 걸칠 수 있는 사람이었죠.

다짜고짜 본인한테 물을 수는 없었어요. 그렇다고 사립탐정을 고용할 돈은 없었고요. 방법을 궁리하다가 옛날 친구를 떠올렸어요. 대학 시절에 저한테 호감을 품었던 남자 중 하나였어요. 그 친구는 저와 같은 학년이었으니까 아직 삼 학년이었죠. 구직활동을 할 때가 아니니까 짬을 낼 수 있으리라 생각했어요.

제가 전화를 거니 엄청 좋아하더라고요. 오랜만에 만나고 싶다고 했더니 좋다며 나오겠다고 했어요. 귀찮은 상황에 휘말리기 싫어서 무드 따위는 눈을 씻고 봐도 찾을 수 없는 투박한 술집에서 만났어요. 그런데도 그 친구는 헤죽헤죽 웃으며 다코 씨를 미행해달라는 제 부탁을 들어줬어요. 살짝 기대를 품게 하는 말을 하긴 했는데 물론 그 친구와는 아무 일 없었어요. 전혀 제 타입이 아니었거든요.

그 친구는 의외로 우수했어요. 일주일 동안 하루도 빼놓지 않고 다코 씨를 미행하더니 금세 여자와 만나는 현장을 목격했다고 하더라고요. 증거사진 같은 건 아마추어라서 찍을 수 없었지만 다코 씨가 다른 여자를 만난다는 사실을 안 것만으로도 충분했어요.

다코 씨를 만나서 캐물었죠. 몇 월 며칠 모처에서 만난 여자가 누구냐고요. 정확한 날짜에 장소까지 대니 놀라더군요. 시치미를 떼봐야 아무 소용이 없다는 걸 깨달았는지 취직을 위해 만나는 여자라고 인정했어요.

"근데 그뿐이야. 사귀거나 그런 건 아냐."

다코 씨는 그렇게 덧붙이더군요. 거짓말은 아닌 듯했어요. 하지만 다코 씨의 마음은 그렇지 않다 해도 제삼자 입장에서 보기에 그 여자와 데이트를 했다는 사실은 바뀌지 않았어요.

"그 사람 아버지가 부동산 회사에 다녀?"

"응. 덕분에 이차 면접까지 갔어."

전혀 주눅 든 기색이 안 보이더라고요. 저도 다코 씨가 그런 인간이란 걸 모르지는 않았는데 치미는 화를 억누르기 힘들었어요.

"누구야. 이름 가르쳐줘."

"알아서 뭐하게. 그 사람이랑은 사귀지 않는다고 했잖아. 가끔 만나서 밥만 먹었어."

"어디서 알게 된 여잔데?"

"미팅."

정말 원기왕성하다는 말밖에는 떠오르지 않더군요. 이렇게 되니 밥만 먹었다는 말에도 믿음이 안 갔어요.

분명히 제 속마음을 알아차렸겠죠. 다코 씨는 변명을 늘어놓기 시작했어요.

"취직이 결정될 때까지만 만날 거야. 에미한테 말 않고 만난 건 미안해. 하지만 내가 그 사람을 진심으로 만나는 게 아니라는 건 에미가 잘 알잖아. 내가 좋아하는 사람은 에미뿐이야."

그렇게 말하는 다코 씨의 말에서는 나름 성의가 묻어났어요. 어이없어하실지 모르겠네요. 그때 저는 납득하고 말았어요. 왜냐하면 저하고는 취직을 위해 만나는 게 아니었으니까요. 정말로 좋아하는 사람은 저뿐이라는 말까지 들었는데 어떻게 안 믿고 배기겠어요.

저도 그런 제가 한심하다고 생각해요. 그때도 뭔가 이상하다고는 느꼈으니까요. 제정신이 든 건 언제나처럼 집에 오고 나서였어요.

다코 씨의 말이 제 귀에 달콤하게 들린 건 사실이었죠. 하지만 냉정히 생각해보니 제 입장이 결코 안전한 건 아니라는 걸 깨달았어요. 아빠 회사는 다코 씨한테는 어디까지 이 지망, 삼 지망에 불과했으니까요. 그렇다면 오히려 안전판으로 놔둔 것이 저일지도 모르잖아요. 정말로 좋아하는 사람은 다른 여자일지도 모른다는 생각이 든 거예요.

불안이란 씨앗이 마음에 싹트고 나면 더는 어쩔 도리가 없잖아요. 괜한 생각이다, 기분 탓이다 하고 아무리 스스로 달래봐도 전혀 효과가 없었어요. 불안감을 해소하기 위해서는 사실을 확인하는 수밖에 없었어요. 다코 씨한테 캐물어봤댔자 진심을 확인할 길은 없었죠. 그래서 전 직접 그 여자를 만나보기로 결심했어요. 정말로 다코 씨가 이용하기 위해서만 만나는 여자인지 혹시 진짜로 좋아하는 여자인지 제 눈으로 확인하기로 했어요.

다음번에 다코 씨와 만났을 때 전 내내 싱글거렸어요. 지난번의 실랑이는 까맣게 잊은 척했죠. 제가 그렇게 나오는데 다코 씨가 나서서 다시 헤집을 이유가 없잖아요. 평소처럼 즐거웠지만 각자의 속내는 감춘 꼴이었죠.

그날 제 목표는 하나. 다코 씨의 수첩이었어요. 다코 씨는 구직활동을 시작한 이후로는 하나부터 열까지 모든 일들을 세세하게 메모했어요. 그래서 항상 수첩을 들고 다녔죠. 저랑 데이트를 하는 중에도 수첩을 한손에 들고 전화를 건 적이 몇 번이나 있었어요. 그 여자의 연락처도 수첩에 적혀 있으리라 예상했어요.

레스토랑에서 식사를 마치고 커피가 나오는 사이에 다코 씨가 화장실에 가더라고요. 전 그 순간을 기다렸어요. 남자는 여자처럼 백을 들고 화장실에 가지는 않잖아요. 수첩을 놔두고 갈 게 빤했죠. 바로 다코 씨 가방에서 수첩을 꺼내 다급히 훑어봤어요. 주소가 적힌 페이지를 찾아서 일회용 카메라로 하나하나 찍었어요. 요새라면 휴대전화로 찍었겠지만 당시에는 그런 물건이 없었으니까요.

다코 씨가 돌아오기 전에 거의 모든 페이지를 다 찍고 아무 일도 없었던 척 제자리로 돌아가서 다코 씨를 기다렸어요. 아무리 민감한 다코 씨일지라도 제 거짓 미소 뒤에 숨은 저의를 간파하지는 못하더라고요. 사실 사진이 현상되는 순간을 상상하니 절로 미소가 나오려 했지만요.

다음 날 아침, 사진관에 필름을 맡기고 저녁에 사진을 찾았어요. 저는 찬찬히 읽어가며 미심쩍은 이름 몇 개를 따로 적었어요. 상당수의 이름이 적혀 있었지만 대부분 남성 이름이라 추려내는 게 그리 어렵지는 않았어요. 여성 이름은 다섯 사람 정도였어요.

저는 그 다섯 사람의 집에 하나씩 전화를 걸어봤어요. 누군지 알아내는 건 간단하더라고요. 본인이 아닌 부친 이름으로 연락했으니까요. 부동산 회사 직원인 척 전화를 걸었는데 상대가 뜬금없다는 식으로 나오면 탈락. 별로 의심하는 기색 없이 메시지를 받으면 당첨이라 판단했어요. 그런 식으로 전화를 걸다가 세 번째 집에서 당사자를 찾았어요.

그 여성의 성은 가키우치라고 했어요. 이름은 기억이 안 나네요. 저는 하루쯤 시간을 뒀다가 가키우치 씨 본인에게 전화를 걸었어요.

처음에는 뜬금없다는 반응을 보였어요. 모르는 사람한테서 전화가 걸려왔으니 그럴 만도 하죠. 전 다코 씨의 지인이라고 밝힌 뒤 다코 씨와 어떤 사이냐고 단도직입적으로 물어봤어요. 가키우치 씨는 당혹스러운 기색을 감추지 못하더라고요.

"어떤 사이라뇨…… 그러는 그쪽이야말로 다코 씨와는 어떤 사이인가요?"

그렇게 되묻더라고요. 저는 당당히 밝혔어요.

"연인 사이예요."

"예……?"

가키우치 씨는 말을 잇지 못했어요. 그 반응에서 역시 다코 씨의 해명이 거짓이었다는 걸 깨달았어요. 단순한 지인이라면 그런 식으로 놀랄 이유가 없으니까요.

"다코 씨와 연인 사이라니 무슨 말이에요? 뭔가 잘못 알고 계신 거 아니에요?"

가키우치 씨에게는 혼란스러운 상황이었겠죠. 잘못 알고 있는 게 아니냐뇨. 대체 뭘 어떻게 잘못 알아야 연인 사이라고 자칭할 수 있을까요? 본인이 무슨 말을 하는지조차 자각 못 하는 가키우치 씨를 저는 동정했어요.

"가키우치 씨는 다코 씨와 어떤 관계인가요?"

다시 한 번 확인해봤어요. 가키우치 씨는 아무 대답을 않더라고요. 제게는 그 침묵만으로도 충분했죠.

"다코 씨와 사귄다고 생각하시죠? 하지만 그 사람한테는 제가 있어요. 아셨나요?"

"……지금 해코지하시는 건가요? 다코 씨한테 무슨 원한이라도 있어요?"

가키우치 씨는 경계하는 마음이 들었는지 목소리를 내리깔더군요. 여자들이 연적을 만나면 그런 목소리를 내죠. 전 가키우치 씨를 적으로 삼을 마음은 전혀 없었어요.

"원한 같은 건 없어요. 해코지할 마음도 없고요. 직접 만나서 얘기하면 어떨까요? 서로를 위해서도 그러는 게 좋을 것 같은데요."

"예? 직접 만나다니……."

"그래야 찝찝한 게 풀리지 않겠어요?"

가키우치 씨로서는 당연히 주저되었겠죠. 전 밀어붙였어요. 어떻게든 가키우치 씨의 얼굴을 직접 보고 싶더라고요.

다코 씨에게는 절대 연락하지 말라고 못 박아뒀어요. 괜히 문제만 복잡해진다고 슬쩍 으름장을 놓았죠. 가키우치 씨는 혼란스러워서 머리가 돌아가지 않는지 순순히 "예"라고 대답하더라고요. 어떻게 해야 할지 알 수 없으니 상대의 지시에 무작정 따를 수밖에 없었겠죠.

저희는 그 주 토요일에 신주쿠에서 만나기로 했어요. 조용한 카페의 맨 구석 자리로 예약을 해뒀죠. 다른 좌석과 떨어져 있어 말소리가 새어나갈 우려가 없으니까요. 또 생판 모르는 사람끼리 만나는 자리인 만큼 서로 알아보기 쉽다는 장점도 있었어요.

십오 분쯤 일찍 출발해서 제가 먼저 카페에 도착했어요. 이런 사태도 두 번째 맞이하다 보니 조금이나마 여유가 생기더라고요. 느긋하게 앉아 가키우치 씨가 오기를 기다렸어요.

이윽고 한 여성이 쭈뼛쭈뼛 카페 안으로 들어왔어요. 저와 눈이 마주치자 겁먹은 표정을 지었어요. 아무래도 가키우치 씨인 듯했지만 직접 확인하기 전까지는 확신이 안 들더라고요. 외모가 다코 씨의 취향이 아니었거든요.

이미 지난 일이니 솔직히 표현하자면 결코 미인이라고 할 만한 여성은 아니었어요. 지나가다 눈길을 끌 일 없는 흔해빠진 스타일이라고 할까요. 물론 못생기진 않았어요. 그렇지만 예쁘다거나 귀엽다고는 말하기 힘들었죠. 게다가 자신을 꾸미는 능력도 그리 뛰어나지는 않았나 봐요. 전혀 다듬지 않은 눈썹을 보고 저는 '역시 취직을 위해 만나는 여자구나' 하고 안심했어요.

반대로 가키우치 씨는 저한테 압도된 것 같더라고요. 서로 인사한 뒤에도 눈을 내리깐 채로 제 쪽을 못 보더라고요. 콤플렉스를 느낀 걸까요? 그날 저는 절대 지지 않겠다는 각오로 화장에 굉장히 신경을 썼거든요. 그래서 더 압도적이었는지도 모르겠네요. 가키우치 씨가 밉지는 않았지만 저로서도 라이벌 의식 같은 게 없을 순 없었죠.

가키우치 씨에게서 들은 얘기는 결코 유쾌한 내용은 아니었어요. 다코 씨 말대로 미팅에서 만나 연락을 주고받게 됐다고 했어요. 얼마나 심각한 관계인지 확인하겠다는 생각으로 나갔는데 점점 제 자신이 한심해지더라고요. 혹시 다코 씨와 육체적인 관계를 맺었다면 다코 씨에 대한 분노보다 가키우치 씨에 대한 동정이 먼저 들 것 같았어요. 그래서 일부러 묻지도 않았어요.

"다코 씨가 왜 그쪽한테 흥미를 가졌는지 아세요?"

잔인한 질문이라고 생각했지만 묻어둘 수는 없었죠. 가키우치 씨는 흠칫 놀라 고개를 들고 휘둥그레진 눈으로 저를 쳐다봤어요.

"아빠 회사 때문이라고 말하고 싶으신 건가요?"

"틀림없이 그럴 거예요."

몰아붙이려는 마음은 없었어요. 되도록 부드러운 어조로 말하려고 조심했는데 안타깝게도 가키우치 씨는 그렇게 받아들이지 않았나 봐요. 조금 전까지는 풀이 죽은 태도를 보이더니 느닷없이 눈초리가 사나워졌어요.

"왜 그런 말을 하는 거죠? 그쪽이 저보다 미인이라는 우월감 때문인가요?"

"아니에요. 그런 식으로 받아들이지 마세요. 저도 다코 씨한테 이용당하는 처지니까요."

"예? 이용……?"

가키우치 씨는 전혀 예상치 못한 말을 들었는지 입을 쩍 벌리고 저를 멀거니 보더라고요. 그 틈에 제 상황을 설명했어요. 취직 건뿐만 아니라, 학생 시절에 있었던 양다리 사건에 대해서도 말했죠. 가키우치 씨는 분개하더군요.

"믿을 수 없어요! 다코 씨가 그런 사람이었단 말이죠."

"예, 그런 사람이에요. 저도 진즉에 알고 있었지만 이번에는 도저히 참기 힘들더군요."

"당연하죠. 용서할 수 없어요."

가키우치 씨는 당장이라도 주먹으로 테이블을 내리칠 기세였어요. 저는 슬쩍 몸을 내밀고 가키우치 씨에게 제안했어요.

"그럼 우리 둘이서 혼쭐내줄까요?"

"예?"

가키우치 씨는 제 말뜻을 알아듣지 못하더라고요. 저는 미소를 지으며 이렇게 말했어요.

"조금 뒤에 다코 씨도 여기로 올 거예요. 제가 불렀거든요."

"정말요?"

가키우치 씨는 순간 당황했지만 곧 마음을 다잡은 눈치였어요. 그 시점에서 저희 둘은 연적에서 함께 싸우는 동지가 됐어요.

아무것도 모르는 채 카페로 들어온 다코 씨는 저희 두 사람이 앉아 있는 모습을 보자 바로 사태를 이해한 눈치더라고요. 그대로 발걸음을 돌려 도망치지 않을까 싶었는데 다코 씨답게 그런 추한 짓은 하지 않았어요.

"이렇게 됐구나. 두 사람이 이런 식으로 얼굴을 마주하는 계기를 만든 건 당연히 에미겠지."

다코는 저희 앞까지 와서는 담담히 지적했어요. 제가 수긍하자 다코 씨는 쓴웃음을 지으며 자리에 앉았어요.

웨이트리스가 주문을 받고 사라지자 가키우치 씨가 사납게 덤벼들었어요.

"다 들었어. 다코 씨는 구직활동에 날 이용한 거지?"

"그런 식으로 요약하니까 진짜 내가 나쁜 놈으로 들리는데 사실 구직활동이란 기본적으로 그런 거 아냐? 연줄이 눈에 보이는데 이용하지 않는 놈이 멍청한 거지."

참으로 다코 씨다운 대답이었어요. 저는 속으로 나름 고개를 끄덕였는데 가키우치 씨는 그렇지 않았나 봐요. 빌어도 시원찮은 상황에 다코 씨가 뻣뻣하게 나온다고 느낀 모양이더라고요.

"그런 변명 같은 건 듣고 싶지 않아. 내 마음은 어떻게 할 건데? 잔인한 짓을 했다는 자각이 없어?"

"내가 너한테 무슨 폐를 끼쳤어? 나를 위해 애써준 사례는 충분히 했잖아."

"지금 내 마음을 어떻게 할 거냐고 묻는 거잖아! 멋대로 이용해놓고 필요 없어지면 버리려고 한 거지?"

"애당초 버리고 말고 할 관계도 아니었잖아."

"거짓말! 날 좋아한다고 했잖아."

"좋아한다는 감정에도 여러 가지가 있지. 러브와 라이크의 차이 정도는 너도 알 텐데."

"……너무해. 다코 씨, 정말 잔인해."

가키우치 씨는 충격이 컸는지 바르르 떨기 시작하더라고요. 전 오히려 두 사람의 실랑이를 들으면서 점점 냉정해졌어요. 물론 다코 씨의 말만 들으면 나쁜 남자의 전형 같죠. 하지만 여자를 갖고 놀다가 들켜서 내뱉는 변명이 아니라 본인의 이성에 기초한 발언이라는 걸 저는 이해할 수 있었거든요.

"견해 차이야. 취직이란 한 사람의 인생을 좌우하는 중대한 기로라고. 할 수 있는 걸 다 해보지 않았다가 나중에 후회하기는 싫어. 난 잘살고 싶어. 그러기 위한 노력이라면 뭐든지 할 수 있어. 그건 잔인한 것도 뭣도 아니야. 인간이라면 당연히 갖고 있는 욕구라고 생각해. 오히려 노력해야 할 때 노력하지 않는 인간이야말로 비난받아야 하는 거 아냐? 그런 인간은 사회에 나가도 절대 성공하지 못해. 그런 소심한 남자가 네 취향이라면 상관할 바는 아닌데, 내 뜻까지 그런 한심한 관점에서 부정하지 않았으면 좋겠어."

다코 씨는 열변을 토했어요. 하지만 안타깝게도 그 열의는 가키우치 씨에게까지는 닿지 못한 모양이더라고요. 가키우치 씨는 전혀 이해할 수 없는 존재를 접했다는 양 눈을 동그랗게 뜨고 다코 씨의 입가를 응시했어요. 그러고는 "믿을 수 없어"라는 한마디를 남기고 자리를 박차더니 잰걸음으로 카페에서 나가고 말았어요. 다코 씨는 그 뒷모습을 바라보다가 가키우치 씨가 카페에서 사라지자 어깨를 가볍게 으쓱였어요.

그 순간 제 느낌은—또 어이없어하시겠지만, 감동이었어요. 처음에는 화가 났죠. 그래서 가키우치 씨랑 함께 혼쭐내주면 얼마나 속이 시원할까 하고 생각했어요. 그런데 그런 상황에서 어느 한쪽이 폭발해버리면 나머지 한쪽은 반대로 식기 마련이잖아요. 뭐랄까요, 분노의 에너지를 뺏겨버렸다고 할까요? 게다가 다코 씨의 열변까지 들었잖아요. 물론 뻔뻔하게 군다고 치부해버리면 그만이죠. 하지만 자기 속내를 그렇게까지 드러내면서 정색하고 말할 수 있는 사람이 몇이나 되겠어요? 다들 남들 앞에서는 폼을 잡느라 마음속 출세 의지 같은 건 숨기잖아요. 안 그래요? 오해하시더라도 상관없어요. 전 자기 마음을 거리낌 없이 그대로 말할 수 있는 다코 씨가 존경스러웠어요.

예, 결국 다코 씨는 가키우치 씨의 아버지가 재직중인 회사가 아닌 다른 곳에 들어갔죠. 안정감으로 따지면 가키우치 씨 아버지가 다니는 회사가 업계 최고지만 개발을 하고 싶다면 다코 씨가 들어간 회사가 나을 거예요. 웃긴 얘긴데요, 그 회사에 들어갈 때는 별다른 연줄이 없었다고 하더라고요. 결국 연줄이 없어도 자기 실력으로 들어갈 수 있었던 거예요. 정말 웃기죠? 저와 가키우치 씨는 대체 뭐 때문에 그렇게 화를 냈던 걸까요.

예, 연줄이 없었다는 얘기는 다코 씨한테서 직접 들었어요. 전 다코 씨에 대해서라면 뭐든지 알아요. 저 말고는 다코 씨를 진정으로 이해하는 사람은 없을 거예요. 부인도 저만큼은 다코 씨에 대해 알지 못할걸요? 잘난 척하려는 게 아니라 사실이 그러니까요.

아, 누가 다코 씨를 살해했을 것 같으냐고요? 글쎄요. 음, 무책임한 말일지도 모르겠지만 다니구치 씨가 그랬다고 해도 놀랍진 않겠네요. 사실 아까 얘기하면서 잠깐 생각해봤거든요. 이사를 가야 할 상황까지 자신을 궁지에 몰아넣은 사람이 다코 씨였다는 걸 알게 됐다면 죽이고 싶다는 마음이 들었을지도 모르죠. 다니구치 씨는 집착하는 구석이 있었으니까요.

……예, 잠들었네요. 어쩜 이렇게 얌전한지. 남자애 키우기가 만만찮다던데 얘는 정말 손이 안 가요. 엄마를 생각해준다니까요.

예? 눈매가 다코 씨를 닮았다고요? 후후후. 기분 탓이겠죠.

* * *

오빠.

엄마는 어떻게 아빠랑 나랑 그런 걸 알았을까? 아빠야 당연히 조심했을 테고, 난 어리긴 했어도 엄마가 알면 안 되는 일인 것 같다고 느껴서 들키지 않으려고 되게 조심했는데 말이야. 그렇지만 그런 건 결국 못 숨기는 건가? 분위기나 언동 같은 데서 티가 나나 봐. 여자의 날카로운 감? 그런 건가?

진짜 이상했어. 엄마 마음이 아빠한테서 떠난 지는 아주 오래됐는데도 질투하더라고. 깜짝 놀랐어. 게다가 아빠한테 성질을 부리는 게 아니라 날 째려보는 거야. 완전히 자기 남편과 간통한 여자를 보는 눈이더라. 열 살도 안 된 여자애한테 말이야. 정말 어리둥절했어.

그거 알았어? 엄마가 복수하는 방법은 되게 치사했어. 예를 들면 엄마가 아주 드물게 기분 좋을 때면 과자를 사오는 날이 있었잖아. 그럴 때 꼭 오빠 것만 사오더라고. 케이크를 사오든 찹쌀떡을 사오든 엄마랑 오빠 것만. 나랑 아빠는 아예 없는 사람인 것처럼 무시. 아, 이런 게 질투구나…… 어린 마음에 신선하기까지 했다니까. 누군가가 나를 질투하는 경험은 당연히 처음이었으니까.

그뿐만이 아니었어. 뭐랄까, 여학교에서랑 진짜 똑같아. 내가 말을 걸면 무시하고, 지나갈 때마다 정강이를 차고, 텔레비전 보는데 멋대로 채널을 바꿔버리는 거야. 정말 애랑 똑같지. 나도 그럴 때 울기라도 했으면 가엽기라도 했을 텐데 그래 봤자 아무 소용없다는 걸 벌써 깨달아버렸거든. 잠자코 포기하고 아무 반응도 안 보였지. 엄마는 그게 또 못마땅해서 더 그랬을까. "나가"라든가 "너 같은 건 우리 집 애가 아냐"라는 식으로 별의별 심한 말을 다 하더라. 그렇지만 그런 말을 들었다고 내가 어딜 가겠어. 어쩔 수 없이 마음이 불편해도 어깨를 움츠리고 집에 붙어 있었지. 친아빠한테 몸을 빼앗기고 그것 때문에 친엄마한테 괴롭힘을 당하다니 뭐 이런 비참한 환경이 다 있어. 아니, 말은 이렇게 하지만 사실 그렇게 괴롭지는 않았어. 굳이 따지자면 엄마가 괴롭히는 게 더 싫긴 했어. 아빠는 나름 다정하게 대해줬으니까. 애당초 엄마가 내 편을 들어주리라고는 기대도 안 했지만 질투까지 할 거라고 생각이나 했겠어. 진짜 어이없더라. 여자란 정말 짜증나는 존재라는 걸 아홉 살 때 깨달았다니까.

나름 큰 깨달음이었어. 엄마는 나한테 아무 의미도 없는 사람이고 영향 같은 건 전혀 받지도 않았지만 그런 엄마가 유일하게 나한테 선사해준 의미 있는 교훈이랄까. 그 후로 여자가 정말 싫어졌거든. 내가 여자라는 사실 자체도 싫었어.

성장하면서 몸이 점점 여자다워지는 상황도 싫었어. 그래 봤자 변태 아저씨들이나 좋아할 테니까 말이야. 그래서 난 내가 여자가 되어가는 걸 의식하지 않기로 마음먹었어. 여자가 싫은데 여자 따위가 되고 싶을 리 없잖아. 그렇게 마음먹고 나니까 아빠가 나한테 무슨 짓을 해도 아무렇지도 않더라. '난 여자가 아니다'라고 생각하니까 정말 별일 아니었어. 한창 하는 중에도 '아, 지겹다'라든가 '빨리 안 끝나나' 하는 생각만 했어. 무드는 무슨. 근데도 질리지도 않고 쑤셔 대더라. 그 대머리 영감탱이도 어지간히 할 일 없었나 봐.

응? 이런 얘기는 듣고 싶지 않다고? 왜? 난 얘기하고 싶은데. 아무한테도 말한 적 없거든. 나만의 비밀이야. 아무한테도 말한 적 없는 나만의 소중한 비밀이야. 다른 사람도 아닌 오빠니까 말해주는 거야. 그러니까 들어줘.

뭐야 그렇다고 귀까지 막을 건 뭐 있어? 칫, 재미없다. 알았어. 그럼 오빠 얘기나 해볼까?

아빠가 내 위에 올라타면 오빠는 항상 울면서 날 구해주려고 했잖아. "그만둬! 그만두라고!" 이러던 오빠 목소리도 아직 생각난다. 오빠가 말로만 그러지 않고 아빠 등에 매달려서 말리려고 했던 것도 기억나. 그렇지만 애랑 어른이었잖아. 아빠가 휘두른 팔에 얼굴을 얻어맞고 훽 날아간 적도 있었고 발로 배를 걷어차인 적도 있었지. 결국 아무것도 할 수 없었어. 아빠도 방해받으면 짜증나니까 오빠가 기절할 때까지 때렸지. 그 지독한 집념은 뭐였을까? 취했다는 말로는 다 설명할 수 없는 집요함이 있었어. 지금 이렇게 말하면서 드는 생각인데 역시 엄마에 대한 복수였을까? 엄마의 자식들을 끔찍한 지경에 몰아넣으면서 자신의 우울함을 풀려고 한 걸까? 불똥이 엉뚱한 데로 튀었네.

하지만 오빠는 그 '집요함' 정도로는 물러나지 않았잖아. 그 정도 맞으면 얌전해질 만도 한데 항상 다시 일어났으니까. 날 위해서 그랬다는 거 알아. 고마워. 근데 그때는 '우와, 우리 오빠 진짜 대단하다' 그러면서 구경꾼처럼 바라봤어. 미안. 사실 난 어떻게 되든 상관없었거든. 정말 아무렇지도 않았어. 아빠가 코딱지를 파서 내 몸에 붙이려고 했다면 그게 더 싫었을걸. 나한테는 겨우 그 정도 일이었어.

그러고 보면 아빠가 한 짓에 대해 둘이서 한 번도 얘기해본 적 없었네. 오빠는 날 생각해서 일부러 아무것도 묻지 않은 거야? 난 오빠가 물어보면 다 말했을 텐데. 사실 난 어떻게 되든 상관없어서 화제에도 안 올렸나 봐. 그때 한 번이라도 서로 얘기하는 게 나았을까? 별 의미 없었을까? 하긴 그렇게 어렸는데 우리가 뭘 할 수 있었겠어.

그래서 오빠가 그 무렵부터 점점 어두워진 거야? 학교에서도 겉

돈 거 다 알아. 오빠는 내가 봐도 침울한 눈으로 음침한 분위기를 내뿜고 있었으니 누가 친구로 삼았겠어. 학교에서도 다들 오빠를 무서워했겠다.

주위에서 피하건 뭘 하건 오빠가 묵묵히 몸을 단련했다는 것도 알았어. 물론 목적도 말이야. 얼른 커서 아빠를 해치우려 한 거지? 다른 데보다 팔뚝이랑 배가 엄청 탄탄했어. 그땐 뭐라고 표현해야 할지 몰랐지만 지금이라면 그때 오빠를 보고 '귀신 서렸다'라고 했을 거야. 운동 삼아 몸을 단련하는 게 아니라 친아버지와 싸우기 위해 근육을 만들려고 했으니 음침한 분위기가 풍기지 않고 배겼겠어?

결국 그날이 찾아왔지. 상대는 매일 술만 퍼마셔서 뒤룩뒤룩해진 중년 대머리 영감탱이. 매일 운동하며 쑥쑥 크는 오빠한테 언제까지나 이길 수는 없는 상황이었어. 그날 일은 아직도 생생해. 오빠는 이불 속에 들어가서도 잠들지 않고 아빠가 돌아오기를 가만히 기다렸잖아. 그러다가 주정뱅이가 돌아왔고 취했으니 평소처럼 나를 덮치려는 상황. 그 순간 오빠가 이불을 걷어차고 일어나 뒤에서 아빠의 어깨를 붙잡았지. 꺼지라며 고개를 돌리는 아빠의 뺨에 오빠의 주먹이 퍽 하는 소리와 함께 꽂혔어. 난 반쯤 잠에 취해 있긴 했지만 일그러진 아빠의 얼굴은 확실히 기억나. 입이 완전히 뒤틀린 낯짝이 너무 추해서 웃었지 뭐야.

얼마 전까지 얻어맞았던 게 거짓말인 것처럼 그날은 오빠가 일방적이었지. 아마 아빠는 그전까지 쉽게 다뤘던 아들한테 얼굴을 얻어맞은 충격으로 몸이 굳어버린 게 아니었을까. 오빠도 그동안의 원한을 다 담아서 등, 배, 어깨 등에 닥치는 대로 발길질했잖아. 아빤 온몸이 멍투성이가 됐지. 엄청 고소하더라.

"그만 때려, 제발. 그만" 하고 아빠가 꼴사납게 말했잖아. 거의 울먹이는 목소리였어. 오빠는 완전히 눈이 빨개져서는 무자비하게 때리더라. 난 옆에서 지켜보면서 저러다 진짜 죽이겠다 싶었어. 그렇지만 말릴 생각은 전혀 없었어.

마지막에는 멱살을 움켜쥐고 일으켜 세워서 얼굴을 한 방 갈겼더니 기절해서 끝났지. 처음부터 마지막에 기절시키고 끝낼 셈이었던 거야? 오빠가 늘 당했던 것처럼 말이야. 아주 좋은 약이 됐을 거야. 그 대머리 영감탱이한테는.

그 뒤로 아빠가 시름시름 기운을 잃기 시작했잖아. 시든 나팔꽃처럼 몸뚱이가 반으로 작아진 것 같아서 놀랐다니까. 물론 내 위에 올라타는 일도 없었고 밖에 술 마시러 나갈 힘도 없어 보였어. 뭐라고 할까, 살아갈 에너지가 몸에서 피시식 빠져나간 느낌이랄까. 오빠가 무서웠을 텐데 집에만 붙어 있었지. 텔레비전도 경마신문도 보지 않고 그냥 온종일 방 안에서 뒹굴다가 밤이 되면 그대로 잠들었잖아. 껍데기만 남은 사람 같았어. 오빠한테 맞은 게 그렇게 충격이었나?

몸에서 에너지가 빠져나가니까 폭삭 늙더라. 한 달쯤 지나니 완전히 할아버지가 돼버렸어. 역시 성욕이 인간을 젊게 만드는 걸까? 성욕이 사라지니까 말라비틀어져서 겉보기에도 진짜 영감탱이같이 되더라고.

다시 엄마 얘기로 돌아가면, 엄마도 진짜 재미있는 사람이야. 자기는 밖에다 정부를 만들어서 싸돌아다니는 주제에 신기하게도 아빠와는 헤어지지 않았잖아. 그래서 저렇게 평생 살려나보다 싶었는데 아빠가 늙으니까 바로 차버렸어. 진짜 신기하지? 남녀 사이는 정말 모르겠어. 난 두 손 두 발 다 들었어.

엄마가 돈을 쥐어줬겠지. 정부한테서 타낸 돈으로 말이야. 그러지 않고서야 순순히 집에서 나갈 인간이 아니니까. 그게 아니면 엄마한테 반항할 힘조차 없었나? 뭐, 무슨 상관이람.

아빠가 집에서 나가던 날을 아직도 기억해. 죄책감에 사로잡힌 얼굴로 나하고는 눈도 마주치지 않으려 하더라고. '소심한 인간이네'라고 생각했어. 죄책감 같은 걸 가질 만한 양심이 있었으면 애당초 딸한테 손을 대지 말았어야지. 하여간 한심한 인간이야.

아빠는 고개 한 번 안 돌리고 묵묵히 나갔어. 등짝이 되게 작아 보이더라고. 그래도 딸이라고 그 등짝에다가 '바이바이' 하고 손을 흔들어줬는데 모르는 눈치였어. 그 후로 한 번도 안 돌아왔지. 지금은 뭐하고 지낼까.

오빠는 역시 죄책감 때문에 아빠를 배웅하러 나오지 않은 거야? 아빠가 사라지고 난 뒤에야 귀가해서는 벽을 바라보며 한참 울었잖아. 그런 부모일지라도 둘이 있는 게 낫다고 생각했어? 오빠가 아빠를 때려서 엄마아빠 사이가 파탄 났다고 자책한 거야? 진짜 고지식하다니까. 안쓰러워라. 내 무책임한 성격을 나눠주고 싶다.

나는 그때 오빠를 위로해줘야겠다고 생각했어. 그게 내 역할이기도 했고 나 아니면 누가 할 수 있었겠어. 그렇지만 어리다 보니 무슨 말로 위로해야 할지 모르겠더라고. 머리를 쓰다듬어주는 것도 이상하고 말이야. 아무것도 해줄 게 없어서 되게 분했어. 눈물 흘리는 오빠의 등을 바라보면서 분한 마음으로 이를 악물었어.

오빠는 자책할 필요가 없었어. 오빠가 그때 아빠를 두들겨 패지 않았으면 그 뒤로도 계속 아빠한테 당했을 테니까. 오빠는 날 구해줬어. 그러니까 책임감 같은 건 느낄 필요 없어.

하긴, 내가 이제 와서 이런 말을 해봐야 무슨 소용이 있겠어. 오빠도 다 알았을 텐데. 알았으니까 어떻게 하는 게 가장 좋은지 답을 못 찾아서 벽을 보며 울기만 한 거잖아. 다 알아. 오빠 마음을 아는 사람은 이 세상에 나밖에 없잖아.

있잖아, 날 구해준 오빠한테 이렇게 말하는 건 뭐하지만 사실 아빠 일은 어떻게 되든 상관없었어. 엄마도 마찬가지. 난 그냥 오빠가 나 때문에 얻어맞고 나 때문에 괴로워하는 모습을 보는 게 괴로웠을 뿐이야. 그러니까 자책하지 마. 난 무슨 일이 일어나도 무덤덤해. 엄청 둔감하잖아. 오빠가 잘못한 건 하나도 없어.

6

아, 안녕하십니까. 처음 뵙겠습니다. 오가타라고 합니다. 처음 뵙는 자리에 이런 차림이라 죄송합니다. 집에는 조깅하러 나간다고 말하고 나와서요. 그래서 한 시간 정도밖에 시간을 낼 수 없는데 괜찮으십니까. 예, 화제가 화제이다 보니 집사람 앞에서 말하기가 좀 껄끄러워서요. 집에는 비밀로 하고 나왔습니다. 그러니 책 쓰실 때 제 이름은 꼭 숨겨주십시오. 꼭입니다. 아내는 그 사건의 피해자와 제가 아는 사이라는 걸 전혀 모르니까요. 부탁드립니다.

서서 얘기하기도 그러니 저쪽에 좀 앉을까요? 저기 강가 제방에요. 오늘처럼 화창한 날 제방에 앉아서 나른하게 시간을 보내는 것도 나쁘지 않죠. 배가 나와서 조깅을 시작하긴 했지만 무턱대고 뛸 수도 없는 노릇이라 항상 여기쯤 와서 쉽니다. 그런데 여름에는 뛰고 나면 맥주를 마시게 돼서 무얼 위해 조깅을 하는 건지 본말이 전도돼버리더군요. 땀을 잔뜩 흘리고 난 뒤의 맥주가 또 기가 막히잖습니까.

그럼, 앉겠습니다. 영차. 녹음요? 괜찮습니다. 취재가 어떤 건지는 대충 압니다.

미야무라 씨한테서도 얘기를 들으셨군요. 그럼 미야무라 씨가 죽었다는 소식에 놀라지 않으셨나요? 저도 놀랐죠. 작년에 나쓰하라 씨가 그렇게 끔찍하게 죽었고, 미야무라 씨까지 그랬으니까요. 옛날에 저랑 사귄 사람이 차례차례 죽다니 오싹하다는 말로 끝날 일이 아니죠. 저까지 저주받는 게 아닐까 하고 진심으로 걱정했어요. 이러다 아내까지 죽으면 영락없잖습니까. 농담거리가 아니라 어디 가서 이런 소리는 함부로 하면 안 되겠더라고요.

미야무라 씨는 길에서 느닷없이 당했다죠? 걸어가는데 누가 나이프로 등을 수차례 찔러 죽였다니. 거참. 그런 사건일수록 범인 찾기가 힘들다고 하더군요. 동기도 이해 관계도 없는 돌발적 살인이라면 범인이 그 자리에서 도망치면 끝이니까요. 나쓰하라 씨 사건도, 미야무라 씨 사건도 미해결 상태로 끝나버리면 두 사람 다 성불하긴 글렀네요. 일본도 무서운 나라가 돼버렸군요. 살인 사건 같은 건 어디 외국에서나 벌어지는 일이라고 생각했는데요. 이젠 문단속을 단단히 하지 않으면 잠이 안 와요. 진짜 무섭습니다.

미야무라 씨는 여전했나요? 그렇게 될 줄 알았다면 한 번쯤 만나볼 걸 그랬나 하는 마음도 듭니다만 안 그러는 게 나았겠죠. 미야무라 씨가 절 보고 싶어 하지 않았을 테고요. 제 얘기는 당연히 나왔죠? 악담이 나왔겠군요. 미야무라 씨가 성격이 세긴 세죠. 하하하. 아, 괜찮습니다. 미야무라 씨가 무슨 얘기를 했든 이제 저와는 관계없는 사람이니까요.

저에 대해 뭐라고 얘기했을지 대충 짐작이 갑니다만 나쓰하라 씨에 대해서는 뭐라고 하던가요? 악담을 퍼붓던가요? 안 그랬어요? 아, 역시 죽은 사람이라 말을 조심했나. 예? 나쓰하라 씨를 미워하지 않았다고요? 무슨 소립니까? 거참 되지도 않는 거짓말을 했군요. 미워하지 않았을 리 없죠. 예? 애당초 나쓰하라 씨한테는 관심 없었다고 했다고요? 개폼을 잡아도 유분수지. 당사자가 죽은 뒤에 이런 소리를 하긴 뭐합니다만 미야무라 씨 말은 곧이곧대로 듣지 않는 편이 좋을 겁니다. 허영이 심한 여자라서요. 나쓰하라 씨한테 관심이 없었다니 말도 안 되는 거짓말이에요. 라이벌 의식을 활활 불태웠어요. 누구보다도 나쓰하라 씨를 의식한 사람이 미야무라 씨였을 텐데요. 적어도 저는 그렇게 알고 있습니다.

제가 보기엔 미야무라 씨가 혼자 씨름하는 격이었죠. 일방적으로 나쓰하라 씨에게 각을 세웠지만 나쓰하라 씨가 전혀 상대를 안 해주니 자기만 상처받은 겁니다. 제가 아는 미야무라 씨는 남들보다 몇 배쯤 출세 의지가 강한 사람이었죠. 자기를 얕잡아보는 걸 질색해서 누구보다도 내부생과 가까워지고 싶어 했어요. 하지만 말 걸어주는 이는 나쓰하라 씨뿐인 데다 나쓰하라 씨를 통하지 않으면 내부생과 접촉할 수 없다는 게 원통한 듯 보이더군요. 실제로 저한테 그런 속내를 내비친 적도 있고요. 거짓말이 아닙니다.

물론 제 앞이니까 그런 속내를 슬쩍 드러낸 거죠. 미야무라 씨는 기본적으로 남의 눈을 무척이나 의식하는 사람이었습니다. 자기 안의 원통함이나 라이벌 의식 같은 걸 밖으로 내보이는 걸 추하다고 여겼죠. 그러니까 그딴 건 자기랑 상관없다는 얼굴을 하고, 초연한 척하고 지내더라고요. 아, 지난번에도 그러던가요? 그런 면은 아무리 나이를 먹어도 바뀌지 않나 봅니다.

'내부' '외부' 얘기도 들으셨습니까? 아, 역시 말을 꺼냈군요. 나쓰하라 씨 얘기를 하려면 그 부분을 빼고는 불가능하니까요. 하지만 그런 식의 구분은 여자애들 사이에서나 통용됐던 게 아닌가 싶습니다. 저는 라크로스 부에서 활동하면서 종적으로나 횡적으로나 꽤 연결이 많은 편이었습니다만, 그런 관계 속에 있다 보면 '외부'니 '내부'니 하는 건 아무 의미 없더라고요. 남자라고 허영이라든가 경쟁심 같은 게 없는 건 아니지만 대학이라는 공간에서는 여자애들 쪽이 훨씬 그런 게 강하지 않을까요. 별로 가까워지고 싶지 않은 세계였는데 어쩌다 보니 결국 휘말리고 말았죠. 뭐, 익히 아시겠습니다만.

어라? 저랑 헤어질 때 얘기는 못 들으셨다고요? 또 개폼을 잡으셨군. 나를 나쓰하라 씨한테 뺏긴 게 그렇게 분했나. 옛날 얘기라서 신경 안 쓴다고 했다고요? 그럴 리 없죠. 지금도 나쓰하라 씨를 원망할 여자입니다. 미야무라 씨는 그런 성격이니까요.

하여튼 그렇게 기가 센 여자도 드물 겁니다. 헤어질 땐 진짜 아수라장이 벌어졌죠. 사람을 요코하마까지 불러내서는 야마시타 공원에서 무지막지하게 때리더라고요. 뺨을 연달아 맞은 건 그때 처음이었죠. 짝짝, 가차 없이 후려치더군요. 남들 다 보는 앞에서 말입니다. 명색이 남자이다 보니 같이 손을 날릴 수는 없잖습니까. 손을 붙잡았더니 이번엔 힐로 발등을 찍더라고요. 정말 아팠습니다.

별의별 욕을 다하더군요. 바람둥이라느니 인간쓰레기라느니 뭔 입이 그렇게 거친지. 발을 멈추고 빤히 구경하는 사람이 있지 않나, 뭔 일이 났나 싶어 멀리서부터 일부러 다가오는 사람까지 생기는 바람에 창피해서 죽는 줄 알았습니다. 아휴, 지금 다시 떠올려도 소름이 끼치네요.

뭐, 제가 미야무라 씨를 차고 나쓰하라 씨로 갈아탄 건 사실이니까 악담을 들어도 어쩔 수 없다고 포기한 면도 있습니다. 다만 저만 일방적으로 욕을 먹는 건 기분 나쁘더군요. 그렇잖습니까? 남녀가 어느 한쪽만 잘못해서 헤어지는 법은 없으니까요. 피차 문제가 있으니 헤어지는 건데 미야무라 씨는 그런 걸 전혀 모르더라고요. 헤어지는 상황인데 그런 식으로 폭력을 휘두른 자신에게 문제가 있다는 것쯤은 자각해야 마땅하지 않습니까. 그런데 완전히 피해자인 척했죠? 그런 여자이니까 저도 관계를 지속할 마음이 없어진 거죠.

물론 사귈 때는 즐거웠습니다. 서로 말이 통했죠. 하지만 교제하는 기간이 나름 길어지다 보면 '지금 진심이 아니구나' 하고 느끼게 되는 경우가 꼭 있기 마련이죠. '말은 저렇게 해도 딴마음이겠지'라는 게 보이는 겁니다. 그런 게 보이기 시작하니까 앞에서만 알랑거리는 미야무라 씨한테 정나미가 떨어지면서 슬슬 질리더라고요. 허영 심한 여자랑은 오래가기 힘들죠.

그 시점에 마침 나쓰하라 씨가 등장한 겁니다. 나쓰하라 씨는 미야무라 씨랑은 딴판이죠. 정말 우아한 여자였어요. 예, 이런 식으로 여성을 비교하는 게 예의가 아니라는 정도는 압니다만 사실이 그런 걸 어떡합니까. 생전의 나쓰하라 씨에 대해 말하기 위해서는 어쨌든 미야무라 씨와 비교할 수밖에 없으니까요. 두 사람을 충분히 알고 난 후 나쓰하라 씨를 선택한 사람이 바로 저죠.

나쓰하라 씨와는 친구 소개로 알게 됐습니다. 다 같이 점심 먹으러 나가면서 처음 봤죠. 그때 미야무라 씨도 같이 있었습니다. 미야무라 씨가 있는데 나쓰하라 씨가 자꾸 저한테 말을 걸어서 조금 난처했던 기억이 나네요. 저랑 미야무라 씨의 관계를 몰랐으니 어쩔 수 없었겠지만요.

저는 대학 시절에 광고 회사에서 아르바이트를 했습니다. 선배의 소개로 들어가게 됐죠. 아, 예, 그렇죠. 미야무라 씨하고는 거기서 만났어요. 그 얘기도 들으셨군요.

요즘도 그런지 모르겠는데 광고 회사라고 하면 꽤 화려하다는 이미지가 있어서 동경하는 사람이 제법 있었습니다. 덴쓰나 하쿠호도 같은 곳은 게이오 학생이라도 쉽게 들어가기 어려워요. 제가 아르바이트하던 곳은 그런 대형 회사는 아니었지만 광고 회사에서 아르바이트를 한다고 하면 흥미를 보이는 사람이 많았습니다. 그래서 나쓰하라 씨가 이것저것 물어보는 게 그렇게 이상하지는 않더라고요. 자주 있는 일이다 보니 여느 때처럼 이런저런 얘기를 해줬죠.

"광고 회사 일이라니, 아르바이트라도 정말 재미있겠네요."

나쓰하라 씨가 눈을 반짝거리며 그렇게 말하더라고요. 잘 아시겠지만 나쓰하라 씨는 게이오에서도 쉽게 찾아보기 힘들 정도로 미인이었습니다. 그런 미인이 눈을 깜빡거리며 제 얘기를 들어주니 저도 남자인지라 신나더군요. 미야무라 씨가 눈앞에 버티고 앉아 있어서 더 살갑게 대해줄 수 없는 게 아쉬울 정도였어요.

광고 회사 일이란 게 남들 눈에는 재미있어 보일 텐데 실제로는 겉보기만큼 화려하지 않아요. 아르바이트로 제가 하는 일이라야 맨날 짐꾼 노릇이었죠. 무슨 오피스에 서류를 가져다줘라, 어디 스튜디오에 촬영 장비를 들고 가라 그런 일뿐이었습니다. 그런데 스튜디오 촬영장에 따라다니다 보면 연예인을 코앞에서 보는 일도 있고 텔레비전에서와는 성격이 다르다는 걸 알게 되는 경우도 있죠. 여자애들이 또 그런 얘기를 좋아하잖아요. 제가 몇 개쯤 풀어놨죠.

"나도 일해보고 싶다."

나쓰하라 씨가 천진난만하게 말하더라고요. 제 얘기를 들은 여자애들이 흔히 하는 말이죠. 하지만 그날은 바로 옆에 미야무라 씨가 있었죠.

"요새는 손이 부족하지 않아서 사람 안 구할걸."

딱 잘라 말하지는 않았어도 거의 그렇다고 느껴질 만큼 싸늘한 말투로 미야무라 씨가 말하더라고요. 제가 다 놀랐지 뭡니까. 그런데 나쓰하라 씨는 마음 상했다는 기색이 전혀 없었어요.

"그렇겠지? 미야무라 씨는 그런 데서 일해서 정말 좋겠다."

생각해보면 나쓰하라 씨가 저한테 살갑게 구는 꼴이 미야무라 씨로서는 눈꼴시었겠죠. 그런 마음이 태도에 노골적으로 드러나더라고요.

그에 비해 나쓰하라 씨의 태도는 정말 훌륭했어요. 미야무라 씨가 아무리 심술궂게 굴어도 전혀 마음에 두지 않고 어른스럽게 대하더라고요. 그때부터 두 사람을 비교하게 됐습니다.

저기, 제가 집요하게 구는 건지 모르겠는데 다시 한 번 말해두죠. 만나보셨으니 아시겠지만 미야무라 씨는 승부욕이 강한 여자입니다. 그게 나쁘다고 생각하지는 않았습니다. 제 입으로 말하긴 그렇지만 한때는 그런 모습이 매력적으로 보이기도 했으니까요. 무슨 일이든 적극적으로, 주저하는 기미도 없이 몸을 던져 도전하는 자세는 저한테는 없는 거라서 당시에는 솔직히 대단하다고 생각했습니다. 이상하게 들리실 테지만 존경스럽기까지 했죠. 연애감정이란 게 자신한테 없는 면을 상대에게서 발견했을 때 움트기도 하잖습니까. 저는 미야무라 씨가 저와 달라서 좋아하게 됐습니다.

그 차이가 너무 컸다는 게 문제였죠. 저도 남자다 보니 여자가 항상 주도권을 잡고 이끄는 상황이 썩 내키지만은 않더군요. 예컨대 밥 먹으러 갈 때만 해도, 이탈리아 음식을 먹고 싶으면서도 불고기도 나쁘지 않을 것 같은데 하는 식으로 망설일 때가 있잖아요? 그럴 땐 조금 고민할 시간을 갖고 싶은데 제가 결정하기 전에 미야무라 씨는 이탈리아 식당으로 들어가버립니다. 거의 매번 자리에 앉고 나서야 역시 불고기가 먹고 싶었다는 생각이 들지만 이미 늦었죠. 그걸 말하지 않고 있으면 미야무라 씨는 '저 인간은 아무 음식이나 먹어도 상관없나 보다'라고 해석하고요. 좀 세세한 부분이더라도 사소한 영역에서 마음이 안 맞으면 결국 피로를 느끼게 되기 마련입니다. 게다가 저 혼자 느끼는 괴리감이라면 더 그렇죠.

다시 나쓰하라 씨 얘기로 돌아옵니다만, 처음 말을 섞을 때부터 나쓰하라 씨에게서는 그런 괴리감이 전혀 느껴지지 않더군요. 물론 처음 만난 사람을 두고 맘이 맞네 안 맞네 하는 것도 웃깁니다만 직감적으로 '아, 이 사람은 아니다' 느끼는 경우가 있잖습니까. 흥미의 대상이라든가 말하는 리듬, 나아가 몸짓이나 눈매 같은 것만으로도 고개를 가로젓게 되는 경우가 있더라고요. 반대로 딱 보자마자 '아, 이 사람하고는 왠지 통하는데'라고 느끼는 경우도 있죠. 괜한 과장 같지만 전생에 부부였나 하는 이상한 생각까지 들게 만드는 사람이 있다니까요. 저한테는 나쓰하라 씨가 딱 그런 사람이었습니다.

하여간 잠깐 얘기한 것만으로도 마음이 편해지더군요. 별로 재미있는 화제도 아니었는데 나쓰하라 씨가 맞장구를 치면 얘기에 탄력이 붙어 제가 말하면서도 놀랄 정도로 재미있는 에피소드로 연결되는 겁니다. 나쓰하라 씨는 상대의 눈을 바라보면서 얘기를 들었습니다. 말하는 사람이 창피하지 않을 만큼 절묘하게 말이에요. 지그시 바라보며 고개를 끄덕이죠. 저는 남이 하는 얘기에 그렇게 진지하게 귀 기울여주는 사람은 처음 봤습니다.

그러니 처음부터 인상이 좋았죠. 물론 미인이니 첫인상이 좋은 게 당연하기도 합니다만 그런 점을 빼고도 말이죠. 그 또래 여자애들은 자기 얘기만 하려고 하잖습니까. 그런데 나쓰하라 씨처럼 다른 사람의 얘기를 차분히 들어주는 사람을 만나고 나니 참 드문 타입이구나 하고 감탄했죠.

어쨌든 그 무렵까지는 미야무라 씨와 계속 사귀고 있었습니다. 좀 안 맞는 점은 있었어도 헤어질 마음은 없었죠. 그래서 제가 먼저 나쓰하라 씨한테 연락하거나 하지는 않았습니다.

나쓰하라 씨와 다시 만난 건 역시 점심식사 자리였습니다. 그때 나쓰하라 씨의 동행은 미야무라 씨가 아니었죠. 솔직히 그때 가슴을 쓸어내렸습니다. 지난번에는 미야무라 씨가 있어서 왠지 묘한 긴장감이 감돌았거든요. 두 번째 식사 자리는 평소 분위기로 돌아와 남녀 두 쌍이 앉아 즐거운 시간을 보냈습니다. 나쓰하라 씨가 데리고 온 여자애도 귀여웠고 나쓰하라 씨는 지난번처럼 제 얘기를 차분히 들어줬고요.

예, 그때는 혼자 착각하는 게 아닌가 싶었지만 나쓰하라 씨가 또 제 눈을 지그시 바라보며 얘기를 듣더라고요. 남자가 저 말고도 한 명 더 있었는데 저만 보는 겁니다. 제가 무슨 왕자병이 있는 것도 아닌데 이게 무슨 일인가 싶더군요. 나쓰하라 씨 같은 미인이 저한테 반했을 리 없다며 마음을 고쳐먹다가도 그게 아니면 그 눈길을 설명할 길이 없었죠. 골치를 앓았습니다. 나중에야 깊이 고민할 문제가 아니라는 걸 알았지만요.

제가 손을 내밀면 나쓰하라 씨가 거절하지 않을지도 모른다는 생각이 들더군요. 하지만 그러지는 않았습니다. 어찌 됐건 미야무라 씨하고 사귀고 있었으니까요. 이런 말을 해봐야 설득력이 없을지 모르겠습니다만 그런 쪽으로는 꽤 도덕적인 편이거든요. 쉽게 양다리를 걸칠 수 있는 성격이었다면 그렇게 고민할 필요가 없었겠죠.

물론 다시 만나고 싶다는 마음이 들긴 했습니다. 같이 밥 한 끼 먹는 정도라도요. 그래서 나쓰하라 씨를 불렀던 제 친구한테 다시 자리를 마련해달라고 부탁했죠. 그런데 나쓰하라 씨가 워낙 인기가 많다 보니 거의 매일같이 스케줄이 잡혀 있는 모양이더군요. 약속이 잡히긴 했는데 한참 뒤가 돼버렸습니다.

그사이에도 미야무라 씨와 데이트는 계속했죠. 굳이 약속하지 않아도 아르바이트를 하러 가면 마주치기 마련이었고, 둘 다 꽤 늦게까지 일해야 하다 보니 일이 끝나면 습관처럼 한잔하러 다녔죠. 하지만 전부터 느끼던 괴리감은 메워지지 않고 점점 커져가더라고요. 한 번 괴리되었다는 마음이 들고 나면 더는 어쩔 수 없나 봅니다.

음, 이를테면 이런 일이 있었습니다. 당시 화제가 된 영화가 있었는데 보고 싶더라고요. 비슷한 콘셉트의 영화가 그전 해에 개봉했는데 꽤 재미있게 봤거든요.

미야무라 씨한테 그 영화를 보자고 했더니 "그 따위 시시한 걸?"이라며 일언지하에 거절하는 겁니다.

"시류에 영합하는 삼류영화잖아. 그런 영화를 좋아하다니 정말 의외네."

그 영화에 대해 설명을 해둬야겠군요. 예, 미야무라 씨의 말대로 삼류영화이긴 했죠. 하지만 시류에 영합한다는 말은 공평한 평가가 아닙니다. 괜한 선입견이죠. 결국 혼자 봤습니다만 스토리에 기복이 있어도 두 시간 동안 지루하지 않게 화면을 구성한 테크닉이 곳곳에 깃든 영화더군요. 저로서는 보고 배울 점이 있었죠.

……아, 이 얘기도 해둬야겠군요. 치기의 소산으로 보일까 창피합니다만, 예전에는 시나리오 작가를 꿈꿨습니다. 물론 그 꿈은 실현하지 못하고 이렇게 평범한 회사에 다니는 중년이 돼버렸습니다만 젊을 때는 다들 영화감독이라든가 록밴드 같은 풋풋한 꿈을 품잖습니까. 저도 그런 열풍에 휩쓸린 젊은이 중 하나였죠.

그래서 화제에 오른 영화라면 되도록 다 보려고 애썼죠. 예술가 취향의 전위적인 각본을 쓰는 시나리오 작가가 아니라 기왕이면 잘 팔리는 작가가 되고 싶었으니까요. 어떤 세계든 그렇겠습니다만, 대중 취향 작품이라고 하면 다들 얕잡아보는 경향이 있죠. 제가 보기에 미야무라 씨의 견해는 그런 유형의 전형이었어요.

"그런 영화도 의외로 재미있어."

미야무라 씨에게 반론해봐야 기껏 그 정도였죠. 저는 누군가와 얼굴을 마주하고 목소리를 높이는 건 영 질색이거든요.

"보지도 않고 재미있는지 어떻게 알아?"

하지만 미야무라 씨는 저와 성격이 정반대죠. 항상 따지듯이 질문을 던졌습니다. 조심하는 마음 따위는 애당초 없었어요. 그런 면이 그전까지는 멋있어 보였는데 나쓰하라 씨를 알게 된 이후로는 미묘하게 바뀌더라고요.

"작년에 본 〈○○〉이 재미있었으니까."

저는 같은 스태프가 만든 작품을 거명했습니다. 그랬더니 미야무라 씨가 어이없다는 얼굴로 바라보더군요.

"그래? 다카유키도 그런 작품을 쓰고 싶은 거야?"

다카유키라 함은 절 말합니다. 미야무라 씨는 제 꿈이 시나리오 작가라는 걸 알고 있었죠.

"꼭 그런 작품을 쓰고 싶다는 건 아니지만 히트한 작품을 보면 공부는 되니까."

"내용이 전혀 없는 영화라도? 난 다카유키가 꿈을 좀 더 높이 가졌으면 하는데."

미야무라 씨의 말버릇이었죠. 제 꿈을 알게 된 이후로 미야무라 씨는 제가 무슨 말만 하면 꿈을 높이 가지라고 했어요. 처음에는 기뻤는데 날이 갈수록 그런 무책임한 말에 질리던 참이기도 했습니다.

미야무라 씨가 저를 격려해주려고 그런 말을 했다는 건 압니다. 하지만 의도와는 반대로 그런 말을 들을 때마다 주눅 들더군요. 왠지 제 꿈을 미야무라 씨한테 뺏긴다는 마음이 들었죠.

아까 말씀드렸다시피 결국 미야무라 씨와는 그 영화를 보지 않았습니다. 의견이 대립할 때 제 의견이 관철된 적은 한 번도 없었으니까요. 누차 반복된 상황이었지만 그날만은 그런 미야무라 씨가 얄밉더군요.

그 무렵에 우연히 캠퍼스에서 나쓰하라 씨와 만났습니다. 제가 학교 건물에서 나오는 길에 딱 마주쳤죠. 나쓰하라 씨가 먼저 알아보고 말을 걸어오더군요. 예기치 않은 재회라 꽤 기뻤습니다.

"우연이네. 이런 데서 나쓰하라 씨를 만날 줄은 몰랐어."

전 그렇게 말했습니다. 그러자 나쓰하라 씨는 재미있는 농담이라도 들었다는 듯이 싱긋 웃더군요.

"열심히 학교에 오고 있으니까 만나도 이상할 일은 아니잖아요."

"그렇기는 한데 나쓰하라 씨 같은 사람이 나랑 같은 공간에서 거닐고 있다는 게 왠지 실감이 안 나서."

"무슨 말이에요?"

"나쓰하라 씨는, 음…… 특별한 느낌을 주는 사람이니까."

지금 생각해보니 같잖은 대사를 던지고 말았군요. 그때는 솔직한 심정이 그랬습니다. 나쓰하라 씨를 두고 특별하다고 말한 사람이 또 있지 않았나요? 미야무라 씨도 그렇게 말했다고요? 하하하. 아무리 미야무라 씨라도 그건 인정할 수밖에 없었나 보군요. 나쓰하라 씨를 그렇게 미워한 미야무라 씨마저도 그렇게 여길 만큼 나쓰하라 씨는 일반인과는 전혀 다른 존재였죠.

"오가타 씨도 참 재미있는 분이네요."

나쓰하라 씨가 그런 식으로 제 말을 받아넘기더군요. 다른 여자애가 저보고 '재미있는 사람'이라고 했으면 떨떠름했겠지만, 그땐 오히려 기분이 좋더라고요. '재미있다'라는 건 최소한 '무관심한 대상'이 아니라 '흥미가 있다'라는 뜻으로 들렸으니까요.

"오가타 씨, 점심 먹으러 가세요?"

마침 오전 수업이 끝난 직후라서 나쓰하라 씨가 그렇게 묻더군요. 그럴 생각이라고 대답하자 의외의 제안을 해왔습니다.

"그럼 같이 가실래요?"

깜짝 놀랐죠. 스케줄이 꽉 찼다고 들었거니와, 무엇보다도 나쓰하라 씨 같은 여성이 저한테 먼저 식사하자는 말을 꺼내리라고는 상상도 못 했으니까요. 저는 살짝 당황하며 되물었습니다.

"응? 그래도 돼? 난 차도 없는데."

"뭐 어때요. 지하철 타고 요코하마에 갈까요?"

이게 웬일이냐 싶더군요. 항상 차를 타고 여기저기 다니는 나쓰하라 씨가 지하철이라도 상관없다고 하니 만세를 부르고 싶은 심정이었습니다. 처음 봤을 때부터 도도하다는 느낌은 없었지만 이렇게 서민적인 면도 있었구나 싶어서 전보다 더 가깝게 느껴진 것도 사실이었죠.

갈 곳을 명확히 정하지 않았기에 간나이 역에서 내려 바샤 길을 걸었습니다. 눈에 띈 프렌치 레스토랑에 들어가서 점심을 먹었는데 기대 이상으로 맛있더군요. 둘이서 괜찮은 가게를 발견했다며 대화를 나눈 기억이 나네요. 그날은 어느 한쪽만 얘기하지 않고 서로 균등하게 자신에 대해 얘기했죠. 그러면서 저도 나쓰하라 씨의 취미라든가 가족 관계 같은 개인 신상에 대해 꽤 알게 됐습니다.

그날의 가장 큰 수확은 다시 만날 약속을 한 거였죠. 다음번에는 같이 저녁을 먹자고 나쓰하라 씨가 먼저 제안하더군요. 아마 제가 먼저 그런 제안을 하지는 않으리라 짐작해서 그랬을 겁니다. 이미 그 시점에 제 성격을 꿰뚫어봤을 테니까요.

……말을 많이 했더니 목이 마르네요. 어디 자동판매기가 있으면 음료수라도 뽑아올까요? 아뇨. 제가 가죠. 그럼 같이 가실까요?

아, 있네. 괜찮아요. 이건 제가 사죠. 취재할 때마다 매번 돈을 낼 수도 없잖습니까. 전 프리랜서로 먹고살 자신이 없어서 샐러리맨이 돼버렸지만 그런 만큼 더 그쪽 같은 사람이 어떤 심정인지 잘 알죠. 저도 취재 협력이 아니라 그냥 옛날 추억담을 털어놓는다는 기분으로 말할 테니 신경 쓰지 마세요.

그럼 일단 앉아서 계속 얘기해볼까요. 나쓰하라 씨가 저녁을 같이 먹자고 했다는 얘기까지 했죠? 이렇게 말하면 왠지 나쓰하라 씨가 노는 데 익숙한 여자처럼 느껴질지 모르겠지만 전혀 그렇지 않았습니다. 지극히 자연스럽게, 대화 흐름상 그렇게 전개되는 것이 당연하다는 느낌이었죠. 누가 먼저 제안해도 무방한 상황이었는데 그때는 제가 아니라 나쓰하라 씨가 먼저 말을 꺼낸 거죠. 오해하지 않으셨으면 좋겠군요.

죄책감이라…… 솔직히 들었죠. 여자친구 몰래 여자친구의 친구와 만나는데 죄책감이 안 들 수 없죠. 방금 한 말과 모순되는 것 같지만 제가 제안한 게 아니라는 점이 면죄부를 주더군요. 그쪽에서 그러자는데 어쩔 수 없지 않으냐. 그런 식으로 핑계를 삼았습니다. 나쓰하라 씨도 제가 죄책감을 갖지 않도록 본인이 먼저 제안한 게 아닌가 싶더라고요. 물론 저 편한 대로 해석한 것에 불과합니다만.

나쓰하라 씨가 누구랑 사귄다는 얘기는 전혀 못 들었습니다. 미인이었으니 접근하는 남자는 숱하게 많았겠죠. 아니, 남자친구가 있을 거라고 생각했습니다. 그래서 나쓰하라 씨랑 같이 밥을 먹는다고 해서 희희낙락할 수만은 없는 상황이었죠. 왜 하필이면 나일까 하고 고개를 갸웃거리기만 했습니다.

그렇긴 해도 학교에서 우연히 만나 식사하는 것과 따로 약속을 잡아 저녁을 먹는 건 설레는 정도가 비교가 안 되잖습니까. 솔직히 미야무라 씨를 만날 때보다 옷차림에 훨씬 신경을 쓰고, 평소 가던 가게보다 좀 비싼 가게로 나쓰하라 씨를 안내했죠. 사실 선배를 통해 어떤 가게가 좋은지 조사했습니다. 자수성가한 선배인데 주머니 사정이 넉넉하다 보니 괜찮은 가게를 많이 알았거든요. 그래서 선배가 추천하는 레스토랑으로 예약해서 나쓰하라 씨를 만났죠.

무슨 얘기를 했는지까지는 기억이 안 나네요. 상당히 즐거웠다는 인상만은 선명한데요. 둘 다 많이 웃었죠. '함께 있으면 이렇게 즐거운 사람이 다 있다니' 하며 감동했던 기억은 납니다. 다른 환경에서 살아온 타인과 이렇게까지 마음 깊이 공감할 수 있구나 하는 특별한 감각은 결국 그 후로는 한 번도 맛볼 수 없었죠. 솔직히 말씀드리자면 지금 아내와도요.

오후 6시에 만나 세 시간 정도 식사했나? 그랬다면 9시쯤 마쳤나 보네요. 나가서 이 차를 가자고 제안했습니다. 나쓰하라 씨와 공유하는 시간이 무척 특별해서 좀 더 즐기고 싶었거든요.

그런데 나쓰하라 씨는 그 제안에 응하지 않더군요.

"으음…… 이제 집에 가야 해요."

나쓰하라 씨가 시선을 내리깔며 어렵게 말하더라고요. 저는 끈덕지게 졸랐습니다.

"아, 통금? 하지만 아직 9시밖에 안 됐는걸. 조금 더는 안 돼?"

"죄송해요. 남자랑 이렇게 늦게까지 있어본 적이 없어서."

그 말을 들은 순간 제 심정이 어땠는지 아시겠습니까? 나쓰하라 씨를 그대로 돌려보내기는 싫었습니다만 그런 말을 들었는데 어떻게 안 놔줄 수 있겠습니까. '청초'라는 말은 그때도 이미 죽은 말이나 다름없었는데 그래도 역시 진짜로 청초한 사람이 있긴 있구나 하고 감탄했습니다.

"그럼 하나만 약속해줘."

저는 포기하는 대신 한 가지 제안을 했습니다. 나쓰하라 씨가 시선을 들어 절 바라보더니 "뭘요?"라면서 살짝 갸웃거리더군요. 저는 저답지 않게 과감하게 말을 꺼냈죠.

"나랑 또 만나줘. 또 같이 밥 먹자."

생각해보면 그때가 제가 한 발을 내디딘 순간이었죠. 나쓰하라 씨는 방긋 미소를 지으며 "응" 하고 고개를 끄덕여주더군요. 저는 행복감 충만한 상태로 나쓰하라 씨를 집까지 바래다줬죠.

그전까지 내내 수동적으로 움츠러들기만 했던 제가 결국엔 먼저 나쓰하라 씨에게 다가가고 말았습니다. 그러고 나니 가장 신경 쓰이는 건 미야무라 씨의 존재였죠. 나쓰하라 씨와 알게 되면서 그런 게 아니라, 애당초 미야무라 씨의 까칠한 성격에 질려가던 참이라 마음이 멀어지는 건 어쩔 도리가 없었습니다.

그래서 광고 회사에서 마주쳐도 일부러 늦게까지 일하면서 같이 있게 되는 시간을 가급적 줄였죠. 그 무렵에는 아르바이트 일에도 꽤 익숙해져서 할 일을 찾으려면 얼마든지 찾을 수 있는 상황이었습니다. 미야무라 씨도 제가 정신없이 일하는 모습을 보면 알아서 먼저 돌아가더라고요. 그러면서 대화를 나누는 일도 점차 줄어들었죠.

하지만 언제까지 그런 상태로 머물 수는 없었습니다. 그런 상황을 못 견디겠는지 미야무라 씨가 먼저 말을 꺼냈습니다.

"이번 주 일요일에 아르바이트 없지? 오랜만에 만날래?"

제가 일하는 와중에 찾아와서 아무 거리낌 없이 그렇게 말하더라고요. 저희가 사귀는 건 회사에서도 비밀이 아니라서 조심할 필요는 없었지만 다른 사람들이 다 듣는 데서 그런 말을 아무렇지도 않게 내뱉는 게 미야무라 씨답기도 했습니다.

……지금 생각해보니 미야무라 씨도 제 태도가 뭔가 달라졌다고 느꼈을지도 모르겠네요. 그래서 거절 못 하게 큰 소리로 그런 말을 꺼낸 걸지도. 으음, 미야무라 씨라면 그럴 만도 하지.

만약 그랬다면 전 멋들어지게 미야무라 씨의 계획에 걸려든 셈이네요. 그 자리에서 거절할 명분이 없어서 "응, 그러자"라고 대답해 버렸거든요. 말하고 나서 바로 후회했지만요.

"그럼 결정. 가고 싶은 데가 있거든."

미야무라 씨는 또랑또랑한 목소리로 그렇게 말하고는 가버렸습니다. 전 어떡해야 하나 고민하면서 다시 일로 돌아갔죠.

꾀병을 핑계 삼아 나가지 말까 하는 생각도 들더군요. 그런데 전 그런 잔머리를 못 쓰는 놈입니다. 결국 전화로 정한 약속 장소에 갔고 미야무라 씨와 함께 어딘가로 향했죠. 선샤인 수족관에 갔나? 물고기를 구경하고 차를 마시고 밥도 먹고 나서, 창피한 얘기입니다만 호텔에도 갔죠. 거절할 핑계가 딱히 없더라고요. 그래서 그냥 미야무라 씨가 이끄는 대로 하루를 보내고 말았습니다.

신기한 건 말이죠, 그날은 또 얘기가 잘 통하더군요. 미야무라 씨는 영리한 여자라 수다를 떨다보면 또 즐겁거든요. 게다가—이 얘긴 책에 쓰면 안 됩니다— 속궁합이 진짜 잘 맞았어요. 하루를 같이 있으니 역시 미야무라 씨랑은 잘 맞나 보다 하는 마음이 들더군요.

그러자 나쓰하라 씨하고 만날 때 또 다른 죄책감이 들었어요. 저도 그렇게 둔감한 놈이 아니라서 나쓰하라 씨가 저한테 호감을 갖고 있다는 건 눈치챘죠. 그런데도 한편으로는 미야무라 씨와의 관계를 끊지 않았으니 제가 나쁜 놈이라는 기분을 떨치기 힘들더군요. 그래서 그 다음에 나쓰하라 씨를 만났을 때는 지난번처럼 찰떡궁합이라는 특별한 분위기를 연출하기 힘들었습니다.

"……오늘은 왠지 기운이 없어 보이네요."

만나고 나서 한 시간쯤 됐을 때 나쓰하라 씨가 그렇게 말하더군요. 그땐 좀 괜찮은 이자카야에서 만났던가. 나쓰하라 씨는 청초한 외모와는 다르게 술이 꽤 센 사람이었어요. 저는 나쓰하라 씨한테 질 수 없다는 마음에 계속 마셔서 제법 취하기도 했죠.

"아, 미안. 어제 잠을 좀 못 자서 그런가 봐."

"괜찮아요? 너무 무리하지는 마세요."

바에 저와 나란히 앉아 있던 나쓰하라 씨는 그런 말을 해줄 만큼 상냥한 사람이었습니다. 하지만 동시에 제 거짓말을 바로 알아챌 만큼 민감한 여성이기도 했죠.

"고민 있죠? 미야무라 씨 때문인가요?"

깜짝 놀라 나쓰하라 씨의 얼굴을 보자, 개구쟁이처럼 눈을 깜빡거리면서 절 바라보더군요. 제 마음을 진즉에 간파하고 있던 겁니다.

"……응. 실은 그것 때문에 좀."

시치미를 뗄 수 없더군요. 저는 순순히 인정했습니다. 그러자 나쓰하라 씨가 제게 어깨를 기대며 속삭였습니다.

"미야무라 씨랑은 헤어질 마음이 없는 거예요?"

다짜고짜 그런 말을 꺼내서 당황하고 말았습니다. 미야무라 씨라면 모를까, 나쓰하라 씨까지 그렇게 솔직하게 나오리라고는 상상도 못 했죠. 여자는 뭔가 작정하면 무서워지나 봅니다. 여자의 무서운 면모를 그 당시에 아주 지긋지긋할 정도로 배웠죠.

"나도 잘 모르겠어." 모호하게 대답하고 말았는데 그게 제 진심이기도 했습니다. "옛날만큼 준코를 좋아하지는 않아. 하지만 싫어하느냐 하면 또 그렇지는 않거든. 아직도 준코를 좋아하는 마음이 한 구석에 있는 건 사실이야."

미야무라 씨의 이름이 준코라는 건 아실 테죠.

저는 그때 나쓰하라 씨가 절 내치더라도 어쩔 수 없다고 각오했습니다. 나쓰하라 씨가 아무리 매력적이라 해도 알게 된 순서를 바꿀 수는 없었으니까요. 미야무라 씨와 먼저 알게 되고 교제하게 된 걸 운명이라 생각하고 받아들여야 하나 하면서 반쯤은 자포자기한 상태였습니다.

"그럼 저는요?"

그날 밤 나쓰하라 씨는 대담했어요. 이제 와서 생각해보면 나름 승부를 건 게 아니었을까 싶군요. 저도 나쓰하라 씨의 그런 의지를 감지했고 그래서 움츠러들지 않았습니다. 오히려 그렇게까지 적극적으로 나서주는 나쓰하라 씨의 마음 씀씀이가 고마웠습니다.

"좋아해. 내가 이런 말을 하는 걸 허락해준다면."

이것도 같잖은 말이었네요. 하지만 저로서는 사귀는 사람이 있는데도 다른 사람을 좋아한다고 말하는 데에 양심의 가책을 느낄 수밖에 없었습니다. 나쓰하라 씨는 그런 저를 경박하다고 나무라지 않고 "기뻐요"라고 말해주더군요.

"그럼 날 선택해주면 안 돼요?"

당연히 그렇게 전개되리라 예상했습니다만 제게는 준비된 결론이 없었죠. 정말 괴로웠습니다.

"준코와 헤어지란 말이야?"

멍청하게도 그렇게 되묻고 말았습니다. 고민할 시간이 필요하다 보니 그런 말을 내뱉고 말았죠.

"미야무라 씨는 오가타 씨에게 어울리지 않아요."

나쓰하라 씨가 그러더군요. 미야무라 씨와는 나름 가깝다는 나쓰하라 씨가 그런 말을 해서 놀랐습니다.

"어울리지 않는다고? 무슨 말이야?"

"오가타 씨도 그렇게 느끼지 않아요? 미야무라 씨랑 잘 맞아요?"

외려 되물었습니다. 전 말문이 막혔습니다. 정말 모르겠더군요. 잘 맞는 것 같기도 하고 아닌 것 같기도 하고.

"미야무라 씨, 오가타 씨에 대해 좋게 얘기하지 않아요."

제 대답을 기다리지 않고, 나쓰하라 씨가 뜻밖의 말을 하더군요. 좋게 얘기하지 않는다는 게 무슨 의미인지 가늠할 수 없었습니다.

"이런 말을 제 입으로는 하고 싶진 않지만…… 어디까지나 미야무라 씨의 입에서 나온 말이에요. 미야무라 씨가 '오가타 씨는 혼자서는 아무것도 결정 못하는 우유부단한 남자이고, 몽상만 늘어놓을 뿐 현실적인 감각은 전혀 없다'라고 하더라고요. 물론 제 앞이라 괜히 쑥스러워서 한 소리일지도 모르지만요."

엄청난 충격이었습니다. 여자친구라는 사람이 자기 친구한테 남자친구 험담이나 하고 있었다니 누가 상상했겠습니까. 게다가 전혀 말이 안 되는 소리만은 아니었으니까요. 저도 조금은 자각하던 부분인 만큼 미야무라 씨의 가차 없는 지적은 더욱 가혹하게 제 가슴을 찔렀습니다.

"그런 말을…… 그런 말을 준코가 했다고?"

"네. 제가 다 듣기 민망했어요."

나쓰하라 씨는 마치 본인 욕이라도 들었다는 양 미간을 찡그리더군요. 저는 한동안 정신을 차릴 수 없었습니다. 결국 그날은 나쓰하라 씨와 사귀네 마네 할 상황이 아니었습니다. 충격을 견디는 것만으로도 벅찼으니까요. 나쓰하라 씨는 그런 제 상태를 보고 오늘은 바래다주지 않아도 된다고 말해주더군요. 나쓰하라 씨의 그런 다정한 배려가 정말 따뜻하게 느껴졌습니다.

미야무라 씨한테 직접 따져 물을 수는 없었습니다. 누구한테 들었느냐고 묻을 테니까요. 나쓰하라 씨와 몰래 만났다고는 입이 찢어져도 말할 수 없었죠.

하지만 그동안 막연히 느껴온 괴리감이 뚜렷한 덩어리를 지닌 걸림돌로 다가오더군요. 더는 미야무라 씨를 허물없이 대할 수 없더군요. 광고 회사에서도 가급적 피하게 됐죠. 슬슬 아르바이트를 관둘 때가 됐나 하는 마음도 들었습니다.

그렇다고 사태가 급속히 변하지는 않더군요. 미야무라 씨의 속내를 캐물을 수도 없는 상황이라 헤어질 핑계도 없었고요. 그러니 나쓰하라 씨와도 진전이 없었습니다. '에라, 모르겠다. 시나리오 집필에나 전념하자'라고 마음을 다잡아도 머릿속에 고민거리가 가득한데 무슨 글이 써지겠습니까. 결국 모두 다 어중간한 꼴로 내팽개친 상황이 돼버렸죠. 그런 꼴을 자초한 저 자신이 짜증스럽더군요.

결국 그런 상황을 타개해준 건 역시 나쓰하라 씨였죠. 어떻게 그런 행동력을 발휘할 수 있는지 신기하더군요. 평소에는 미야무라 씨와는 딴판으로 얌전하기만 하더니 여차할 때는 깜짝 놀랄 정도로 과감했습니다. 예? 나쓰하라 씨가 미야무라 씨를 동경했다고요? 미야무라 씨가 그러던가요? 농담이겠죠. 완전 반대였거든요. 미야무라 씨야말로 나쓰하라 씨처럼 되고 싶어 했을걸요. 나쓰하라 씨는 뭐랄까, 일종의 이상형이라고 할까요? 남자뿐만 아니라 여자들도 동경하는 마음을 품게 만드는 존재였죠. 실제로 나쓰하라 씨를 흉내 내는 여자애들이 제법 됐습니다. 미야무라 씨는 차마 옷차림까지 흉내 내지는 않았어도 속으로는 날을 바짝 세우고 라이벌로 봤을 겁니다.

하지만 아무리 라이벌로 본다고 해봤자 용모라든가 성장 환경 같은 면에서는 당해낼 재간이 없으니 그저 나쓰하라 씨의 옆에 달라붙어 지켜보고만 있었겠죠. 전 그렇게 생각합니다.

제가 먼저 만나자는 말을 선뜻 꺼낼 수 없어서 나쓰하라 씨하고도 잠깐 공백기가 생겼습니다. 그런데 어느 날 나쓰하라 씨에게서 불쑥 전화가 와서 만나기로 했습니다. 힘들게 전화까지 해줬는데 어떻게 거절하겠어요. 저는 오모테산도에서 나쓰하라 씨와 식사를 했습니다.

레스토랑은 나쓰하라 씨가 예약해뒀더군요. 나쓰하라 씨와 잘 어울리는 고급스럽고 차분한 레스토랑이었죠. 처음에는 서로 근황에 대해 얘기하다가 나중에는 화제가 자연스레 미야무라 씨 얘기로 옮겨갔습니다. 저와 나쓰하라 씨 사이에 놓인, 피할 수 없는 문제였죠.

"미야무라 씨랑은 만나요?"

나쓰하라 씨가 조심스러운 태도로 머뭇머뭇 묻더군요. 저는 나쓰하라 씨가 그런 태도를 취하게 만든 걸 반성하는 동시에 딱 부러지게 대답 못 하는 제 자신이 답답하게 느껴졌습니다.

"아르바이트하러 가면 가끔 보긴 해."

"말은 안 하고요?"

"내가 피하니까."

"그런데도 헤어질 마음은 없는 건가요?"

"응…… 계기가 없다고 할까."

"계기만 있으면 헤어질 거예요?"

"으음, 닥쳐봐야 알겠지만."

제 대답을 들은 나쓰하라 씨는 고개를 끄덕이더니 가방에서 어떤 물건을 꺼냈습니다. 테이블 위에 놓은 건 소형 카세트 녹음기였죠. 왜 그런 물건이 꺼냈는지 영문을 몰라하는 제게, 나쓰하라 씨가 "잠깐 들어봐요"라고 말하더군요. 나쓰하라 씨가 재생 버튼을 누르자 이런 대화가 들려왔습니다.

'오가타 씨 친구들하고 또 점심 먹으러 갈까?'

나쓰하라 씨가 묻자 미야무라 씨가 대답하더군요.

'오가타랑? 음, 별로 안 내키는데.'

'왜? 지난번에 재미있지 않았어?'

'내 남자친구를 남들한테 소개하는 자리가 불편해. 우리 관계는 우리 사이에만 국한하고 싶거든.'

'그래? 아쉽네. 오가타 씨는 스포츠맨답게 시원시원하고 두뇌 회전도 빨라서 얘기하면 재미있더라고. 어쩌다 여러 종류의 사람과 식사하게 되는 기회가 많은데 솔직히 재미없는 사람도 있거든. 그런 점에서 오가타 씨는 아주 괜찮은 편이라 또 같이 식사하러 가고 싶더라. 미야무라 씨 남자친구니까 더 편하기도 하고.'

'스포츠맨답다고? ……뭐, 음습하지는 않지만.'

'음습하지는 않지만? 말끝이 이상하네.'

'그 인간은 결단력이 너무 없어. 뭐 하나 자기 손으로 고르질 못한다니까. 내가 망설이는 편이 아니니까 딱 맞기는 하지. 내가 항상 결정해주거든.'

'그렇게 안 보이던데. 하긴 미야무라 씨가 남자친구를 자랑할 성격은 아니니까. 아, 이런 식으로 은근슬쩍 자랑하는 거야?'

'자랑은 무슨. 진짜 그렇다니까. 남자가 다 그런지는 모르겠는데 맨날 높은 데나 보지 자기 발등에 불이 붙었는지 어떤지는 전혀 모른다니까. 구직활동을 시작할 시기나 돼야 좀 정신을 차리려나.'

'높은 데라니. 꿈 말이야? 꿈이 있다니 얼마나 좋아.'

'나도 그렇게는 생각해. 그러니까 응원도 하지. 하지만 언제까지 꿈만 보고 살 수 있겠어? 현실에 적응해야 할 때가 반드시 올 텐데 그때 가서 어떻게 할지 진짜 걱정돼.'

'그런가? 꿈을 포기하는 쪽이 더 어렵지 않을까?'

'꿈만 꾸는 게 뭐가 어려워.'

당연히 세세한 부분까지 정확히 기억하는 건 아니지만 이런 식으로 대화가 이어진 걸로 기억합니다. 왜 이런 걸 기억하느냐 하면 충격이었으니까요. 나쓰하라 씨는 제 편을 들어주는데 미야무라 씨는 저에 대해 이죽거리기만 했습니다. 두 사람의 성품 차이가 노골적으로 드러나는 대화였죠.

나쓰하라 씨가 그런 식으로 유도한 게 아니냐고요? 설마 그럴 리 없죠. 뭐 하러 그런 짓을 합니까? 그리고 나쓰하라 씨는 그런 치사한 성격이 아닙니다.

좀처럼 결단을 못 내리던 저였지만 이번만은 마음을 굳혔습니다. 저는 집에 돌아가자마자 바로 미야무라 씨에게 전화를 걸어서 헤어지자고 통보했죠. 미야무라 씨가 순순히 받아들이지 못하고 아수라장을 만들었다는 얘기는 처음에 했죠? 전 나쓰하라 씨에 대해서는 철저히 숨기려고 했는데 또 여자들이 그런 상황일수록 눈치가 빠르잖아요. 어쩌면 나쓰하라 씨가 몰래 녹음한 그 대화에서 이미 눈치챘을지도 모르죠. 그렇다면 제가 태도를 확실히 결정하지 못한 탓이겠습니다. 좀 더 빨리 결정을 내렸더라면 나쓰하라 씨에게 폐를 끼치지 않았을 텐데요.

어쨌든 저는 그렇게 미야무라 씨와 헤어질 수 있었습니다. 자존심이 센 미야무라 씨답게 울고 매달리는 촌극은 벌이지 않았어요. 그랬더라면 제 결심이 무너졌을지도 모르는데 사람 많은 데서 구타를 하더군요. 덕분에 저도 죄책감을 완전히 날릴 수 있었습니다. 그렇게 완전히 헤어지고 나니 마음이 다 후련하더군요.

……계속 앉아 있다 보니 엉덩이가 아프네요. 슬슬 걸으면서 얘기할까요? 이 강둑을 따라 어슬렁어슬렁 산책하는 것도 나쁘지 않거든요. 영차. 그럼 가볼까요.

뭐, 그런 자초지종을 겪고 난 뒤에 저는 나쓰하라 씨와 사귀기 시작했습니다. 거기까지 이르는 데 우여곡절이 많긴 했지만 나쓰하라 씨와 당당히 사귀게 되니 기쁘긴 하더라고요.

사귄 기간요? 하하하. 역시 그걸 물어보시는군요. 으음, 대답하고 싶지 않은데. 노코멘트로 넘어갈 수는 없겠죠?

예, 압니다. 그런 자질구레한 점이 중요하겠죠. 어쩔 수 없죠. 사실 사귄 기간은 그리 길지 않았습니다. 한 달 정도였나?

그러게요. 미야무라 씨랑 그 난리법석을 연출하면서까지 헤어져 놓고 기껏 한 달밖에 못 사귀었죠. 헤어진 이유요? 꽤 깊이 알려고 하시네요. 아뇨. 이제는 상관없습니다. 어차피 할 말 못할 말 다 했는데 거리낄 게 뭐 있겠어요. 솔직하게 다 말씀드리죠.

헤어진 이유는 말이죠, 제가 멍청해서 그랬죠. 세심하지 못했다고 해야 할까. 말하기 좀 그렇네요. 그래도 그쪽이 남자라서 다행이군요. 여성 앞이라면 절대 대답 못 하죠. 이런 일은 같은 남자끼리 아니면 이해하기 힘들 겁니다.

요컨대 제가 너무 많이 요구한 게 문제였죠. 사귀게 되면 어디 놀러가거나 같이 밥 먹는 것만으로는 만족하지 못하고 더 깊은 관계를 바라게 되잖아요. 대학생이라면 지극히 당연하지 않습니까. 다만 제가 너무 서둘렀어요. 하나하나 단계를 밟아가며 합의해서 진도를 나가야 했는데. 각자의 의욕에 갭이 있었다고 할까요? 아아, 이 나이를 먹고도 그때를 생각하니 울컥하네요.

나쓰하라 씨는 의미 그대로 '영애' 그 자체였어요. 애 같은 구석은 없었는데, 그것만은 너무 완고하게 굴더라고요. 아니, 키스조차 못 했다니까요. 다가가면 "무서워"라면서 마냥 피하더라고요. 미치겠더군요. 어떡하면 그런 관계로 진전될 수 있을까, 그 생각뿐이었죠.

초조하기도 했습니다. 손도 잡지 못한 상태로 사귀기 시작했지만 진전이 안 되니 불안하더라고요. 중학생도 아니었으니까요. 나쓰하라 씨가 정조 관념이 투철한 여자라는 건 알았지만 남자로서는 억누를 수 없는 욕망이란 게 있잖아요. 그래서 살짝 잔머리를 굴려봤죠.

다시 설명하자니 비겁한 놈으로 보일지도 모르겠습니다만 알코올의 힘을 빌려보려고 했습니다. 좀 취하면 나쓰하라 씨의 마음도 누그러질지도 모른다는 얄팍한 수를 떠올린 거죠. 전 그날 밤을 위해 아르바이트 일을 늘려 돈을 모았습니다. 그러고는 호텔 레스토랑을 예약하고 나쓰하라 씨와 만났죠. 꽤 값나가는 와인을 따서 나쓰하라 씨에게 권했죠. 나쓰하라 씨도 나름 입맛이 고급이니 사양하지 않고 마시더라고요. 평소처럼 이야기꽃이 피며 분위기가 무르익어 가자 이젠 됐다 싶더라고요.

그래서 말을 꺼냈습니다. 이 호텔에 방을 잡아놨다고요.

저는 말이죠, 그때 나쓰하라 씨의 표정 변화를 평생 못 잊을 겁니다. 처음에는 제 말뜻을 알아듣지 못했는지 말똥말똥 보더니 이내 가면이라도 쓴 듯 무표정해지면서 눈에 경멸의 빛이 떠올랐습니다. 끔찍한 순간이었습니다.

"오가타 씨는 다른 사람보다 나를 더 소중히 여겨줄 사람이라고 믿었어요. 그런데 그런 욕망의 대상으로만 생각했군요."

"아, 아냐. 그건 오해야. 미안. 내가 억지를 부렸나 봐. 하지만 내가 널 소중히 여긴다는 건 믿어줘. 너무 소중하니까, 정말 좋아하니까, 네 전부를 갖고 싶었어."

"소중히 여기는 사람한테 이런 짓을 한다고요? 오가타 씨의 진심을 봐버린 것 같네요."

"잠깐만. 오늘 일은 내가 사과할게. 미안. 정말 미안해. 하지만 이상하게 해석하지 말아줘. 내 마음을 이해해줘."

"그전에 내 마음부터 이해해줬으면 좋겠네요."

나쓰하라 씨는 그 말과 함께 자리를 박차고 일어나더군요. 다급히 나쓰하라 씨를 붙들었는데 "나중에 다시 얘기해요"라는 싸늘한 말까지 듣고 나니 잠깐 시간을 가질 수밖에 없겠다는 생각이 들었습니다. 그런데 '다시'라는 그런 기회는 주어지지 않았습니다. 그 후로 나쓰하라 씨는 두 번 다시 저를 보지 않았으니까요. 그날이 결국 마지막이었죠.

아아, 씁쓸한 추억이군요. 이런 식으로 되새겨보니 그때의 아픔이 되살아나는 느낌이에요. 예? 제가 나쓰하라 씨한테 이용당한 게 아니냐고요? 이용이라뇨. 대체 무엇 때문에요? 미야무라 씨를 괴롭히려고요? 아까도 얘기했지만 나쓰하라 씨는 미야무라 씨를 전혀 신경 쓰지 않았어요. 안중에도 없다는 말은 이럴 때 써야 하나. 콤플렉스를 갖고 있던 건 미야무라 씨 쪽이었는데 뭐 하러 나쓰하라 씨가 미야무라 씨를 괴롭힙니까? 설마 아직도 미야무라 씨 얘기를 진지하게 믿는 겁니까?

얘기하기 싫어지네요. 아뇨 아뇨. 사과하지 않으셔도 됩니다. 나쓰하라 씨가 워낙 미인이다 보니 속은 추하다든가 하는 식으로 알기 쉬운 그림을 그리고 싶으신 거 아닙니까. 그만두세요. 그런 책을 낼 생각이신 거라면 가만 있지 않겠습니다.

나쓰하라 씨를 사진으로밖에 못 보셨죠? 사진으로도 충분히 아름답지만 실제로 보면 훨씬 더 아름다워요. 전 말이죠, 단 한 달이었을망정 그런 사람과 사귀었다는 것만으로 만족합니다. 놓친 고기가 커

보인다는 말도 있지만 딱 그런 심경입니다. 그만큼 마음이 통하고 함께 있으면 즐거운 데다 미인이기까지 한 여성은 다시는 못 만났어요. 아내요? 하하하. 나쓰하라 씨하고는 비교도 안 되죠. 이제는 완전히 나이 먹어서 뒤룩뒤룩 살찐 아줌마니까요. 나쓰하라 씨는 여전히 아름다웠겠죠. 나쓰하라 씨가 아줌마가 된 모습은 상상도 할 수 없군요.

그런데 그런 사람이 살해당하다니 인간의 운명이란 알 수 없는 건가 봅니다. 아니, 미인박명이라고들 하니 나쓰하라 씨는 딱 맞는 운명이었던 건가. 아무리 그렇다 해도 범인에 대한 증오를 거둘 수 없습니다. 왜 나쓰하라 씨처럼 완벽한 사람이 죽어야 하는지, 그렇게 멋진 여성이 이 세상에서 사라져야 하는지 결코 납득할 수 없습니다. 범인이 제 앞에 있다면 제 손으로 죽여버리고 싶다니까요. 나쓰하라 씨의 전 남자친구인 저라면 범인에게 복수할 권리는 있겠죠.

범인이 누구 같으냐고요? 강도의 범행이 아닌가요? 남편분이 돈 많이 버는 회사에 다녔다면서요. 그러니 집에 돈깨나 있겠다 싶어 잠입했다가 그런 사달이 나지 않았을까 싶은데. 안됐습니다. 그런 양반과 결혼하지만 않았더라면 나쓰하라 씨의 운명도 바뀌었을지 모르니까요.

그게 진심이냐고요? 음, 꼬치꼬치 캐물으시네요. 네. 진심입니다. 범인은 강도라고 생각합니다. 그런데 그 사건을 뉴스로 들었을 때 어떤 사람의 얼굴을 떠올린 건 사실입니다. 굳이 말하지 않아도 아시겠죠. 예. 미야무라 씨요.

제가 아는 한 나쓰하라 씨를 죽이고 싶어 할 만큼 강한 감정을 가진 사람은 미야무라 씨밖에 없으니까요. 미야무라 씨라면 저를 뺏긴 원한을 평생 안고 갈 만한 인물이죠. 다만 실제로 그런 짓까지 하지는 않았겠죠. 아무리 나쓰하라 씨에 대한 원한이 있다 해도 남편과 아이들까지 몰살할 리는 없죠. 그냥 반사적으로 미야무라 씨 얼굴이 생각났다. 그뿐입니다.

하지만 그 미야무라 씨가 살해당한 거 아닙니까. 그렇게까지 되니 비현실적인 상상까지 하게 되더라고요. 뭐냐고요? 웃지 마십시오. 단순한 망상이니까요. 그러니까 미야무라 씨가 나쓰하라 씨의 저주에 의해 죽은 게 아닐까 하는 생각이 들더군요. 미야무라 씨가 나쓰하라 씨를 죽였다면 귀신 서린 저주가 남아 있지 않겠습니까. 그 저주가 누군가에게 들러붙어 미야무라 씨를 죽인 게 아닐까 하고요. 하하하. 예, 말도 안 되는 상상입니다. 그럴 리 없죠.

할 얘기는 전부 한 것 같네요. 마침 갈림길이군요. 저희 집은 이쪽이고 역으로 가실 거면 저쪽으로 가시면 됩니다. 여기서 실례해야 할 것 같습니다. 제 얘기가 도움은 되셨습니까. 책이 나오면 보내주실 거죠? 기대하겠습니다.

그럼 저는 다시 평범한 일상으로 돌아가겠습니다. 나쓰하라 씨의 추억을 떠올릴 수 있어 즐거웠습니다. 지금 생각해보면 나쓰하라 씨와 사귀던 그 짧은 기간이 제 인생에서 가장 빛났던 순간이 아닐까 싶네요. 그래서 요새도 일상에 찌들어 지칠 때면 나쓰하라 씨를 떠올립니다. 여자보다 남자 쪽이 미련이 많다죠? 확실히 그렇습니다.

나쓰하라 씨는 가끔 저를 추억해줬을까요.

예, 그럼. 건필하시길.

* * *

오빠, 있잖아.

아빠가 집에서 나가서 우리한테는 진짜 좋지 않았어? 나야 당연히 그렇지만 오빠한도 그렇잖아. 아빠가 사라져준 덕분에 다시 할아버지랑 같이 살게 됐으니까 말이야. 되게 기뻤지? 집 나간 아빠가 고맙더라니까. 정말 '아빠, 나가주셔서 고맙습니다'라고 마음속으로 인사했어. 오빠는 안 그랬어?

제일 좋은 점은 할아버지가 부자였다는 거. 일류 회사에서 중역까지 했으니 돈도 어지간히 모았을걸. 변변찮은 아버지를 둬서 가엽다며 뭐든지 사줬잖아. 학비도 다 대줬지. 난 갑자기 환경이 급변하니까 정신이 어지러웠어. '이렇게 해줄 거면 아빠가 집에서 나가기 전에 우리를 거둬줬으면 얼마나 좋아' 하고 은근히 원망까지 했다니까.

어차피 엄마는 집에 자주 있지도 않았고 할아버지도 나이가 있어서 집안일은 가정부가 해줬잖아. 그때가 제일 좋았던 것 같아. 난 그 이상은 자라고 싶지 않다고 생각했어. 어른이 되면 싫어도 이것저것 다 바뀔 테니까. 내 몸이 여자가 되는 것도 싫었고 할아버지가 더 나이를 먹으면 죽을지도 모르니까 그것도 싫었어. 평생 이렇게 살았으면 좋겠다고 진지하게 기도까지 했어. 그런 소망이 이루어질 리 없다는 걸 알면서도 날마다 하느님한테 기도하고 싶은 기분이었어.

난 있잖아, 내가 보통의 삶을 살고 있는 현실이 깨질까 봐 무서웠어. 그래서 진짜 열심히 공부했어. 내가 할 수 있는 일을 안 하면 지금의 행복이 달아날 것 같았거든. 사실 인과 관계가 없긴 해. 아무리 내가 노력해봐야 할아버지가 수명이 다하면 난 어른이 돼야 하고 그땐 할아버지네 집에서 나가야 하잖아. 그러면 오빠하고도 같이 살 수 없고. 그 무렵에는 미래를 고민하는 것 자체가 무서웠겠지. 그래서 당장은 현재를 소중히 하고 싶은 마음에 공부를 열심히 했나 봐. 내가 할 수 있는 게 뭐가 있었겠어. 공부밖에 없었지. 응, 그랬나 봐.

그렇지만 내 바람이 이루어질 리 없었어. 시간의 흐름이란 참 잔인해. 할아버지가 돌아가시니까 엄마는 이게 웬 떡이냐 하면서 집에 남자를 데리고 왔잖아. 결국 옛날이랑 똑같은 상황이 재현됐지. 무슨 말인지 알겠어? 엄마가 데리고 온 남자가 또 나한테 손을 댔고 난 또 '아, 지겨워'라고 생각하면서 당하는 거야. 그땐 벌써 고등학생이라서 같은 반 남자애들하고도 꽤 했으니까 별로 슬프지도 않더라. '또 엄마한테 들키면 귀찮은데' 하는 마음밖에 없었어. 물론 또 걸려서 난리가 났지만. 헤헤헤. 오늘 처음 알았지? 오빠는 그때 맨날 아르바이트만 했으니까. 그놈은 오빠가 없는 날을 노렸어. 엄마는 왜 허구한 날 그런 놈한테만 걸릴까? 멀쩡한 남자도 좀 잡아 오지.

그때 난 또 교훈을 얻었어. 남자를 잡는다면 완전 좋은 남자가 아니면 안 된다고 말이야. 잘생긴 남자가 좋은 남자가 아냐. 잘생긴 남자 같은 건 세상에 없어. 다들 꼴같잖은 얼굴에 기름기나 질질 흐르는 주제에 추잡한 짓만 생각하잖아. 젊었든 늙었든 다 똑같아. 그렇다면 돈 많은 전도유망한 놈을 잡아야지. 내가 몸만 대주면 그런 남자를 잡을 수 있다는데 뭘 못하겠어. 무척 쉽다고 생각했어.

다행히 할아버지가 남겨준 재산이 꽤 있었잖아. 그 돈으로 사립대학에 들어갈 수 있어서 정말 기뻤어. 할아버지가 살아 계시지 않았으면 고등학교도 못 갔겠지. 그랬으면 오빠랑 나도 엄마아빠처럼 변변찮은 어른이 됐을지도 몰라. 고등학교에 들어갈 때도 기뻤지만 대학에 다니기 시작할 때는 정말 감격스러웠어. 이제 나도 제대로 된 인생을 살겠구나 하는 마음에 처음으로 미래에 대한 기대감을 품었다니까. 뭐, 착각이긴 했지만.

난 있잖아, 대학에 간다면 무조건 게이오였어. 부잣집 도련님이 가득한 대학이잖아. 거기서 하나 잘 잡아서 꽃가마 타고 시집가는 게 꿈이었어. 그러면 친아빠나 엄마가 데리고 온 남자한테 맨날 당하는 지겨운 생활과는 이만 안녕 할 수 있잖아. 꿈에 불타올랐지. 아마 나만큼 게이오에 들어간 걸 자랑스럽게 여긴 학생도 없었을걸?

그런데 학교에 들어가서는 완전 놀라버렸어. 나처럼 대학부터 게이오에 들어간 여자애는 부잣집 남자애랑은 얘기할 기회조차 없더라고. 놀라 자빠질 뻔했다니까. 같은 반인데도 상대를 안 해줬어. 믿을 수 없었어. 어라, 내가 어떻게 자랐는지 들켰나? 처음엔 그렇게 생각했다니까. 그렇지 않고서야 차별받는 이유를 모르겠더라고.

곧 부모의 직업은 아무 상관없다는 걸 알았어. 부잣집 애는 부잣집 애하고만 사귀는 거야. 뭐야, 정말. 이런 데까지 와서 엄마아빠의 존재가 발목을 잡다니, 진짜 짜증났어. 내가 좋아서 그런 부모 밑에서 태어난 것도 아닌데 왜들 그래? 그렇게 묻고 싶었다니까. 내 운명에 액이 끼었다는 생각은 그때가 처음이자 마지막이었어.

하지만 잘 보니까 부잣집 애들이 상대해주는 사람이 있더라고. 미인인 데다 딱 봐도 곱게 자란 티가 나서 나도 홀딱 반했어. 그래서 그 사람한테 달라붙어서 부잣집 애들을 소개받으려고 했어. 지금이 아니면 기회가 없다고 생각해서 체면이고 뭐고 다 내던지고 그 사람한테 알랑거렸지. 그 사람 말이면 다 들었고.

그 덕에 남자를 소개받았어. 일류 회사 중역의 아들. 해냈다 싶어서 속으로 만세를 불렀다니까. 이제 나도 꽃가마 타겠구나 하면서 승리의 V자를 그렸지. 나랑 하고 싶다고 하더라. 어서 오십쇼 하는 마음이 다 들었어.

근데 왜인지 그 남자가 도망쳐버린 거야. 너무하지? '먹고 버린다'라는 말이 딱 맞았어. '했으면' 책임을 져야 할 거 아냐. 날 꽃가마 태우러 왔어야 맞잖아. 부잣집 도련님을 만만하게 보면 안 되겠다고 마음을 고쳐먹었어. 기분을 전환하고 다음 남자를 찾았지.

내가 동경한 사람한테 부탁했더니 바로 새 남자를 소개해줬어. 이번에는 의사 아들. 어머, 웬 떡이야 하며 침까지 삼켰다니까. 데이트도 하고 몇 번 잤지. 이번엔 확실하다고 자신했는데, 세상에, 또 도망치더라고. 난 남자 사로잡는 게 서툰가 봐. 남자라고 해봐야 아빠나 엄마 남자친구 같은 쓰레기 같은 남자밖에 없었잖아. 어떻게 하면 남자 마음을 사로잡을 수 있을지 통 모르겠더라고.

그렇지만 포기하지 않았어. 게이오 남학생 중에 좋은 남자를 잡겠다고 결심했어. 이번이 실패하면 다음. 또 실패하면 그다음. 좋은 남자를 찾기 위해 모든 노력을 다 했어. 하나에 꽂히면 완전 몰두하는 거지. 그게 내 성격에 맞나 봐. 그래서 공부도 어렵지 않았어. 게이오에 들어가기 위해 공부했던 것처럼 남자를 잡기 위해 열심히 노력했어.

근데 사 년 동안 아무리 애써도 좋은 남자를 못 찾았어. 내가 멍청했지. 결국 아빠가 특이했던 게 아니었어. 세상 남자들은 다 그런가 봐. 세상에는 변변찮은 남자들밖에 없었던 거야. 그저 차이는 돈이 있느냐 없느냐뿐. 그것도 모르고 아빠와는 다른 남자를 찾아 헤맸으니 그럴 수밖에. 시간을 쓸데없이 흘려보낸 거지.

내가 왜 그런 꿈을 꿨는지 오빠는 짐작이 가? 오빠라는 남자가 있어서야. 오빠는 아빠랑 완전히 달랐잖아. 항상 내게 친절하고 감싸안아주는 이상적인 남자였어. 난 계속 오빠 같은 남자를 찾아 헤맸는데 실패한 거야. 오빠야말로 특별한, 이 세상에 하나밖에 없는 남자라는 걸 몰랐어. 나도 어리긴 했지.

내가 동경했던 사람 얘기를 할까? 오빠도 궁금하지? 나쓰하라 씨. 결혼해서 성이 다코로 바뀌었더라. 난 나쓰하라 씨가 정말 좋았어. 내가 남자였다면 나쓰하라 씨랑 꼭 한번 사귀어보고 싶었다니까. 그렇게 예쁘고 청초한 분위기를 풍기는 여자가 세상에 존재하다니, 비현실적으로 느껴질 정도였어. 그리고 또 얼마나 친절한지. 항상 우아한 미소를 짓더라고. 화내는 걸 한 번도 본 적 없어. 나도 나쓰하라 씨처럼 되고 싶어서 그렇게 미소 짓는 법을 연습까지 했어. 근데 잘 안 되더라. 되게 분했어.

에이, 어차피 나 같은 건 상대도 안 됐어. 이렇게 못생긴 데다 집안도 후지고 어렸을 때부터 자기 아빠한테 당한 여자는 나쓰하라 씨와 절대 비교가 안 되지. 응? 내가 더 예쁘다고? 그런 말을 해주는 사람은 오빠뿐이야. 응, 기뻐. 하지만 나는 내가 잘 알아. 난 못생겼어. 그러니까 남자들이 도망갔지.

나쓰하라 씨가 날 질투했다고? 말도 안 돼. 오빠는 별 생각을 다 한다. 세상이 뒤집혀도 그런 일은 있을 수 없어. 나쓰하라 씨가 뭐하러 날 질투해? 나보다 뭐든지 뛰어난 사람이 질투할 필요가 없지. 내가 더 예뻐서? 그러니까 그렇게 말해주는 건 오빠밖에 없다니까.

남자를 차례차례 소개해줄 만큼 나쓰하라 씨는 친절했어. 날 능멸하려고 그랬다고? 정말 어림도 없다. 나쓰하라 씨는 그런 사람이 아냐. 내가 얼마나 좋아했는데. 다시 태어난다면 나쓰하라 씨처럼 태어나고 싶다는 생각은 지금도 안 바뀌었는걸.

후후후. 근데 왜 죽였느냐고? 그것도 혼자만 죽인 게 아니라 가족까지 몰살했느냐고? 음, 그냥 툭 끊어졌나 봐. 내 안에서 팽팽하게 당겨진 끈 같은 게 툭. 오빠도 알잖아. 난 훨씬 더 행복한 인생을 살고 싶었다는 걸. 그러기 위해서 온갖 노력을 했고 후회 없도록 매번 최선을 다했어. 근데 이 꼴이었던 거야. 너무 슬펐어. 난 잘못한 게 하나도 없는데. 매번, 매번, 누군가 때문이었어. 나쁜 남자새끼들 때문에. 내 탓이 아냐.

오빠한테 말한 적 없지만 아이를 정말 갖고 싶었어. 좋은 남자를 잡아서 그 사람과 꼭 닮은 아이를 낳고 셋이서 행복하게 사는 꿈을 꿨어. 이게 그렇게 거창한 꿈이야? 지극히 평범한, 누구나 이룰 수 있는 꿈이잖아. 근데 난 좋은 남자 한 번 못 만나보고, 간신히 아이가 생겼는데 제대로 키우지도 못하고. 어쩌다 이렇게 됐을까 생각하니까 우울해지더라고. 내가 무슨 잘못을 했어? 난 아무 잘못도 안 했는데 말이야. 태어난 환경이 후졌다는 이유만으로 왜 내 인생이 이 꼴이 됐을까. 머리를 싸매고 고민했어.

그때 우연히 나쓰하라 씨를 봤어. 만난 게 아니라 그냥 멀리서 봤어. 백화점 식료품 코너에서 한 개 500엔이나 하는 케이크를 몇 개나 사는 거 있지. 옆에는 어린 여자애가 보였어. 나쓰하라 씨를 닮아 무척 귀엽더라. 척 봐도 비싸 보이는 옷을 입혀놨더라고. 멀리서 그 모습을 보면서 '아, 쟤도 나쓰하라 씨처럼 복 받은 여자로 자라겠구나' 생각했어. 역시 부모가 변변찮으면 아이가 자기 힘으로 행복을 거머쥐는 건 불가능하다는 걸 새삼 절감하고 절망하고 말았어. 난 의식하지 못했는데 그 자리에서 우두커니 서 있었나 봐. 뒤에서 어떤 아줌마가 비키라고 밀치는 바람에 넋 놓고 있었다는 걸 알아차렸어.

마침 나쓰하라 씨가 계산을 마치고 여자애 손을 잡고 나가고 있었어. 아무 생각 없이 쫓아갔어. 무슨 목적이 있어서 그런 건 아냐. 말을 걸 마음도 없었어. 내 비참한 꼴을 보여주기는 싫었으니까. 그냥 자력에 이끌리듯이 나쓰하라 씨 모녀의 뒤를 졸졸 따라갔어.

나쓰하라 씨 모녀는 지하철을 잠깐 타더니 역에서 내리자마자 나오는 예쁜 집으로 들어가더라고. 그 집을 보고 나쓰하라 씨가 좋은 남자를 잡았다는 걸 알았어. 나랑 나쓰하라 씨의 차이가 압도적으로 벌어졌다는 사실을 새삼 일깨워주는 듯한 기분이 들더라. 다 짜증났어. 정말 울컥했어. 그런 게 질투라는 걸까? 나한테는 나쓰하라 씨를 동경하는 마음밖에 없다고 생각했는데 언제부터인가 어깨를 나란히 하고 싶다는 마음을 가졌던 건지도 몰라. 근데 절대 불가능하다는 걸 똑똑히 깨달았어. 그 순간 툭 끊어진 거야. 줄곧 노력해오고 줄곧 참아오면서 내 안에서 팽팽하게 당겨져 있었던 무언가가 툭 끊어진 거라고. 아, 이젠 글렀구나. 우습게도, 다 끝났다는 생각이 드니까 마음이 좀 편해지는 거 있지.

그거랑 살인이 무슨 상관이냐고 묻지는 마. 나도 모르니까. 그냥 끊어져버렸어. 내 소중한 무언가가 끊어졌다고. 그걸 끊은 사람이 나쓰하라 씨니까 책임지라고 하고 싶었어.

난 일단 집에 돌아가서 밤이 되길 기다렸어. 식칼을 들고 몰래 들어가면 나쓰하라 씨가 깜짝 놀랄까? 그런 일을 상상하니까 히죽히죽 웃음이 나더라. 즐거웠어.

자정이 지났을 때 집에서 나와 스쿠터를 타고 나쓰하라 씨네 집으로 갔어. 근처에 큰 공원이 보이더라. 그 옆에 스쿠터를 세워두고 걸어서 나쓰하라 씨네 집까지 갔지. 처음에는 초인종을 눌러서 나쓰하라 씨를 부를까 싶었는데 혹시 하는 마음에 집 주위를 둘러봤더니 욕실 창문이 열려 있더라고. 아, 여기로 들어가면 되겠구나 싶어서 창을 넘었지. 그렇게 쉽게 들어갔어.

집 안에 들어갔다가 남편분이랑 마주치고 말았어. 남편분은 깜짝 놀라서 목소리도 못 내더라고. 내가 강도처럼 보이는 모습으로 들어갔으면 곧바로 반응을 보였을 텐데 딱 봐도 동네 아줌마잖아. 웬 동네 아줌마가 집 안에서 어슬렁거리니까 무슨 일인가 했겠지. 입을 떡 벌리고 멍하니 보기만 했어.

나쓰하라 씨 남편분 잘생겼더라. 아니, 잘생겼다는 말로는 좀 부족하겠다. 머리도 좋아 보이고 돈도 많아 보여서 누구라도 엘리트로 볼 만한 남자였어. 응, 내가 잡고 싶던 그런 남자가 내 앞에 있었던 거야. 역시 그렇구나. 나쓰하라 씨는 그런 남자랑 결혼했구나. 그런 생각이 드니까 또 울컥하는 거 있지. '에잇!' 하고 식칼로 찔러버렸어. '왜 내가 아니라 나쓰하라 씨를 선택한 거야!'라는 원망의 말을 마음속으로 내뱉으면서 말이야. 후후후. 나쓰하라 씨의 남편분은 그런 말을 들어봐야 영문을 몰랐겠지. 나도 냉정함을 되찾고 나니까 굉장히 미안한 짓을 했다 싶은 생각이 들더라. 그렇지만 그땐 그냥 화가 치밀어 올랐으니까 어쩔 수 없었지, 뭐.

응? 남편분이 죽어도 싼 남자였다고? 그렇게 못된 짓을 많이 했어? 그랬구나. 아니, 남편분이 어떤 사람인지는 전혀 몰랐어. 그날 처음 봤는걸. 하지만 남자들은 다 똑같아. 아까도 말했잖아. 부자냐 아니냐 하는 차이밖에 없어. 나쓰하라 씨의 남편분이 무슨 나쁜 짓을 했는지 모르겠지만 그 사람만 그랬겠어? 남자든 여자든 다 그런 식으로 살아가는 거야. 다 똑같아. 인간이 원래 그렇지.

남편분은 칼질 한 번에 죽지 않고 거실로 도망쳤어. 쫓아가서 등도 쿡 찔렀지. 그랬더니 버둥거리면서 내 식칼을 뺏으려 들더라고. 그래서 이번에는 정면에서 몇 번이나 찔렀어. 심장을 찔렀을 때는 피가 콸콸 뿜어져서 깜짝 놀랐다니까. 커튼까지 새빨개지고 말았어.

거실에 자그마한 남자애가 있어서 또 놀랐어. 소파에서 자고 있었는지 눈을 비비면서 일어나더라고. 걔도 얼마나 귀엽던지. 똘똘해 보이는 데다 애가 너무 반듯해 보여서 '너도 용서할 수 없어'라는 맘이 들어버렸어. 그래서 걔도 죽여버렸지. 별 뜻은 없었어. 식칼이 못 쓰게 됐기에 거실에 있던 유리 재떨이로 머리를 내려쳤지. 꼬마 머리는 되게 약하더라. 움푹 들어가버리더라고.

욕실이랑 거실에서 나쓰하라 씨가 안 보이기에 이층에 있겠구나 하고 짐작했어. 부엌에서 식칼 두 자루를 꺼내들고 살금살금 계단을 올라갔더니 역시 거기에 있더라고. 기특하게도 여자애를 자기 뒤로 숨기더라. 아, 나쓰하라 씨도 어엿한 엄마가 됐구나. 그런 생각이 드니까 또 울컥하는 거야. 난 엄마라는 단어에 발끈하나 봐. 우리 엄마도 싫었고 나도 못된 엄마였으니까.

날 보고 뭐라고 할까 궁금했는데 전혀 못 알아보는 눈치였어. 얼굴이 피범벅이라 못 알아봤나 봐. 그렇지만 피범벅이 아니라 멀쩡한 얼굴로 나타났어도 몰라봤을지 모르지. 나쓰하라 씨는 대학 시절이랑 똑같이 젊어 보였는데 난 아줌마가 다 됐으니까. 에이, 어떡하든 날 몰라보겠구나 하는 마음이 들어서 식칼로 푹 찔렀어. 칼은 잘 갈아뒀는지 배에 쑤욱 들어가더라고.

나쓰하라 씨도 잠깐 버둥거리기는 했는데 아무 소용없었지, 뭐.

아무리 공주님으로 자라셨어도 이럴 때 상대를 격퇴하는 법은 모르는구나 하는 동정심까지 들더라고. 쓱, 쓱, 쓱. 몇 번이나 찔렀더니 이번에는 자기 등을 보이며 여자애를 감싸더라. 그런 짓을 해봐야 아무 소용없다고 말해줬는데 통 알아듣질 못했어. 그래서 다시 등을 쓱, 쓱, 쓱, 찔러줬어. 어차피 이렇게까지 된 이상 여자애만 남겨두기도 그렇잖아. 그래서 남은 식칼 하나로 죽여버렸지. 가엽다는 마음이 들긴 했는데 크면 나쓰하라 씨처럼 좋은 여자가 될 거라는 생각이 드니까 신경질이 나더라고. 뭐, 어떡하겠어.

사람 넷을 죽였더니 온 몸이 피범벅이었어. 어쩔 수 없이 목욕탕에 들어가서 씻고 나쓰하라 씨의 옷을 빌려 입었어. 나쓰하라 씨의 옷만 없어지면 범인이 여자라는 걸 알게 될 테니 남편분의 옷도 들고 나왔지. 물론 피 묻은 내 옷도. 피 묻은 옷은 잘게 찢어서 분리수거 하는 날에 조금씩 버렸더니 아무도 모르는 거 있지. 경찰도 한 번 오긴 했는데 거의 형식적이었어. 이렇게 쉽다니 맥이 다 빠지더라고. 동기만 추적하면 절대 나한테까지는 못 오지. 그렇잖아. 나부터도 내가 왜 그런 짓을 했는지를 모르는데 경찰이 어떻게 알겠어.

아, 근데 내 짓이라는 걸 눈치챈 사람이 있었다며? 이름이 뭐였더라? 맞다. 미야무라 씨. 으응, 기억이 안 나. 그런 사람이 있었나? 그 사람은 어떻게 내가 범인이라는 걸 알았을까. 아, 그건가? 여자의 감? 하여간 여자는 정말 싫다니까.

오빠도 하여튼 괜한 걱정이 많아. 그런 여자는 그냥 놔두면 되지 뭘 그렇게 진지하게 받아들여서 입막음을 했어? 증거도 없잖아. 그 여자가 경찰에 가서 무슨 말을 해도 상관없었을 텐데. 응. 오빠가 날 걱정해주는 마음은 고맙게 생각해. 오빠밖에 없다니까. 옛날부터 날 위해준 사람은 오빠뿐이야. 그 사건과 관련된 사람들을 찾아가서 이것저것 물어봐준 것도 혹시 날 기억하는 사람이 있을까 봐 그랬던 거지? 남편분의 친구들까지 만났어? 듣다 보니 얘기가 재미있어서 그랬던 거야? 하긴 남의 얘기가 재미있기는 해. 어, 아냐? 죽어도 싼 인간이라는 걸 확인하고 싶었다고? 고마워. 그렇지만 나 자신이 아무 죄의식이 없었는걸. 그렇게까지는 안 해도 됐는데. 오빠한테 고맙다는 인사를 어떻게 하지?

오빠의 호의에 흠집을 내는 것 같아서 미안하지만 난 친구도 없었고, 이렇게 못생겨서 전혀 눈에 띄지 않는 타입이었거든. 누가 날 기억하겠어. 미야무라 씨가 날 기억한 건 정말 우연이었을 거야. 난 그 사람 전혀 기억이 안 나는걸. 얼굴도 이름도 전혀 기억이 안 나. 그 사람도 날 기억 못 했으면 안 죽었을 텐데. 후후후.

이젠 오빠가 걱정이야. 경찰에 잡히면 안 돼. 우리 오빠가 했으니 증거 같은 건 안 남겼을 거라고 생각하지만. 그냥 길 가다가 그 여자를 찔러 죽이고 도망친 거지? 오빠랑은 한 번밖에 안 만났고 동기도 없으니 목격자만 없으면 걱정 없겠다. 오빠도 사람을 죽였으니 이제 나랑 똑같네. 아무한테도 말할 수 없는 비밀, 나랑 오빠만의 비밀이 있다니 되게 기쁘다. 난 비밀이 정말 좋아.

그렇지만 오빠가 그렇게까지 날 감싸줬는데 멍청한 짓을 해서 정말 미안해. 아이 키우는 문제 때문에 경찰한테 잡힐 줄 누가 알았겠어? 그런 일로 경찰에서 잡아간다면 우리 엄마아빠는 진즉에 잡아갔어야 하는 거 아냐? 엄마아빠는 그대로 두고 왜 내가 잡혀야 하는 거야? 진짜 이해가 안 돼.

엄마아빠가 안 잡힌 건 우리가 멀쩡해서였을까? 오빠가 아빠한테 두들겨 맞고 죽었거나 내가 아빠한테 당했다고 누구한테 상담했으면 틀림없이 체포됐겠지? 불공평해. 난 왜 이렇게 운이 없을까.

난 있잖아, 정상적으로 키워진 기억이 없으니까 내 아이도 어떻게 대해야 할지 모르겠더라고. 무지 귀여웠지. 귀엽다는 마음은 드는데 어떻게 키워야 하는지는 모르는 거야. 애가 울면 왜 우는지 전혀 짐작이 안 가서 울음을 멈출 때까지 내버려둘 수밖에 없었어. 근데 애들은 한없이 우는 거야. 나까지 울고 싶더라. 어떤 때는 아이를 방에 놔두고 밖에 나가버린 적도 있었어. 못 견디겠더라고. 난 훨씬 강했는데, 울지도 않고 참았는데 얘는 왜 이렇게 약한 걸까 싶어서 슬펐어. '우리 아기. 좀 더 강해지렴' 하면서 항상 기도하는 마음이었어.

얘가 또 나한테 다가오려 하지 않아서 괴로웠어. 그렇게 귀여워해줬는데 말이야. 우리 엄마가 변변찮은 인간이었으니까 난 꼭 훌륭한 엄마가 되겠다고 결심했단 말이야. 육아 책도 잔뜩 사서 봤어. 말했잖아, 한 가지에 꽂히면 끝을 본다고. 육아에 대해 열심히 공부하고 머릿속에 완벽하게 집어넣은 상태에서 아이를 낳았는데 하나도 내 맘대로 되는 일이 없는 거야. 책에 나온 대로 했는데도 아무 이유 없이 울고, 젖도 안 먹고, 툭하면 열나고. 젖 끊는 것도 얼마나 어려웠는지 알아? 간신히 이유식을 먹게 돼서 좀 편해지나 했더니 이번에는 걸핏하면 감기에 걸리는 거야. 걔 때문에 매번 일하는 곳에서 일찍 나와야 해서 눈치가 보였어. 내가 화가 안 났겠어? 애한테 "왜 엄마 발목을 붙잡는 거니?" 하면서 몇 번이나 따져 물었다니까. 그래봤자 걔는 울기만 했지. 진짜 울고 싶은 건 나라고 말하고 싶었어.

입은 또 어찌나 짧은지 내가 만든 건 전혀 안 먹는 거야. 안 먹으니 무슨 힘을 쓰겠어. 애가 통 크지를 않아서 병에 걸렸나 생각했어. 하지만 애가 밥을 안 먹는 것만으로 병원에 데려갈 수는 없잖아. 일도 감기 때문에 몇 번이나 쉬어서 그 정도로는 병원에 못 가. 그래서 그냥 내버려둘 수밖에 없었어.

오빠도 잘 알겠지만 그 애한테는 한 번도 손대본 적 없어. 오빠가 아빠한테 맞는 걸 그렇게 많이 봤으니까 절대 손대지 않겠다고 다짐했지. 그래서 말로만 주의를 줬어. 때리거나 발로 찬 적이 없으니 내가 아동 학대를 하고 있다는 의식은 조금도 없었어. 근데 애가 점점 움직이지 않고 밥을 먹이려 해도 입가에서 흘러내리기만 하더라. 눈도 풀리긴 했는데 애가 이렇게 약해서 어떡하나 하고 고민만 했어. 난 때린 적이 없으니까 잘못한 게 없다고 진심으로 확신했어. 그래서 그 애가 숨을 쉬지 않는다는 걸 알았을 때도 구급차를 부르는 데 일말의 망설임도 없었어. 아, 병으로 죽어버렸구나. 그렇게만 생각했어.

그런데 경찰이 와서 날 체포하는 거야. 깜짝 놀랐어. 아이 키우는 게 서툴다는 게 죄라니. 그럼 세상에 잡혀갈 사람이 한둘이야? 근데 왜 나만 잡힌 걸까? 역시 내 운명에는 액이 낀 걸까? 으악, 진짜 최악이야! 오빠가 그렇게까지 날 감싸줬는데 결국 체포돼서 이런 데 들어왔고, 오빠하고는 면회 시간에 잠깐밖에 볼 수 없다니 슬퍼.

오빠도 슬프지? 혹시 개가 죽어서 슬퍼? 미안, 잘 키우지 못해서. 나도 열심히 노력했어. 어떻게 얻은 아이인데. 내가 제일 좋아하는 오빠랑 나 사이에 생긴 아이라서 정말 소중히 키우려고 했어. 근데 그렇게 죽게 해서 진짜 미안.

인생이란 왜 이렇게 안 풀리는 걸까. 인간은 바보니까, 남자도 여자도 모두 바보니까, 어리석은 짓만 하면서 살아가는 걸까? 그럼 나도 바보인가? 아무리 노력해봐야 결국 어리석은 짓이란 건가? 오빠, 어떻게 생각해? 대답해줘. 응? 오빠.

작품 해설

어리석은 자는 누구인가?

오야 히로코(大矢博子, 서평가)

지금까지 수많은 소설의 해설을 써왔지만 어떤 의미에서 이만큼 해설을 쓰기 껄끄러운 작품은 없었다. 스포일러가 될 수도 있거나 줄거리를 요약하기 힘들다는, 기술적인 면 때문이 아니었다. 정서적이라고 해야 할까? 이 작품의 해설을 씀으로써 스스로를 시험한다는 마음이 든 것이다.

이미 작품을 읽으신 분이라면 이 마음을 이해하시지 않을까 싶지만 어쨌든 그 얘기를 하기 전에 《어리석은 자의 기록》의 아우트라인을 소개해둔다.

이야기의 기본적인 틀은 일가 살해 사건 피해자의 지인들에 대한 인터뷰 형식으로 구성되어 있다. 한적한 주택가에서 일어난 살인 사건. 부부와 두 아이가 잔인한 방법으로 살해됐다. 피해자 부부와 인연이 있는 사람들과의 인터뷰를 통해 사건의 윤곽이 조금씩 드러난

다. 이와 동시에 일류 대학을 나와 평범 이상의 생활을 영위해온 피해자 부부가 대체 어떤 인물이었는지도…….

와세다를 나와 거대 부동산 회사에 취직하여 동세대 남자들 중에서도 파격적인 연봉을 받아온 남편. 세이신을 나와 게이오에 들어간 데다 미인이며 항상 좌중의 중심에 서 있었던, 곱게 자란 부인. 반듯하게 자란 귀여운 두 아이. 무엇 하나 빠질 데 없는, 그림으로 그린 듯 완벽한 일가가 실제로는 어떤 사람들이었는지가 이웃과 동료와 동창 등의 증언에 의해 부각된다.

솔직히 말해 하나의 사건을 두고 인터뷰나 대화 혹은 모놀로그만으로 접근해가며 구성한 소설은 드물지 않다. 다방면으로 기술해가면서 이야기에 객관성을 부여할 수 있고, 좀 더 많은 정보를 독자에게 제공할 수 있다는 장점이 있기 때문이다. 특히 미스터리의 경우,

복수 관계자의 다양한 시점에서 증언을 끌어낼 수 있어 독자에게 더 많은 추리의 실마리를 선사할 수 있다는 장점도 놓칠 수 없다. 즉, 이러한 형식은 이야기의 중심에 위치한 사건 혹은 모티프를 한층 깊이 파고드는 데에 실로 효과적이다.

그러나.

이 작품의 경우 조금 다르다. 아니, 아주 다르다.

인터뷰이(인터뷰를 당하는 사람)들은 피해자인 다코 부부가 어떤 사람이었는지 분명히 얘기한다. 그렇기에 독자는 '아, 이 두 사람은 이러한 사람들이었구나' 하며 상당히 구체적으로 상상할 수 있다. 꽤나 임팩트 있는 에피소드가 빈번하게 나올뿐더러 완벽하게만 보이던 부부의 숨은 실상을 알게 됨에 따라 놀라거나 신음을 토하거나 소름이 돋게 된다. 한 사람 한 사람의 증언마다 의외의 전개가 드러나 몇 편의 단편소설을 읽는 듯한 마음이 들 정도이다.

허나 읽어나가면서 부풀어오르는 위화감을 감출 수가 없다.

작품 속에서 기술되는 인물은 피해자인 다코 부부이다. 이 부부야말로 메인이자 전부이다. 그런데 다코 부부보다 그들에 대해 증언하는 인터뷰이들의 인상이 더 강하게 남는 이유는 뭘까.

이것이야말로《어리석은 자의 기록》의 진정한 테마다.

첫 번째로 등장하는 이웃의 증언에서는 그다지 위화감을 느끼지 않았다. 사건을 소개하는 최초의 증언인 탓일 수도 있고 증언자보다 사건 자체에 흥미가 끌리기 때문일 수도 있다. 굳이 말하자면 '이런 얘기를 하는 걸 좋아하는 아줌마가 있긴 하지' 정도의 인상.

하지만 두 번째 증언자인 학부형 친구, 세 번째 증언자인 동료로 진행됨에 따라 신경이 쓰이기 시작한다. 위화감이 뚜렷하게 형태를 갖추기 시작한 건, 내 경우는 네 번째 여성 증언자 때부터였다. 게이오 대학에서 다코 부인과 같은 반이었다는 그 여성은 피해자의 당시 모습과 그에 대한 자신의 느낌을 기술한다. 내용만 보면 당시의 다코 부인은 실로 교묘한 처신이 가능한 자기중심적인 여성이었고, 겉보기에는 마냥 사람 좋아 보이지만 속으로는 상당히 전략적인 사람이었던 모양이다. 그것만으로도 놀랍지만 그보다 나는 그 얘기를 기술하는 증언자야말로 '정말 얄미운 여자'라고 느꼈다. 교묘한 술책으로 타인을 능멸하는 다코 부인보다 그에 대해 이죽거리며 기술하는 증언자가 훨씬 얄밉다고 느꼈던 것이다.

그녀는 다코 부인에 대해 기술하면서도 실제로는 자신이 다코 부인보다 얼마나 우위에 있었는지, 다코 부인을 얼마나 하찮게 여겼는지 알리려 애쓴다. 그녀가 하고픈 얘기는 살인 사건 피해자가 아니라 자신에 대한 것이다. 그녀는 걸핏하면 되풀이해서 말한다.

"저는 결코 나쓰하라 씨를 폄하하려는 게 아니에요. 그냥 저와는 감각이 조금 달랐다고 생각할 뿐이에요."

"지금부터 말씀드리는 건 제 평소 생각이나 관점과는 전혀 달라요. 그것만은 알아주세요."

무슨 말씀! 전적으로 당신 생각이 아닌가! 명백한 폄하가 아니고 뭔가!

……기묘하게도 그녀 혼자 말하고 있는데 독자는 그녀의 증언에서 꺼림칙한 기운을 느낀다. 자기방어와 자기선전으로 점철되어 있음을 간파하는 것이다.

왜 그런가.

타인을 평가하고 타인에 대해 말한다는 것은 자신을 평가하고 자신에 대해 말하는 것과 마찬가지이기 때문이다.

예컨대 다코 부인은 모두의 시선을 끄는 미인이었다. 항상 좌중의 중심에 위치했다. 사실만 기술하자면 그것으로 끝이다. 그럼에도 첫 번째 증언자는 '청초' '호감'이라는 인상을 보탠다. 두 번째 증언자는 '눈에 띈다' '순진무구하다'라고 말한다. 그리고 네 번째 증언자는 '잔인한 사람'이라고 단언한다. 이러한 인상의 차이는 물론 관계의 거리에 따라서도 달라지겠지만 증언자의 주관이 개입한 정도에 따라 확연히 달라진다. 이 경우 주관이란 말은 '본인이 그렇게 생각하고 싶어 한다'라고 바꿔 말해도 상관없다. 두 번째 증언자는 자신의 출신을 공공연히 자랑하는 다코 부인이 결코 마음 편한 존재는 아니었지만, 그렇게 느끼고 마는 자신의 열등감과 비루함을 인정하고 싶지 않아 '순진무구하다' '곱게 자랐다'라는 표현을 쓴다. 네 번째 증언자는 자신이 다코 부인에 뒤진다는 사실을 결코 인정하고 싶지 않아서 미인이지만 성격은 못됐다고 누차 강조한다.

이러한 기술은 살해당한 남편에 대한 평가에서도 보인다. 그를 보고 믿음이 안 간다고 하는 사람도 있거니와 능력 있는 남자라고 하는 이도 있다. 어느 쪽이 옳고 그르냐의 문제가 아니라, 그 증언자에게 그러했을 뿐(그러기를 바랐을 뿐)이다.

'타인에 대해 말한다는 것은 자신에 대해 말하는 것과 마찬가지다'라는 말은 이런 뜻에서다. 고의적인지 무의식적인지는 상관없다. 무언가에 대해 말할 때 인간은 결국 자신이라는 필터를 통해 그것을 보게 된다. 그리고 자신이라는 편견을 씌운 평가밖에 못한다. 그 속에서 도드라지는 것은 평가하는 이의 성격과 사고방식이다. 타인에 대해 말한다는 것은 양날의 검이다.

여기까지 쓰면 내가 왜 이 책의 해설을 쓰기 껄끄럽다고 했는지 이해하시리라 믿는다. 나도 서평가라는 간판을 내걸고 어떤 책은 재미있다, 또 어떤 책은 한심하다고 멋대로 써대고 있지만 같은 작품에 대한 평가가 서평가에 따라 달라지는 경우도 잦다. 그것은 개인이라는 필터를 투과하기 때문이다. 필터라는 언어가 마땅찮다면 기준 혹은 가치관이라 바꿔 불러도 상관없다. 그리고 작품에 대해 말한다는 것 자체가 자신에 대해 말한다는 것이다. 어떤 한 권의 책을 어떻게 평가하는가. 어떻게 해설하는가. 독자는 해설을 읽으면서 동시에 그 해설을 쓴 내가 어떤 인간인지 읽는 것이다.

그것은 무섭다. 상당히 무섭다.

그리고 또 한 가지 이해를 구해야 할 것이 있다. 제목인《어리석은 자의 기록》의 의미가 그것이다. 대부분의 독자는 처음에 피해자 부부의 젊은 시절 행동을 '어리석다'라고 여기리라. 나도 그랬다. 그런데 그뿐만이 아니다. 피해자 부부의 행동은 차마 칭찬할 수 없지만 그 이상으로 자신이 발가벗겨지고 있다는 사실을 전혀 의식하지 못하고 타인을 평가하는 증언자들이야말로 '어리석다'. 그리고 그런 인간들의 집합이《어리석은 자의 기록》이다.

어리석다는 말에 주의를 바란다. 선악도 아닌, 시비도 아닌, 그냥 어리석은 것이다. 악하다면 단죄할 수 있다. 그르다면 규탄할 수 있다. 하지만 어리석은 것은…… 그저, 그저 슬프기만 하다. 이렇게 느끼는 이는 나뿐일까.

마지막으로, 이 책은 인간이 지닌 어리석음과 슬픔을 여실히 그리고 정교하게 표현하는 동시에 미스터리로서의 맛도 충분히 갖춰놓았다. 각 장마다 삽입된 여성의 모놀로그가 그 예다. 누쿠이 도쿠로는 트릭에 능란한 저자이다. 얼핏 무슨 관계가 있는지 알 수 없던 대목들이 어디로 모여드는지, 그 절묘한 솜씨도 만끽하기를 바란다.

일본 소설의
모든 것
블랙&화이트

내가 죽인 소녀
하라 료
권일영 옮김

항설백물어
교고쿠 나쓰히코
금정 옮김

물의 잠 재의 꿈
기리노 나쓰오
최고은 옮김

속 항설백물어
교고쿠 나쓰히코
금정 옮김

다크
기리노 나쓰오
권일영 옮김

유지니아
온다 리쿠
권영주 옮김

루팡의 소식
요코야마 히데오
한희선 옮김

다다미 넉 장 반 세계일주
모리미 도미히코
권영주 옮김

통곡
누쿠이 도쿠로
이기웅 옮김

그리고 밤은 되살아난다
하라 료
권일영 옮김

코끼리와 귀울음
온다 리쿠
권영주 옮김

한낮의 달을 쫓다
온다 리쿠
권영주 옮김

아시야 가의 전설
쓰하라 야스미
권영주 옮김

고백
미나토 가나에
김선영 옮김

잘린 머리에게 물어봐
노리즈키 린타로
최고은 옮김

어리석은 자의 기록
누쿠이 도쿠로
이기웅 옮김

잘린 머리처럼 불길한 것
미쓰다 신조
권영주 옮김

얼굴에 흩날리는 비
기리노 나쓰오
권일영 옮김

백수알바 내 집 장만기
아리카와 히로
이영미 옮김

앨리스의 미궁호텔
아자키 아리미
권영주 옮김

야행관람차
미나토 가나에
김선영 옮김

천사에게 버림받은 밤
기리노 나쓰오
최고은 옮김

왕녀를 위한 아르바이트 탐정
오사와 아리마사
손진성 옮김

산마처럼 비웃는 것
미쓰다 신조
권영주 옮김

로즈 가든
기리노 나쓰오
최고은 옮김

달의 뒷면
온다 리쿠
권영주 옮김

불연속 세계
온다 리쿠
권영주 옮김

왕복서간
미나토 가나에
김선영 옮김

후회와 진실의 빛
누쿠이 도쿠로
이기웅 옮김

스토리셀러
아리카와 히로
문승준 옮김

염매처럼 신들리는 것
미쓰다 신조
권영주 옮김

봄에서 여름, 이윽고 겨울
우타노 쇼고
권남희 옮김

경우
미나토 가나에
김선영 옮김

저녁매미 일기
하무로 린
권영주 옮김

나니와 몬스터
가이도 다케루
권일영 옮김

Q&A
온다 리쿠
권영주 옮김

안녕, 긴 잠이여
하라 료
권일영 옮김

미즈치처럼 가라앉는 것
미쓰다 신조
권영주 옮김

현청접대과
아리카와 히로
홍은주 옮김

위대한 슈라라봉
마키메 마나부
권남희 옮김

몽환화
히가시노 게이고
민경욱 옮김

도쿄 기담집
무라카미 하루키
양윤옥 옮김

그랜드맨션
오리하라 이치
민경욱 옮김

교장
나가오카 히로키
김선영 옮김

이중생활 소녀와 생활밀착형 스파이의 은밀한 업무일지
도쿠나가 케이
민경욱 옮김

꽃 사슬
미나토 가나에
김선영 옮김

경관의 피
사사키 조
김선영 옮김

나와 춤을
온다 리쿠
권영주 옮김

벚꽃, 다시 벚꽃
미야베 미유키
권영주 옮김

마사&겐
미우라 시온
권영주 옮김

애프터 다크
무라카미 하루키
권영주 옮김

모방살의
나카마치 신
최고은 옮김

천계살의
나카마치 신
현정수 옮김

골든애플
마리 유키코
최고은 옮김

가타기리 주류점의 부업일지
도쿠나가 케이
홍은주 옮김

천사들의 탐정
하라 료
권일영 옮김

경관의 조건
사사키 조
김선영 옮김

리버스
미나토 가나에
김선영 옮김

여름은 오래 그곳에 남아
마쓰이에 마사시
김춘미 옮김

유리갈대
사쿠라기 시노
권남희 옮김

후 항설백물어
교고쿠 나쓰히코
심정명 옮김

옮긴이 **이기웅**

1975년 제주도에서 태어났다. 출판사에서 편집자로 일하면서 일본문학 번역도 하고 있다. 그동안 옮긴 책으로는 누쿠이 도쿠로의《통곡》《후회와 진실의 빛》, 나가시마 유의《유코의 지름길》, 하세 세이슈의 '불야성 시리즈', 노리즈키 린타로의《1의 비극》 등이 있다.

어리석은 자의 기록 블랙&화이트 022

1판 1쇄 발행 2010년 4월 23일
개정판 1쇄 발행 2017년 8월 17일 **개정판 2쇄 발행** 2020년 5월 26일

지은이 누쿠이 도쿠로 **옮긴이** 이기웅
펴낸이 고세규
편집 박정선 **디자인** 정지현

발행처 김영사
주소 경기도 파주시 문발로 197(문발동) 우편번호 10881
등록 1979년 5월 17일(제406-2003-036호)
주문 및 문의 전화 031)955-3200 **팩스** 031)955-3111
편집부 전화 02)3668-3291 **팩스** 02)745-4827 **전자우편** literature@gimmyoung.com
비채 카페 cafe.naver.com/vichebooks **인스타그램** @drviche **카카오톡** @비채책
트위터 @vichebook **페이스북** facebook.com/vichebook
ISBN 978-89-349-7776-6 03830 책값은 뒤표지에 있습니다.

• 이 책은《우행록》(2010)의 전면개정판입니다.

비채는 김영사의 문학 브랜드입니다.
이 도서의 국립중앙도서관 출판예정도서목록(CIP)은 서지정보유통지원시스템 홈페이지(http://seoji.nl.go.kr)와 국가자료공동목록시스템(http://www.nl.go.kr/kolisnet)에서 이용하실 수 있습니다.
(CIP제어번호: CIP2017018710)